从此，我爱的人都像你

梅子黄时雨 作品

中國華僑出版社

图书在版编目（CIP）数据

从此，我爱的人都像你 / 梅子黄时雨著. —北京：中国华侨出版社，2014.11
ISBN 978-7-5113-4970-5

Ⅰ. ①从… Ⅱ. ①梅… Ⅲ. ①长篇小说－中国－当代 Ⅳ. ①I247.5

中国版本图书馆CIP数据核字（2014）第253066号

从此，我爱的人都像你

著　　者：梅子黄时雨
出 版 人：方　鸣
责任编辑：月　姝
装帧设计：所以设计馆
排版制作：刘珍珍
经　　销：新华书店
开　　本：880mm×1230mm　1/32　印张：9.5　字数：227千字
印　　刷：北京慧美印刷有限公司
版　　次：2014年12月第1版　2015年3月第2次印刷
书　　号：ISBN 978-7-5113-4970-5
定　　价：29.80元

中国华侨出版社 北京市朝阳区静安里 26 号通成达大厦 3 层　邮编：100028
法律顾问：陈鹰律师事务所
发 行 部：（010）82068999 传真：（010）82069000
网　　址：www.oveaschin.com
E-mail：oveaschin@sina.com

目录

Contents

/ 楔子 /

市政厅的总务处，因要接待柳大帅和柳夫人的到来，一片的人仰马翻。陈主任来回踱着步，一边拭汗一边喋喋不休地吩咐："小刘，西郊的别院布置得怎么样了？跟洋行订的最新的西式家具都到了没有？打个电话给他们，明天，不，今天下午一定要送到。还有地毯，听说夫人素喜纯手工的物什。"

他又一把抓住正匆匆而过的薛松涛："小薛，那个膳房的师傅找得怎么样了？上次我开会时着重强调过，西餐师傅一定要用法国的厨师，夫人当年可是留学法国的。当然，还得找几个老师傅，得是从原来宫里御膳房出来的。还有，还有……"

"鲍来秋，那个车队安排得怎么样了？"

"龚葆华，那些个迎宾人员呢……"

若是回答得不如陈主任意的，便立马招来一顿骂："你们怎么办事情的？平日里，做一天和尚撞一天钟，我也不来管你们。这次，都把皮给我绷紧了，若有什么差池，看我不把你们的皮给剥了！"

周璐一路走来，就看到总务处的人员正低眉垂首地站着认真听训。她挑着精致的眉，娇滴滴地笑："陈主任，您说您这唱的是哪一出啊？"

陈主任闻言，止了声，转身赔笑道："哟，什么风把市长的秘书大人给吹来了啊？"

周璐笑道："好了，好了，您少寒碜我了！什么秘书大人！不过是个打杂的。对了，市长大人找您呢。”陈主任神情一凛，忙道：“是。我这就过去，这就过去。”他用目光横扫了四周一圈，以示众人“好好工作”后，这才随着周璐走出了门。

在场众人绷着的神经总算略松下来。鲍来秋抹了把冷汗：“陈主任这次是铆足了劲儿了……”小刘道：“这可是大事，正所谓是考验咱们陈主任的时候到了。陈主任这次若是能把柳大帅和柳夫人的行程安排得妥妥当当、顺顺利利的，那么这次的副市长之位就飞不出他的手掌心了……”

薛松涛应声道：“就是，就是！到时候你我也就能水涨船高了……”

众人你一句我一句的，极是热闹：“是……是……”

“得了，得了，你我哪有那个命啊——做得再好，也是别人的功劳……”

秘书室的唐宁慧整理好手头的文件，抬头一瞧四周，同事们早已经走光了。她取过围巾和手套，关上门，走出了秘书室。

到了市政厅的大门处，她的眸光才抬，就已经瞧见街口候着的那抹挺拔身影。那身影亦在一点点地朝她接近，终于近在了眼前。唐宁慧发自心底地清甜一笑：“等很久了吧，我方才一忙就忘了下班时间。”

连同嘴角轻弯，甚是温柔：“不过片刻而已，走吧。”他伸出手，握住了她的。连同的手，干燥而温暖，将萦绕在她指尖的冷意驱逐而去。唐宁慧只觉得人生若如这般安安稳稳，她亦再无他求了。

一到家，女佣阿金嫂便将热气腾腾的饭菜端了上来。唐宁慧这几日胃口不是很好，但见那菜色与往日不大一样，清清淡淡的，便稍稍多吃了几口。

连同把菜都夹到她碗里：“怎么了？近来见你吃得都这般少。”唐宁慧轻轻摇头：“我没事，只是觉得有点儿累。”最近这几天，整个人懒洋洋的，一点儿都不想动，什么都不想吃。

连同搁下筷子：“是不是市长大人这几天又乱发脾气了？那条约泄

密的事情查得如何了？”想起这事，唐宁慧越发觉得烦乱了。与俄国签密约这件事情，知道的人少之又少，怎么会被他人知道，并泄露给在野的民主人士呢？偏偏她又是里头那少之又少的几个人之一。

连同见她眉眼倦怠，大约也看出了她不想多谈此事，便放轻了声音道：“我让阿金嫂去烧些热水，你洗一下，早些休息。”

唐宁慧绞干了头发，便靠在床上翻看书籍。瞧了不过数页，她便觉得倦意浓浓袭来，不知不觉便进入了梦乡。

一路的噩梦，风很大，空气里俱是腥甜腥甜的鲜血味道……大家你推我搡，四下逃窜……

一盆冷水当头浇下，唐宁慧猛地一个激灵，从噩梦中回神。

这不是梦，这是个刑讯室，各式的刑讯工具冷冷地晃人眼。

审问她的那个人倒也还算客气：“唐小姐，您还是交代了吧，不要为难我们了。”她眼皮重得连抬都抬不起来，声音干涩沙哑，竟无一分似自己的：“我真的什么也不知道。”

她不知道密约是怎么泄露的，也不知道柳大帅和柳夫人的行程是怎么泄露的，要她怎么说，要她说什么。

唐宁慧什么都没有说。她在市政厅两年了，早不是初出学堂的小姑娘了。若这件事情要一个交代的话，总有一个人横竖都得死，若是轮到她的话，她说什么都是死。

但后来，她没有死。她在医院里醒来的时候，第一眼见到的便是周璐那张娇媚粉嫩的脸，愁眉深锁，泪痕犹在：“宁慧……宁慧……你总算醒了。”

唐宁慧吃力地转头，失神的眼眸四下寻找。周璐伤痛的眼神在回避她，所有的一切都述说着一个血淋淋的事实。

她怔怔地望着周璐，半晌，泪潸潸而下。

她早知道了，是他，是连同。

或许从最开始的相见，便是他所设的圈套而已，而她却傻傻地一步一步跨入……

她虽在唐家长大，但因是庶出，加上父母双亡，平日里头，一大家子的人，能少受点儿大娘的气已算不错了。从小到大，她要的并不多，想要的不过是一个温暖的家而已。

他给过她的，那一点点的暖，让她贪恋。

有一日，电影结束后，他送她回来。风凉凉的，带了一团团的桂花浓香，熏人欲醉。他脱了中山装，披在她身上，墨玉一般的眸子笑意隐隐，那般地好看："小心着凉。"

又有一日，他去接她下班。风雨大作的天气，瓢泼大雨，就算打了伞，两人还是被淋成了落汤鸡。他弯下腰，头俯得低低的，帮她脱去脚上的湿皮鞋。从她的视线望去，只瞧见他乌黑乌黑的发。

那一刻，她的心柔软得像是被雨水浸过一般。

唐宁慧侧着身子，无声无息地落着泪。而一旁的周璐则烦躁地从包里取出了一包烟，探出纤纤素指优雅地夹了一根，缓慢呆滞地送到嘴边。她忽地想到一事，打火机便凝住没动。

周璐在病房的窗口站了许久，最后才道："宁慧，医生……医生说你有身孕了……"周璐指尖微微用力，那根细长的女式香烟便被她悄无声息地折成了两段。

身后的唐宁慧似凭空消失了一般，居然没有一点儿声音。

周璐咬牙切齿地恨恨道："连同这个王八蛋……莫叫我再瞧见他，否则我定叫人去将他大卸八块！"

连同！这熟悉的名字，像是把剔骨尖刀在狠狠地搅动着唐宁慧的心脏，那么疼。她只有将身体蜷缩起来，再蜷缩起来，缩成小小的一团。只有这样，唯有这样，她才有一点点抵御的气力。

—第一章—

惊鸿一瞥

从此，
我爱的人都像你

天大地大，又生在乱世，唐宁慧倒是没有想过这辈子与连同再见的。

这一日，她牵着笑之的手，在洋行门前，不经意地转头，一个熟悉的人影不期然地撞入了眼帘。唐宁慧猛然一震，身子如被雷劈中一般，再无法动弹。

她看到了西式餐厅门前停着的几部车子，而他正从中间的某部车子里下来，前前后后都是威风凛凛、荷枪实弹的军装侍从。

他优雅从容地缓缓而来，一举一动间，睨视众人。

四周的繁乱嘈杂，电车铃声、叫卖声、交谈声，一切的一切在那一刻都倏然地从她身边退去了。

这个人好像是他，又好像完全不是他。

唐宁慧不知道自己呆站在那里失神了多久，但在回过神的第一秒，她本能地拉着笑之，往大柱子后面一避。

曾连同，现任西北实权人物曾万山之子，排行老七，人称曾七少。

周璐曾说过，如果再见到他，她一定找人杀了他。可是，她们后来也是从报纸上的照片知道的，他的全名叫作曾连同。

周璐把那日的报纸撕了个粉碎，犹不解气，后来索性把碎片扔到灶里一把火烧了——大约是因为知道这辈子她也无法动他分毫。

唐宁慧却只是一笑，从舌尖尝到了浓浓的苦涩，原来他还有一点没有骗他，他真的叫连同，不过却没有告诉她，他姓曾，全名是曾连同。

唐宁慧怔怔地躲在柱子后，心剧烈地抽动，麻痹过后是密密麻麻的尖锐痛感。

笑之不知其故，扯了扯她的衣袖："娘。"

唐宁慧手脚冰冷地反应过来。她扯着嘴角努力微笑，手轻轻抚上笑之柔嫩的小脸，垂眼道："我们走吧，璐姨应该等急了。"

果不其然，到了餐厅，西崽一推开包厢的门，一身若绿色软缎旗袍的周璐已经脆声道："怎么这般晚啊？你瞧瞧这都什么时辰了？饿了你不打紧，若饿了我们的宝贝笑之，我可舍不得。"

对着笑之的时候，周璐似变戏法一般低软了嗓子，轻声细语犹如燕子呢喃："来，笑之，璐姨抱抱。璐姨几日没见你了，想你想得很。"周璐在笑之脸上偷了几次香，"才几日不见，我们笑之又重了。瞧，璐姨都快抱不动了。"

周璐与笑之嬉笑了一番，抬头见唐宁慧神色怔忪，一副魂不守舍的模样，便问："瞧你心神不定的，怎么了？"唐宁慧望着眉开眼笑的笑之，无力地牵了牵嘴角："没什么。"

周璐每月总要带笑之到这种昂贵的地方吃饭，唐宁慧难免心疼，周璐却总是对她讲："我们俩以后也就指望笑之了，从小带他出入富贵场所，见识一些场面，也好培养他处乱不惊的性子、从从容容的气质。这世道，三更穷、五更富的，谁也说不准明日。但性子风度，却是可以一辈子受用的。这几年我也见惯了场面上的世家子弟，觉得他们唯一矜贵可取之处，便是那见惯场面的从容淡定，波澜不惊。"

话虽然不无道理，可唐宁慧每每总是淡淡一笑："只要笑之他身体康健，平平安安就好，富贵荣华到头来总如草上霜。"

点了西式的牛排，周璐另给笑之点了果子冻。她吃了几口，见唐宁慧今日一副心神不宁、恍恍惚惚的样子，便搁了银小勺，正色地发问："到底是什么事？宁慧，我可不是今天才认识你的。"

唐宁慧放下刀叉，抬头望了一眼周璐，旋即又垂了视线，低声道："我方才瞧见他了……"

周璐脸色顿时一变，取过水晶高脚酒杯连喝了数口红葡萄酒，最后方说了一句："他来宁州已经一月有余了。"她身为汪孝祥身边的人，自然早已经知道曾家七少爷曾连同来宁州之事。

原来是真的，方才那个人真的是他。

大约是时间隔得太久远了，加上唐宁慧这些年不停为生活奔波，甚少想起连同，就算想起，那面容也是模糊不清的。方才瞧见他的时候，她也有过片刻的愣怔，仿佛世界停止转动般呆滞茫然：这个人真的是连同吗？面容、身形是跟连同一模一样的，可是那一举手一抬足之间散发的尊贵气势，却分明又不是他。

那天晚上，唐宁慧哄着笑之睡觉。清冷的灯光下，她静静地凝望着笑之，一时不由得心痛如绞。

这个孩子，从生下来到现在，包括以后的人生之路，这辈子注定了是个没有爹疼没有爹爱的孩子。以后他懂事了，不知道会不会怪她自私地将他生下来。

仿佛被按下了播放键，那些被刻意遗忘的过往倒带般在唐宁慧脑中不断回放，她百转千回，整夜难眠。

第二日，唐宁慧带着笑之从学堂回来的时候，小小的屋里堆满了各式礼物，从绫罗绸缎、燕窝人参、蜜丝佛陀的唇膏、香粉到各式的舶来玩具，数量之多几可媲美弄堂口的杂货铺，但是杂货铺里哪有这般高档的货物。

林妈说是有人送来的。那人还说了，若是问起的话，就说"连同"

两个字，唐小姐就会明白的。

唐宁慧怔然半晌，咬着唇，只说道："都堆到杂物房吧。"林妈瞧她神色凄惶，两颊一点儿血色也没有，白得近乎透明，便知不好多问，应了声"是"。

笑之本是爱玩的年纪，见了这许多玩的物什，自然欢喜得不得了，进了屋就左看看右摸摸。但他听唐宁慧这么说后，便睁着小鹿般可爱的双眼，不解地仰头："娘，笑之不能玩吗？"

笑之大而黑亮的眸子望着她，犹如水晶般纯净剔透，隐隐带着期盼。唐宁慧弯下腰，耐心地与他细细解释："这些东西不是我们的，是别人暂借我们家放一放，等过几天，别人就会来取走，所以我们不能动，也不能玩。笑之，你明不明白？"

不是自己的，永远也不能属于自己，那还不如从未拥有，那般的话，就不会有失去的痛苦。

笑之素来是个听话懂事的孩子，听了她一番解释，便乖巧地回道："娘，笑之明白了，笑之不玩。"

第二日，还是许多的礼物。林妈说，杂物房里已经堆不下了。

周璐回来，把东西噼里啪啦地全部扔在了院子里，然后忍无可忍地大踏步来到门口，怒气冲冲地对着一旁停着的黑色汽车破口大骂："曾连同，你这个王八蛋！你以为用这些东西就可以来收买我们吗？趁现在天还没有黑，快给我滚回去做你的白日梦！"

话音刚落，便有侍从从前座出来，躬身拉开了后座车门。曾连同就这么施施然地从车子里跨了出来。

周璐指着他的鼻子："曾连同，你还有脸出现在宁慧面前……"

"你这个王八蛋！杀千刀的！给我滚！滚出我跟宁慧的院子！"

那时正是傍晚时分，晚霞如血艳丽，胭脂色的暮光照在曾连同清清冷冷的脸上，绒绒地涂上了一层暖色。

曾连同闲适地站在院子里，一直默不作声。倒也难为了周璐，浪费了半天的唾沫星子。

最后，他的眼神在周璐身上打了个来回，然后淡淡地开口道：“周小姐，我是看在这几年你照顾笑之的分儿上，不想与你多作计较，但请你适可而止。”他不说还好，一说话，周璐更是勃然大怒，她咬牙切齿地道：“笑之……曾连同，凭你也有脸跟我提笑之……笑之跟你这个王八蛋没有任何关系！”

曾连同嘴角轻挑，露出一丝含意不明的笑容，语调依旧从容不惊：“周小姐，笑之与我们曾家有没有关系，自由我们曾家说了算。”说完，转身朝房门紧闭的西厢房走去。

唐宁慧便是在这种情况下与曾连同相见的。

曾连同站在那里，神色不明：“唐宁慧，你是明白人，知道我要什么的。”

是的，她知道他要什么，他要笑之。

他们曾家虽然有五个子女，但除了他之外，其余皆是女子。也或许是他们曾家这些年争夺地盘、连年开战造的孽，曾家到现在也还没有开枝散叶。

如果时光可以倒流的话，那日她绝对不会经过那个西餐厅门口。

可这个世界上是没有后悔药的。

唐宁慧道：“曾连同，不可能的，我绝对不会把笑之给你的。”她静静地站着，静静地开口，仿若在诉说旁人的故事，与她半点儿也不相干。她的脸叫人想起千年的古井，哪怕风吹过，也不起半点儿的涟漪。

他站在那儿，浅浅地勾唇微笑，那般地清俊华贵，俊美如玉：“宁慧，笑之的事情，我有两个打算，你帮我参详参详。第一个，便是你跟我回去，你好我好大家好。笑之是曾家长孙，自然得从小如珠如宝地培养；第二个，假若你不愿同我回去，也成。把笑之交给我，我也不会亏待你，更不会亏待笑之。”

唐宁慧抬眸，终于正眼看向了他：“曾连同，你说这可能吗？”

曾连同的眸光移向了她的脸，意味深长地微笑：“我最喜欢把不可能的事情变成可能。”说话间，他一点儿一点儿地靠近她，凑到她耳边低低地道，“你在明华学堂教书，一个月的薪金不过是六十六块。而周璐，这几年跟着汪孝祥，穿着华服，喝着洋酒，住着小公馆。你知道的，以你们的道行，我根本连手指也无须动一下。你说，从哪里先开始？要不，从汪孝祥开始，先把他撤了，他本是柳宗亮的人。若不是看在他会拍马屁又会及时站队的分儿上，我老早就想把他拿下了。然后找人动动周璐——你知道的，像周璐这个条件的，虽然年纪不轻了，但还多的是窑子接收——”

唐宁慧听到这里实在忍无可忍了，怒喝道：“曾连同，你给我闭嘴！”

她当初真是瞎了，怎么会……

曾连同依旧在笑，可那笑意在唐宁慧看来却那么冰凉入骨，毫无一丝暖意：“唐宁慧，这个世界上，只要是我想要的东西，就一定要到手……从无例外！”

他的食指缓缓地滑过她的脸颊，最后停驻在她的唇上。因靠得近，他的呼吸忽轻忽重地打在她的脸上，隐隐有种暧昧不明的意味：“唐宁慧，你见识过我的手段的，是不是？”

唐宁慧屏着呼吸，恨恨地望着他。如果目光能杀人的话，眼前的曾连同早被她千刀万剐了。

是的，她见识过他的手段的。

她与他初见时，是在袁家举办的舞会上。大娘命她跟着大哥大嫂一起出席。说好听些，是带她出来见见世面；说难听些，便是让大哥大嫂带她出场亮相，然后待价而沽，以期给唐家找一门最有利的亲事；再不济，若是有权有势的人看得上，又对唐家有帮助的话，大娘不介意把她送上做妾。

那些人打量估价的目光，让唐宁慧觉得极不舒服。后来她便找了个借口，偷偷地到阳台上松口气。可没想到，早有人捷足先登了。

那人缓缓地回头，便叫唐宁慧一眼惊艳，世间竟有如此绝色的男子。她从小便听大娘不知多少次说过一句话："女子过美则近妖。"可若是男子过美呢？唐宁慧不知道，但她知道那人的眼睛凝望着她的时候，她的胸口几近窒息。

那个时候，他站在阳台上，她进也不是，退也不是。数秒后，他对她笑笑："你好，我是连同。"

唐宁慧上的也是新式的教会学堂，如今又在市政府做事，是很多人眼里的新式女子。她做了个深呼吸，平了平乱了节奏的心跳，点了点头，落落大方地道："连先生，你好。"

"袁府的花园，高低错落，倒是别有风味。"连同似在与她讲话，又似自言自语。唐宁慧站在阳台上，就着灯光极目望去，隐约可见那小桥流水、亭台楼阁。

连同说了那句话后，便陷入了沉默。唐宁慧觉得阳台这般偏僻的地方，孤男寡女的，有失礼数，便欠了欠身，道："连先生，不打扰您了，请您慢慢欣赏。"

大厅里不知何时响起了音乐，点点滴滴地蜿蜒而来。

连同只是一笑，负手朝她躬身一礼，绅士地伸出右手："不知道有没有这个荣幸请你跳一支舞？"唐宁慧有片刻的愣怔，方缓缓地伸出手。被他的大手握在手心的时候，似有电流唰唰通过，然后流过奇经八脉，直抵心脏。

古人在形容那种情景的时候，大约会说：“一见钟情。”

他请她跳了一支舞，然后消失无踪。

那一晚，那一支舞，对唐宁慧来说，甜美得犹如一场梦！

再见的那天是市政府的发薪水日，一拿到薪水袋子，周璐便会约她逛街，这日也不例外。

周璐买了舶来的巴黎香水、口红、香粉以及尖头皮鞋。唐宁慧其实也很中意那双皮鞋，黑色小羊皮，上了油，摸上去柔软得犹如棉絮，穿上想必一定很舒服。可惜……唐宁慧暗暗叹了口气。

周璐冷不丁地戳了戳她：“你不会又把薪水给你大娘吧？别傻了，那个刻薄的女人哪会真心对你好。她现在哄你，不过是为了你的薪水，还有给你找门她眼里的好亲事。就你傻，被她使唤来使唤去。”

唐宁慧默默地叹了口气：“你又不是不晓得，如今大娘也难。我大哥不争气，被外面的人引诱了去，输了那么多铺子，大嫂如今又怀了身子……”

周璐翻了翻白眼，一副无语模样：“你那个大哥，就是个好吃懒做的纨绔子弟。他这样又赌又嫖，家里哪怕有金山银山，早晚也要被他败光，更何况你们家还没有金山银山呢！你大娘呢，管不了他，每天只顾着算计你。唐宁慧啊唐宁慧，你醒醒吧，早晚得被他们给害死。”

唐宁慧抿了抿嘴，怅然道：“我大哥的本性并不坏的……”

周璐摇头不语，露出一副“你已经没救了”的表情，转身去挑蕾丝手帕。她挑了条手帕，又取了一瓶香水，递给了老板：“一起包起来。”

结好了账，周璐手脚粗鲁地把香水和手帕塞给她：“拿着。明儿是你的生日，就当是我送你的生日礼物。”唐宁慧怔怔地瞧着手里的东西，半晌，方轻轻地道：“周璐，谢谢你。”

唐宁慧的母亲朱碧青在的时候，每年都会在她生辰那天给她煮白糖鸡蛋，也会亲手为她缝制一身新衣服。后来娘去世了，这一切自然都没有了。而她爹，则在每年她生日这一天，给她一个红封，摸着她的头长叹：“乖宁慧，又大一岁了。”可后来，爹也不在了。

周璐不自在地摆手：“看在你老是帮我做事的分儿上，先声明，这可不是白给的，你啊，以后还得帮我做事。”

唐宁慧在家里隐忍惯了，到了市政府秘书室做事，也是规规矩矩、一板一眼的，上头说什么就做什么。周璐则是个人精，长得漂亮又会说话，连市长大人都高看其三分。平日里若有苦差事，周璐基本都推给唐宁慧。

但周璐倒不是没良心的，唐宁慧帮她的，她都一一记在心里。时日一长，周璐便把她当成了好友。两人日走日近，到现在几乎是形影不离。如今在秘书室里，谁要是欺负了唐宁慧，那就等于惹了她周璐。旁人见了周璐的阵仗，倒也不敢再随意欺负唐宁慧。

两人提了东西从洋行出来，便有一群衣衫褴褛的小乞丐围了上来：“两位小姐，行行好。”“两位小姐，我们一天没吃东西了，请可怜可怜我们吧。”

唐宁慧见那几个孩子脸上鼻涕污迹纵横，端的是肮脏可怜，不由得心生怜悯，刚要伸手摸钱袋子，便被周璐“啪”的一下重重地打在了手臂上。周璐拉着她拦了辆黄包车，急急地拽着她上车，呵斥道：“你傻啊，这么多人，你给得了一个两个，你能给得了这么多个吗？怕只怕你还没给，钱袋子就被人抢走了。你没了这钱袋子里的薪水，回去怎么跟你大娘交差？”

唐宁慧在黄包车上看着那几个追上来的孩子，于心不忍，便从钱袋子里抽了一张票子，吩咐道：“师傅，停一下车。你帮我给那几个孩子吧。”

周璐远远地见那几个孩子在跟黄包车师傅作揖，叹气道：“你是做了好事，等下看你怎么跟你大娘交代。要是她知道你把钱给了乞丐，你今晚就不要准备吃饭了。”转头，却见唐宁慧不言不语地盯着洋行的纸包出神。

周璐是个点头醒尾的聪明人，一看唐宁慧的表情就知道她心里在想什么，出声道：“我送你的东西，你可不能随手转送别人。”

唐宁慧脸一红，拉着她的手，讨好地笑：“好周璐，我们的友情不会因为一瓶小小的香水而改变的，对不对？”周璐心疼地看着她，无奈叹息：“傻宁慧，虽然很多时候我会觉得自己一个人很可怜，可是看到你那所谓的家人，所谓的大娘，我宁愿……”她似想起了什么，侧过了脸，没有再说下去。

唐宁慧道：“周璐，你还有我，我是你的好朋友，对不对？”周璐怔怔一笑：“是啊。”

走过一条街，周璐一眼瞧见街边的百味斋，吩咐道：“师傅，这里停吧。”唐宁慧奇怪道：“怎么了？不是要回家？”

周璐拉着她的手下车，笑道：“反正你回去横竖是没得饭吃了，我一个人也不知道吃什么，索性今晚我们吃大餐吧，顺便当给你做生日。”

唐宁慧瞧了一眼富丽堂皇的百味斋，这里是宁州出了名的老店，据说菜金昂贵，一围酒席可以抵普通人几个月的开销了。

周璐拉着她，低声道：“没事。汪市长给了我几张免费票子。”唐宁慧盯着周璐，语重心长地道：“你怎么能拿他的东西？你知道他接近你是不怀好意的。”

周璐道：“你傻啊。再怎么他也是我们的上峰。他给我的，我敢不拿吗？放心，我知道分寸的，平时他爱摸摸小手就让他摸摸，我又不掉一块肉。再说了，市政府的薪金这么高，万一被辞了，我上哪里去找这么好的工作？我们虽然只是秘书室的秘书，可是平时出去，人家一听我们是在市政府做事的，谁不高看我们一眼，不给我们一点儿面子？”

话虽如此，唐宁慧还是担心："我每次看汪市长看你的目光，就像苍蝇叮着烂肉一样，你自己可真得小心，别大意了。我娘以前一直说，女孩子再能干再有本事，也不如正正经经找个归宿。"

周璐扑哧一声笑了出来，点了点她的鼻子："知道啦，啰唆鬼，居然把我比作烂肉，你不想活了是不是？"然后拉着她的手臂，"走吧，那几张票子放着也是放着，不吃白不吃。"唐宁慧只得跟着她进了酒楼。

跑堂的殷勤万分地领着她们到了二楼的雅座："两位小姐，这边请。这个小雅座，关上窗便清清静静的，打开窗又可以瞧见楼下两条街道，正适合两位。"

周璐坐了下来，吩咐道："来几个你们这里的特色招牌菜，让你们厨子打起点儿精神给我好好做。"说着，便把一张汪孝祥给的票子递了过去。跑堂的一瞧那上头的印章，便知道对方来头不小，忙点头赔笑，比方才又殷勤了数倍："好嘞。小的这就吩咐我们大厨亲自做，两位小姐稍候。"

不过片刻，四冷八热的菜式便端了上来。跑堂的点头哈腰："两位小姐慢用。可要来壶小酒？我们店里有陈年梅子酒、新酿的桂花酒，入口清甜，都是适合小姐太太们喝的。"

周璐道："来一小壶桂花酒吧。"见唐宁慧要开口，便笑吟吟地道，"我晓得你不喝，我一个人喝，还不成吗？"

那一次，若是不进那个酒楼，她便不会遇到曾连同吧。

只是时光不能倒流，一切都无法回头！

周璐将酒倒在两个青瓷小杯中，递了一杯给唐宁慧："宁慧，明日是你生辰，你就喝这一杯吧，生辰快乐！来，我们干一杯。"唐宁慧虽不擅饮酒，但这一小杯的酒量还是有的，遂含笑端起酒杯："谢谢。"清香却苦涩的液体顺口滑下，热辣辣的，叫人直欲咳嗽。

这世上估计也只有眼前的周璐记得她的生辰吧。唐宁慧想起了去世多年的母亲朱碧青，不由得眼眶酸涩。她的生辰日是母亲的受苦日。她不是不明白周璐说的，家里的大娘等人，又有谁是真心待她好的呢？可是她从小生在唐家，长在唐家，唐家祠堂里还供奉着去世的父母，她哪里可以像周璐说的那般轻轻松松地离开家人呢？若是当真要离开，怕也唯有嫁人这一条路。

想到嫁人，唐宁慧的心蓦地沉了下去。大娘前几日说了，米商王家遣了媒人给他们的第四个儿子说亲。大娘对她说完，扫了她一眼，不咸不淡地又补了一句："大娘想问问你的意思，有道是儿大不由娘，再说了，你还不是我亲生的，若是贸然允了别人，旁人不知内情，还以为我这个做大娘的欺负了你，给你定了这么一门亲事。"

听大娘的话，唐宁慧便知大娘对王家也不甚满意，毕竟整个宁州城都知道这王家四子不仅好色，据说还命硬克妻，才而立之年就已经死了三位夫人了。

唐宁慧把王家来提亲的事情告诉周璐后，周璐挑着精致的眉毛，哼哼冷笑："你那个大娘啊，压根儿就没看上那位王少爷。以她的为人，要是看上了，还不恨不得绑了你给人家送去？可偏偏吧，话说得这般漂亮。她心里有百窍，可是没一窍是用在正途的。明明是恶妇，偏偏还要做出贤良淑德的样子。我最是瞧不惯这种人。"

周璐这张嘴最是了得，因看不惯唐宁慧的大娘唐陆氏，所以每每数落起来都是没完没了。唐宁慧在边上一声不敢吭，就怕搭上一句半句话，周璐就开始指责她。结果还是没用，周璐说完就没好气地把矛头指向了她，只恨她这根朽木不可雕："你啊你，就等着被卖吧。"玉一样白嫩的手指戳她额头，"但凡你懂得反抗一点儿，你大娘怎么敢如此拿捏你？"

知道周璐是为她好，唐宁慧半天才幽幽地叹息："周璐，你不晓得的，这世上家家都有本难念的经。”

周璐道：“不管你们家有什么难念的经，你趁早脱离了，便算是逃出生天。”

此时，酒楼包厢内，周璐搛了几筷菜给她：“想什么呢，这般出神？来，快尝尝看味道怎么样。”唐宁慧挑了鸡丝，尝了一口。周璐已在一旁做评价：“也不过如此。可见世间百闻不如一见之事，十之八九啊。”

唐宁慧笑：“是你的嘴太刁了。我怎么觉得鸡丝鲜美嫩滑，很是不错。”周璐端着青瓷酒杯，浅浅地酌了一小口：“你到现在吃到过最好吃的东西是什么？我这辈子呢，吃到过最好吃的东西，是一个白面馒头。”

唐宁慧搁了筷子，颇为好奇：“为什么是白面馒头？”周璐把玩着酒杯，似陷入了过往里头，连音调都低得飘忽起来：“因为那个时候东躲西藏的，三天都没吃东西了，觉得自己快要饿死了，可是突然有个好心人给了我一个白面馒头，你说是不是一辈子都难以忘记，然后会觉得这个白面馒头是此生吃过的最好吃的东西？”

正在此时，隔壁的包房里传来了悠扬婉转的胡琴声，有个清脆的声音咿咿呀呀地唱起了小曲。周璐跟着悲凉的调子哼了两句：“郎呀郎呀……铁石呀心肠……”也不知想起了什么凄凉心事，她的眼圈蓦地红了起来。

唐宁慧忙问：“周璐，你这是怎么了？今天你可古怪得紧。”周璐笑笑，眼波流转间已经恍若无事：“这么瞧着我干吗？吃菜呀。”然后正色道，“宁慧，你最好不要这般瞧男人，你那楚楚可怜的小模样，我是女的我都受不了。”

唐宁慧不服气，啧道：“我哪有楚楚可怜？”周璐道：“你老说有人像苍蝇一样围着我，其实啊，你自己才是最要小心的那个，那群人心里头打你主意的可不比我少。我看啊，那个汪文晋就是个不怀好意的。”

唐宁慧正要辩驳，隔壁的包厢里突然传来一阵吵嚷打骂之声。有个极其飞扬跋扈的粗犷男声传了过来：“让你陪本军爷喝杯酒怎么了？左右不过是个卖唱的。”

边上有个弱弱的男声一直在赔不是：“是是是，是这丫头的不是，军爷，您大人不记小人过。只是小的两人都靠这丫头的嗓子吃饭，平日里不敢沾半点儿酒星，就怕坏了嗓子，请军爷谅解。要不，再让小莲这丫头唱两曲儿给军爷赔罪？”

那个军爷咄咄逼人：“今天本军长我怎么也得让这丫头喝了这壶酒。你们喝也得喝，不喝也得喝！”

接着又传来“砰”的一声和小丫头“呜呜啊啊”之声。原先那个求饶的男声此时拔高了音量：“军爷，饶了这丫头吧。军爷……呃……”

那一声“呃”沙哑而止，几声碰撞声后，楼上走道里传来一阵“噼里啪啦”碗碟碎裂之声。

周璐和唐宁慧对视了一眼，来到包房门口，正见一个穿着粗布长衫的瘦弱男子仰面倒在地上，这么望去，脸上分明已经挂了彩。楼上都是雅座，四周不少包房里的人与她们一样，都探首出来瞧动静。

“爹……”一个身穿白底青花衫裤的女孩子急步冲上去扶那个男子。

一身军服的矮壮粗俗男子趾高气扬地负手踏步而出，身后跟了几个荷枪实弹的护兵。那人冷哼道：“叫你们敬酒不吃吃罚酒。”

那个卖唱的姑娘瞧着不过是十三四岁的年纪，白白净净的颇惹人怜爱，此刻楚楚可怜的惨白小脸上布满泪水，迭声唤道：“爹，爹，你快说句话，到底怎么样了？爹……”

唐宁慧叹息道：“怎么办？那父女两人看着好生可怜。”周璐压低声音道：“这穿了军服的狗东西我认识，是柳宗亮下面的一个军长，上个月打了一场胜仗，柳宗亮赏了他不少大洋，又升了他的职。你瞧他那人模狗样的，张狂得快找不着北了。”

忽然，有个声音淡淡响起：“原来是柳军的马军长，我等真是有眼不识泰山了。”唐宁慧从半启的门缝偷瞧了一眼，整个人便怔住了。那人侧身站着，脸上的线条宛如刀刻一般，俊美如玉，赫然便是连同。

那马军长见连同这般说话，总算是抬了正眼从上到下打量了对方一番，见他从从容容地站在那里，无丝毫惧意，心里头倒也有些摸不准到底是何来路，于是，说话便也客气两分：“你是？”

普通老百姓见了他们这种带枪的军爷，连大气也不敢多喘一下，今天居然有人敢跳出来为这对卖唱父女出头，这人若不是吃了熊心豹子胆，那就是有很大的靠山。而此人张口就叫自己“马军长”，显然是知道自己身份的。既然知道自己身份，还敢出声，看来来头不小。

连同依旧轻描淡写地道：“我是哪位马军长你无须知道。只是马军长大庭广众之下这般恃强凌弱，实在有违柳大帅平日的教诲，也损折了我们柳军的名声。”不紧不慢的几句话，一时之间把马军长挤对得无话可说。这位马军长面色一沉，双眼一瞪，恼羞成怒间做出了拔枪的姿势：“你……到底是什么人？敢管老子的闲事！不说的话，可就别怪我不客气！”

马军长身边的护兵见状，纷纷拔出了枪。酒楼内一时间俱是肃杀之气。

连同却淡定得很，不以为然地笑了笑，闲闲地伸手掸了掸衣袖上的灰尘，正色道：“不过，依在下看来，这件事其中必有什么误会。这酒楼里在座的每一个人都知道马军长是我们柳军的英雄，方才的事必定是军长的手下喝醉了胡闹。在下有句不当讲的话必须要说，下属犯错，军长可万万不能姑息，长此下去，连累的不仅仅是马军长的声誉，对我们柳军也不好。马军长，你说是与不是？”

那马军长目光犀利地盯着连同，半晌，冷冷一笑：“的确如此。”话音刚落，“啪啪”两声，身旁一个护兵已经被那马军长狠狠地甩了两个耳光，“奶奶的，小兔崽子，还不跟人家赔不是？下次你要是再敢为非作歹，仗着老子欺压百姓，看老子不一枪崩了你！”

那护兵捂着热辣辣的脸，一下子蒙了。但这些个护兵平日里溜须拍马惯了，极有眼力见儿，很快便反应过来，忙点头哈腰：“是，是小的错，小的再也不敢了，小的给这位姑娘和这位大爷赔罪。”说罢，走到那卖唱女孩面前鞠躬道歉，“对不住了，是我喝糊涂了。这位大爷，这位姑娘，你们大人有大量，饶了我这回吧。”

那对卖唱父女早已被他们吓得瑟瑟发抖，见那护兵躬身，只缩在一旁，不敢多说一字。

那马军长则一直恶狠狠地盯着连同，手一摆，大声喝道：“我们走！”“踢踏踢踏”的一阵皮靴声，渐渐下楼远去。

连同缓步走向那对卖唱的父女，递了一把大洋给他们：“你带你爹去找个大夫瞧瞧吧。”那卖唱小姑娘扑簌簌落泪，哽咽着再三道谢：“谢谢公子，谢谢公子。”倒地男子一副痛楚表情，强撑着连连作揖：“谢谢恩公今日的救命之恩。今天若不是有您，我们家小鱼怕是就毁了。您的大恩大德，我们父女没齿难忘。”

连同摆手：“只不过是举手之劳而已。”顿了顿，他似想起什么，忙又道，“你们还是尽快离开宁州为好。”那男子已经明白过来，点头道：“是，是，谢谢恩公提醒，我们父女这就收拾包袱，离开这里。”说完，扯了自己女儿，“小鱼，还不快跟恩公磕头？”

连同侧身避开，扶着那小鱼起身，坚决不肯受此大礼：“快走，晚走不如早走。”

那小鱼搀扶着父亲，含着泪又朝连同鞠了一躬，然后二人踉跄而去。

连同这时方抬头，朝着不远处的唐宁慧微微一笑，颔首致意：“原来唐小姐也在这里。”

唐宁慧粉脸一红，只觉得他目光灼灼，眼底似有小太阳一般，暖暖荡漾着波光。她竟不敢与他的视线相碰触，垂眸道：“连先生，你好。”周璐用手肘轻触唐宁慧，压低了声音问：“你们认识？”唐宁慧蚊吟般“嗯”了一声。

连同穿着一身白色的中山装，风度翩翩地走过来：“真是好巧，袁府匆匆一别已经半个多月了，唐小姐一切可好？”

唐宁慧的心突地一跳。那日，两人在袁府的阳台上跳了一支舞，音乐一停，他便绅士地把手移开，含笑说了一声：“谢谢。我要走了，再见。”

那晚的月光淡淡，珍珠粉末一般散落在他轮廓分明的英俊侧脸上，光影闪烁，唐宁慧只瞧了几眼，便觉得呼吸几乎要窒息了。

唐宁慧也不知道自己怎么了，看着他笑意浅浅地转身，忽然喊住了他，脱口而出：“唐宁慧，我的名字叫唐宁慧。”其实，说完她就后悔了，懊恼自己怎么这般不矜持。他会不会以为她不知羞耻，从此就这么看轻了她？

连同顿住了脚步，侧身回首，嘴角一抹笑意：“你好，唐小姐，今天很高兴能在这里见到你，我们后会有期。”

唐宁慧怔怔地望着他远去的背影，许久许久之后，她才发现，她忘记了跟他说再见。

那支舞成了唐宁慧每晚梦中最甜最美的景致。

她一直为“再见”那两个字惆怅了许久。人与人之间的缘分那般地缥缈无踪，或许她这辈子都不会再见到他了。

可是没想到居然在这里又见到了他。而他……连同他竟然清楚地记得他们第一次见面是在半个多月前……也不晓得怎么了，唐宁慧只觉得从心里泛出一片清甜。

唐宁慧睫毛微颤："我……我一切都好。"此刻，连同居然就含笑站在她面前，还有身边周璐若有所思的目光，这一切的一切，令唐宁慧觉得，四周的空气像是被人抽走了一般，连呼吸都困难。

周璐假意咳嗽了一声，道："宁慧，这位是？"

唐宁慧这才忆起，自己还没介绍周璐、连同两人认识，忙道："这位是连同先生。"她又抬头朝连同望去，却发现连同黑亮如星的目光正看着自己，两人的视线在空中相遇，竟似激出了火星。唐宁慧忙移开视线，再度垂下眼帘："连先生，这位是周璐，是我在市政府秘书室的同事。"

连同微微笑了笑，朝周璐欠了欠身："周小姐，很高兴认识你。"周璐款款道："连先生，我也很高兴认识你，特别是在你刚刚帮了那位卖唱的女孩子之后。若是我们这个国家、我们这个社会，能多一些像你这样热心又有正义感的人就好了。"

连同道："周小姐客气了。其实我不过是假勇而已，如果他们当真动枪的话，我也无半点儿法子。幸亏那位马军长刚调来宁州驻防，人头未熟，再加上为官为将的哪怕人后再不要脸，人前总还是在乎那几分虚名的，所以才被我言语所激，暂时放了那父女二人。我让他们尽快离开，便是怕那姓马的醒悟过来，回头又来寻他们，到时候，那女孩子怕是神仙也难救了。"

唐宁慧这才明白，方才他为何会一而再、再而三地关照那对卖唱父女尽快离开。

周璐盈盈一笑："连先生太谦虚了，你看方才这二楼多少人，可挺身而出的只有你一人而已，单单这勇气，便是旁人不及的。"连同摆手道："周小姐谬赞了，在下实在愧不敢当。"

周璐侧头盯着连同，问："连先生，难道你一点儿也不怕那位马军长吗？"连同淡淡道："我一不为官，二不求财，怕他做什么。若是在宁州城待不下去，我去别处就是。天下之大，难道还没我的容身之所？”这番话一出口，唐宁慧不由得另眼相看，只觉这样的男子实是世间少有。

周璐亦对他加深了几分好感，赞赏道：“连先生，佩服佩服。”说着，她话题一转，“连先生，你们包房有几个人？”

连同道：“只我一人。方才吵闹的时候，刚刚入座。我因初来乍到，听说这百味斋是宁州百年老店，店内的招牌菜百味鸡香驰百里，所以今天特地过来，想尝一尝。”

周璐扫了一眼旁边神色拘谨的唐宁慧，似笑非笑地道：“我们这包房里就我跟宁慧两人。因明日是宁慧生日，所以我们今天特地小小地庆祝一下。难得今天这么有缘，连先生若是不嫌弃的话，不如跟我们一起？”

连同的视线落在唐宁慧身上，若有似无地微笑：“这是我的荣幸。那我恭敬不如从命了。”

入座后，周璐亲自为连同添了杯酒。连同端起酒杯向唐宁慧道：“唐小姐，今天匆匆见面，我未准备礼物，就以这杯薄酒，祝你生日快乐，万事顺心。”

唐宁慧道：“谢谢连先生。”这一杯酒的味道竟与前面的不同，甜丝丝的，像是蜜糖酿成。

一顿饭下来，连同与她和周璐相谈甚欢。

三人出酒楼时，天色已经暗了。连同拦下两辆黄包车：“你们住哪里？我送你们回去。”周璐扶着唐宁慧的手臂，道：“先送宁慧。师傅，去苏杭路唐府。”

黄包车师傅一句“好嘞”，便拉着她们嗖嗖地往前走。连同坐的车子亦步亦趋地跟在后面。

不多时，便到了苏杭路的唐家。

周璐扶着唐宁慧下车，叩了叩大门上的铁环。里头传来骂骂咧咧之声："谁啊？来了来了。死阿四，又不知道跑到哪里躲懒去了。我一个人又要侍候夫人又要照顾少奶奶，我忙得过来吗我？"

一听就知道是大娘的陪嫁陆大娘。因是大娘的陪嫁，所以在唐家素来横着走，从唐宁慧记事开始，这位陆大娘便没给过她娘儿俩什么好脸色。自唐父过世后，大哥唐少丞便似孙大圣从五指山下出来一般，再无人可以拘束，又是赌又是嫖的，连输了家里的几间铺子。大娘被他气得一度卧床不起。这样的光景下，唐家的下人大半都打发了，只留了三个下人，里里外外地撑着唐家即将要倒下的面子。

大门"吱呀"一声被拉了开来，露出一张中年仆妇的脸。那仆妇见了唐宁慧，神色极不耐烦："我的四小姐啊，你可算是回来了，老夫人不知问起你多少次了！"

唐宁慧顿觉不好意思，对周璐和连同欠了欠身："谢谢你们送我回来，我先进去了。"唐宁慧转身前，眼角的余光瞧见连同站在石阶下，默默地注视着自己。

大门"吱呀"一声，在两人面前合上。陆大娘的声音依旧隔了门传来："四小姐啊，不是我这个做下人的没上没下，这府里夫人病了，少奶奶又坐了怀，我一个人忙了里头还要顾外头，你平日里不帮衬着点儿，还在外头喝得这般醉醺醺的……"后面的话因渐渐远去便听不清楚了。

第二章

情根深种

从此，
我爱的人都像你

第二日，一身淡雅格子旗袍的唐宁慧一进入秘书室，便见周璐笑吟吟地瞅着她。唐宁慧搁下手里的小包，未语脸先红："你怎么了？这般瞧着我。"又伸了细长白嫩的指尖往脸上抹了抹，"是不是我脸上有脏东西？"

周璐凑了过来，在唐宁慧耳边低声道："昨晚那连先生送我回家。"唐宁慧淡淡地开口："是吗？"

周璐笑意古怪地道："你先听我说完，再生气也不迟。"唐宁慧觉得羞窘，脸微红，侧过头道："胡说八道，我哪有半分生气。"

周璐咯咯笑出了声："我还胡说九道呢。你当真没有生气？"唐宁慧又羞又恼："周璐！"

周璐笑："好了，我也不逗你了。昨晚啊，确实是那连先生送我回去的，半分不假，且他也同我讲了一路的话。不过啊，他的话题都是围绕着你打转的，一再地问我，你是从哪里的学堂毕业的，何时来这秘书室的，等等。"

唐宁慧侧头不语，脸红得犹如滴血，眼底却分明是欢喜的。

周璐在她对面的办公桌旁坐了下来，托着香腮问道："对了，你是怎么认识这位连先生的？"见办公室里无其他人，唐宁慧便压低了声音，把袁府那一晚的事情和盘托出，连两人的那一支舞也一五一十地告诉了周璐。

周璐凝神听了半晌，在一旁琢磨道："我瞧着这连先生分明是对你有些意思。瞧他昨天在百味斋挺身而出救那卖唱的小姑娘，品行应该是不错的。我亦留了心打量他那一身的穿着，料子和手工都是不差的，显然家里头是有些底子的。只是不知家里头定亲了没有，如果有机会，我再跟他打听打听。"

唐宁慧只觉耳朵大热，避开周璐深深的目光，口干舌燥地道："你去打听这些做什么？"周璐瞅着唐宁慧眼波流转，只是笑："你说我去打听这些做什么？"

此时，秘书室主任汪文晋手里拿了一沓资料进来，一脸的严肃："小唐，你到我办公室里来一下。"唐宁慧忙站起身来："是，汪主任。"

周璐则笑道："哎呀，汪主任，您贵人事多，这一大清早的您就在忙了，宁慧一个人忙得过来吗？要不要我帮忙？"

汪文晋是汪孝祥的侄子，自留学归国以来，汪孝祥就一手把他安排进了自己的秘书室，几年下来已经是秘书室的主任头头了。因有汪孝祥这个靠山，市政府里头谁都让他三分。

汪文晋托了托悬在鼻梁上的黑框眼镜，对周璐道："小唐一个人就可以了。"

唐宁慧起身随汪文晋来到主任办公室。汪文晋极是慎重地关上了门，这才把资料递给了唐宁慧："小唐，市长说这些俄文资料都是绝密的，你切记不要外泄。"

唐宁慧点了点头，坐下来，打开文件的第一页便蒙了——文件上赫然写了硕大的两个字：密约。再往后翻，第二页，第一条：各项要政聘用俄人为有力顾问。

第二条：必要地方与俄国合办警察。

第三条：军械定数向俄国采买，并合办械厂，用其工料。

第四条：……

…………

唐宁慧倒抽一口气，顿觉全身血液俱往上涌，手脚冰冷。这是赤裸裸的卖国条约。汪孝祥居然勾结俄国人，卖国至此。

宁州位于西北部，与俄国交界。俄国势力在西部向来猖獗。近年来，虽然日本人也开始极力渗透，但终究不如俄国人。莫非是汪孝祥不满足于小小的宁州，想往上爬，不惜签这种卖国条约以换取俄国人的支持？或者这本是柳宗亮的授意？

汪文晋瞧着她忽红忽白的脸色，知道她吃惊不小，便缓缓地走了过来，警告道："小唐，我是拿你当心腹才让你参与此事的。事关重大，切不可泄露。"

唐宁慧内心鄙夷，可面上哪里敢露半分？只好轻轻地应了声"是"。

汪文晋亲自给她冲了一杯茶，搁在她手边后，顺势把手搭在她的肩上，亲热地道："小唐，你通晓俄文，一手好字在整个秘书室里又是数一数二的，加上平日里口风甚紧，所以叔父要找人整理这机密文件，我第一个便想到了你。你好好地用心办事，我和叔父绝对不会亏待你的。"

自唐宁慧进这秘书室，汪文晋便注意到了这个静素温婉的秘书。

唐宁慧对汪文晋的靠近感到极度的不舒服，她不着痕迹地移开了一些距离："汪主任放心，我决不会对任何人透露一字半句。我这就开始整理，逐条详细记录。"唐宁慧虽然没有周璐聪慧，可亦知道这种事情一旦泄露，弄得不好，项上人头都可能随时会搬家。

这一忙碌便一直忙到了下班时分，汪文晋吩咐她："小唐，今天就到这里吧。"

唐宁慧回到秘书室，周璐还未下班，显然是在等她，看见她进来，便朝桌面努了努嘴："有人有心得很，专门遣了人给你送生日礼物来。"

是一个用厚纸包好的大盒子，四面用锦缎系着，最后打成了漂亮大方的蝴蝶结。这么漂亮的包装，显然是洋行里头买的物品。唐宁慧诧异地道："谁送来的？"周璐笑颜如花，眨了一下眼睛："你说呢？我估摸着多半是昨天那位连先生。"

唐宁慧脸一红："怎么可能？"周璐道："打开来瞧瞧便知。"

唐宁慧迟疑地解开了盒子上的蝴蝶结，掀开盒盖的时候，眼睛微亮，是一双漂亮的黑色靴子，和周璐昨日买的那双类似。周璐只一眼便道："这双鞋比我昨日买的那双还要贵数倍。只是奇怪了，他怎么知道你的尺寸？"

周璐从盒子里取出靴子，忽然像发现新大陆一般，道："咦，下面还有东西。"原来，取了鞋子后，下面还铺了厚厚的一张纸，轻轻地掀开，最底下是一件极漂亮摩登的格子呢大衣。

唐宁慧将大衣取出，可是找遍了盒子，都找不到任何署名的纸片。唐宁慧不由得蹙眉，问周璐："东西是谁送来的？"

周璐只道："是门房拿进来的，指明是送给你的。这包装，我一瞧便知是我们昨日去的大兴洋行。"见唐宁慧怔怔的神色，周璐又笑道，"既然有人送你，你就大大方方地收着便是，在这里疑神疑鬼做什么。"

唐宁慧道："有道是无功不受禄，我怎么能随随便便拿别人的东西？再说了，这没名没姓的，万一来路不正……"

周璐叹气："你就这性子。既然如此，要不我陪你去一趟大兴洋行？问问便知。"唐宁慧点了点头。

大兴洋行的鲁经理大约早得了吩咐，所以对唐宁慧两人的询问，只道："两位小姐，实在是抱歉，客人吩咐了，本店不得透露。"到了后来，实在拗不住两人相求，讨饶道，"两位小姐，我们做生意的最讲究'诚信'二字，答应了客人的事情，一诺千金，必须做到，对不住了，本店实在不能透露。”

话已至此，显然再追问也问不出什么了，周璐眼珠子一转，计上心头。她上前一步，对着那鲁经理妩媚地一笑：“经理，我倒有个法子，我们来形容一下那个买东西客人的模样，若是对的话，你甭说话，若是错的话，你便摇摇头。如此，你便没给我们说一字半句，自然不能算经理你违诺。”

周璐本是大美人，一颦一笑皆动人心魄，此时又扯着那鲁经理的衣袖，娇娇软软地说话，不要说是男人了，连唐宁慧都觉得拒绝这样子的美人实在是罪过。

果然，那鲁经理最后无可奈何地点了点头。

周璐便将连同的相貌一一描述出来。那鲁经理听后，默不作声地杵在原地，不点头也不摇头。

周璐了然地对着唐宁慧眨了眨杏眼，方对那经理道：“多谢。”

出了洋行的门，周璐用手指刮了一下唐宁慧粉嫩的脸：“如今我这个女包公查清了案子，这些个礼物确实是那位连先生送的，你现在总可以收下了吧？”唐宁慧咬着唇，轻轻吐了一句：“我与他非亲非故，怎可收他这些礼物？”

周璐道：“我现在倒是明白了为什么连先生不表明是他送的，他其实猜到你会拒绝，所以特地吩咐了那洋行里的人不许透露。他这么一番好心好意的，你何苦来哉？听我的，收下便是了。”

唐宁慧回到家，将皮靴和大衣取出来搁在床上，凝望了半晌，最后还是取了皮靴，轻轻套上。软软的小牛皮，像是第二层肌肤一样包裹着她的脚，舒服得直教人叹息。

但是，很快，她便触电一般脱了下来。她把视线移向她那唯一一双破旧的黑皮鞋上，那还是去年她进了秘书室，大嫂白如懿送她的：“四妹妹如今是政府里头的公务人员了，不能再穿绣花布鞋了。这双皮鞋是我特地给四妹妹买的，请四妹妹一定要收下。”

大嫂白如懿其实并不难相处，白家与唐家是世交，当年唐宁慧的爷爷还在世，唐家那个时候也算是家业最鼎盛时期。某一年，白家回老家肃州祭祖途经宁州，因在宁肃交界之地的道上被土匪抢劫，到了宁州后，不得已遣了仆人来唐家求助，一家老小在唐家一住就是数月。

当时的唐家老爷和白家老爷见各自的孙媳妇都坐了怀，便生出了亲上加亲的念头。结果两人一拍即合，便定下了这门亲事。说来也巧，几个月后，唐家便生下了唐少丞，白家则生了一个冰雪可爱的女儿。

白如懿从懂事起便晓得自己定了这门亲事，从小姐妹们在床头榻上绣花间隙，偶尔说些私密体己话，姐妹都时不时地打趣笑话她是定了亲的人。

在白如懿十五岁那一年，唐宁慧的爹唐秋冯带了唐少丞来给她爹祝寿。她在门后偷偷地打量了唐少丞一眼，只觉得他玉面清俊，穿了件蓝色长衫，端坐在那里，便如《三国志》里的赵云一般。她正欲多看几眼，大姐便轻轻打了她手臂一下，凑在她耳边压低了声音笑道：“快回去，以后你日日看，夜夜瞧，时日长着呢，莫让人发现闹笑话，说我们白家没个规矩。”

此后白如懿对嫁人一事不再排斥。十七岁那年，唐家遣媒人来定日子。母亲含笑问了她一句，白如懿羞得面红耳赤，低低地说了一句：“单凭爹娘做主就是，爹娘的意思便是女儿的意思。”母亲瞅着她只是笑，迭声道：“女大不中留！女大不中留啊！”

进唐家门后，起初两人恩恩爱爱，琴瑟和鸣。可不过一年多光景，她便在唐少丞某次回来后，闻到了他身上的脂粉味。她当时怀了身子，闻到的那一瞬，只觉得肝胆俱裂。她颤颤地指着他脖子处那一抹鲜红的胭脂问："你说，这是怎么回事？"唐少丞只笑笑："不过是几个同窗聚聚，叫了几个堂子里的姑娘出了局乐乐。"

唐少丞这般地轻描淡写，显然是往日做惯了的事情，她这般一问，反倒显得大惊小怪似的。白如懿不知怎么了，六月的天气，身子像是浸在冰窟窿里头，喃喃地重复着他的话："原来是叫了几个姑娘乐乐罢了。"

那唐少丞见她脸色有异，又大着肚子，便伸手搂住了她，在她脸上亲了一口："如懿，你莫生气。在宁州，应酬聚会，多多少少会叫几个堂子里的姑娘，唱唱小曲，喝喝小酒……这都怪我，没在前头跟你说清楚便去应了约。莫气，莫气，可别气坏了身子。"

白如懿拿手挡着，那唇就落在手背上，热热痒痒的，不由得让她想起两人过往的恩爱来。想到公公撒手归西后，唐少丞担了唐家的担子在外头行走，免不了要应酬许多人。又见他没口子地哄她，又想到腹中未出世的孩子，便心头一软，沉默不语。

可谁知道唐少丞不久便又好赌起来，一个铺子接一个铺子地输掉。那个时候白如懿正坐月子，婆婆唐陆氏因她头胎生了个女儿，嫌得很，偶尔进白如懿的屋子，神情都是不咸不淡的。

唐少丞出了这般的荒唐事，唐陆氏就把儿子锁在祠堂罚跪思过，一字不骂儿子，反倒是每日里在白如懿的院子里指桑骂槐："哎呀，造孽啊，我唐家这是怎么了？明日里去永宁寺给菩萨捐点儿香油钱，让方丈算算是不是什么灾星落到咱们家里了。"或者唉声叹气不断，"我进唐家几十年了，就数如今最不顺当，下去了也没脸见唐家的列祖列宗啊……"

白如懿气得在自己屋子里直抹眼泪，可是又无半点儿法子。出嫁前一晚，母亲在耳边再三叮咛："孝顺公婆是第一大事，若是违了这一条，你在唐家便难以立足。唐家老爷不在了，你婆婆便是唐家第一人，无论如何，你都得把婆婆给哄好了，她再为难你，你都听到当作没听到，见到当作没见到。我的儿啊，娘如今说的话，字字都是为你好，你可得牢牢记在心上啊。”

白如懿到那时才明白，母亲当时说话为何会如此地语重心长。出了月子的第一天，天光熹微，白如懿便下厨亲自为婆婆唐陆氏烧制吃食，才换来婆婆唐陆氏淡淡的一句话：“不愧是肃州白家出来的媳妇。宁慧，你好好跟你大嫂学学，日后也好找个好婆家。”

唐宁慧在唐家一直是影子一般的存在。唐宁慧的母亲是唐秋冯在外头经商时纳的小妾，后来唐陆氏知晓，让唐秋冯把唐宁慧带回到宁州祖宅认祖归宗时，唐宁慧已经六岁光景了。

白如懿进唐家前，母亲便已经将唐家的情况一一与她细说：“唐家人丁稀少，你公公是唐家独苗，你婆婆也只生下了两女一子，少丞亦是独苗。你那两个姑子都已经出嫁了，如今唐家还有一个庶出的女儿，平日里没声没影的。你过去后，切记不要与她走得太亲近，近了，那是给你婆婆打脸。”

白如懿后来也一直听从了母亲的教诲，平日里待唐宁慧客气有余，但不亲密，后来知道唐宁慧考取了市政府的秘书室秘书一职，倒对她也有几分刮目相看的味道。想不到素来安安静静、不声不响的小姑子，居然有如此新式的做派和勇气。

唐陆氏本是不同意唐宁慧出去做事的，她沉着脸说过这样的话：“你好歹是我们唐家的四小姐，哪怕如今我们唐家时运不济，也不用你这般抛头露面。”

白如懿见唐宁慧垂着头不作声，她倒也颇为同情。当年她在私塾学了几年，本也想上新式学堂的，可爷爷那时候在，不同意，说女子无才便是德，识几个字，会看账本，管家理财就可以了。白老爷子都这么说了，白老爷也不好多说什么，便欠身应了个“是”。

白如懿那天也不知怎么了，在唐宁慧离开后，在唐陆氏跟前开口为唐宁慧说了几句话：“娘，我倒觉得四妹去市政府秘书室做事不是什么坏事。一来，让人家觉得我们唐家开明，母亲通情达理，是新式的家庭；二来呢，四妹这花容月貌的，去秘书室上班，那里头往来的非富则贵，都不是些个普通人，指不定四妹就被哪个达官贵人看上，娶去做了夫人。若真是如此的话，日后娘还少不了享享这四妹的福。”

唐陆氏不屑地冷哼了一声：“指望她？”白如懿压低了声音：“娘，我们这些为商的，哪怕日进斗金，但见了官都还是矮三分。再说了，宁欺白头翁，莫欺少年穷，四妹那鲜鲜嫩嫩的模样放哪里不出挑？”唐陆氏听到这里便沉吟不语了。

白如懿又趁机下了一剂重药：“娘，我进唐家也两年多了，媳妇我生是唐家的人，死是唐家的鬼，自然是日夜盼着我们唐家好。媳妇我说句难听的话，娘切莫生媳妇的气。少丞被那些个狐朋狗友带坏了，如今虽然是不大争气，指望不上，可他本性不坏，我娘特地请我们肃州万相寺的了尘大师算过，大师说他这几年只是在走噩运，所以被蒙了心窍，等醒悟过来，必定会重整家业的。”唐陆氏听到最后几句，从榻上爬了起来，抓着白如懿的手腕：“那大师当真这般说？”

白如懿道：“娘，媳妇难道还骗你不成？”又扶着唐陆氏重新躺下，还细心地取了软枕塞到她腰后，“娘和媳妇今生今世能指望的，还不是少丞一人？但若是四妹真有那运势，嫁个好人家，日后总念及唐家就少丞一根独苗，她娘家就这么一个哥哥，想来总少不了会拉扯几把。哪怕最不济，娘你放她出去做事，在外人眼里也落一个宽厚明事理的好名声。”

白如懿见唐陆氏不说话，知道她在细细思量，便告了退：“娘，您好好休息一下，媳妇去厨房瞧瞧去。”

唐陆氏思来想去地考虑了一晚，第二天清早用早膳的时候，便对唐宁慧道："大娘我昨儿晚上想了一夜，既然你愿意去外头做事，大娘也不拦你，只是你切莫学那些不好的，破什么旧，破什么封建，谈什么自由恋爱。你爹虽然走得早，但我们唐家在宁州还是有头有脸的。"

唐宁慧本已觉得无望，此时闻言，又惊又喜，忙起身道："是，大娘。"后又补了一句，"谢谢大娘。"唐陆氏第一次搛了块酱菜搁到她面前的碟子里："坐下来吃饭吧。"

唐宁慧欣喜地坐了下来，嘴角露出的笑意，便如三月枝头的桃花妖娆。唐家的子女都长得极好。白如懿见状，手抚着腹部，想起了唐少丞，一时间不由得痴了。

白如懿其实也难，花朵一般的年纪，本以为觅得了如意郎君，谁知道进门头一年，唐宁慧的爹——唐秋冯便得了急病，药石罔效，转眼便撒手而去。唐秋冯这一去，留下了唐家孤儿寡母和唐家不小的摊子。

唐少丞那年年方二十，唐家所有的生意往来便一下子落在了少不更事的他身上。由于要应酬，难免往来于酒楼等声色场所，一来二去，受了一些人刻意的引诱，便开始走入旁道，等到唐陆氏等人发觉时，已经到了接连输掉店铺、瞒不下去的地步了。

这都是白如懿嫁进唐家后发生的，唐陆氏便觉得她命里带煞，心头不喜。偏偏第二年她又产下了女儿唐文环，唐陆氏更觉着不满意。后来知道儿子滥赌，唐陆氏对这个命根子素来溺爱，虽然恼其被狐朋狗友带坏，但更多的是把所有的恶气都出在了白如懿头上。

唐宁慧就曾在暗中听到过大娘唐陆氏与陆大娘的对话："这个姓白的就是个扫把星！进门后，唐家就没有过一件好事，先是老爷去世，少丞又染上了赌这毛病……先头我是看她怀了身子，想着我们唐家至今无后，一忍再忍的，可她的肚子偏偏如此不争气……"

陆大娘素来会拍马逢迎，便立刻附和："可不是？少奶奶这一进门，就克死了老爷，外头都议论纷纷，说少奶奶命里带煞。夫人，你看……要不老奴去庙里给太太算一卦？”唐陆氏沉吟片刻，道：“若当真是命里带煞，八字带克，可如何了得？”陆大娘忙道：“夫人，这还不容易？若少奶奶真的是命不好，就请庙里的师父化解化解；若是化不了，怎么来的就怎么回呗。”

唐陆氏啐了她一口：“你说得轻巧，怎么来的怎么回，你以为唐家如今还是老爷在的时候？你又不是不晓得，如今唐府里头的开销，还不是靠她的嫁妆在贴补？”陆大娘尴尬地笑：“那是太太聪明，卧床装病，把账簿和库房的钥匙交给了她。这么一来，她管了事，不能不往里头贴银子了。”

唐宁慧在外头端着刚熬好的药碗，不知是天气冷的缘故还是其他，只觉得身子阵阵发凉。

唐陆氏幽幽地叹了口气：“若是老爷在世，我何用如此啊。如今唐家入不敷出，贴我的体己，早晚有一日要贴完的。我们娘家你不是不知道，早已经是子侄掌家了，我们这些嫁出去的女儿便真如泼出去的水。她们白家再不济也比我们唐家好些，她手里若真是没了银钱，必定会向娘家开口。她老子还掌管着白家，指缝里随便漏下一星半点儿的，也够普通人家吃用几年的。再说了，这家里头的重担迟早也是要他们夫妻两人挑的，我也当是给他们历练历练。”

陆大娘道：“是，是。夫人，我是跟着您从陆家出来的，怎会不晓得您的难处呢？”唐陆氏又长叹道：“我的体己，迟早也是要留给少丞的。我只是怕他不争气，把我的那份藏了掖了几十年的嫁妆也给输个精光，那日后我们这一大家子，老的老，小的小，要怎么活下去？”

屋里沉默了半晌，陆大娘开口询问道：“太太，这问卦的事情？”唐陆氏的声音倦怠至极：“去吧，去问一卦也好。我们唐家啊，如今风雨飘摇，可再经不得半点儿的事了。”

唐宁慧等陆大娘出来后，等了片刻，才进去侍候唐陆氏服药。

出来后，唐宁慧便径直去了白如懿的院子。白如懿正在给孩子喂奶，见唐宁慧进来，便想搁下孩子起身：“四妹妹，怎么这光景来我屋？”唐宁慧瞧了瞧四下无人，才道：“大嫂，我有话同你说。”

唐宁慧挑了拣了地把陆大娘要去寺庙问询的话告诉了白如懿，又说：“大娘常年在城西的观音庙供奉灯油，与那里的无静师太熟稔得很，对她的话奉若圣旨。这无静师太平日爱往宁州各富家诵经念佛，若真是心境清净之人，粗茶淡饭便是修行，何苦如此？”

唐宁慧点到即止，说完便道：“大嫂，我先回去了。”才抬步，身后传来了白如懿感激的声音：“四妹妹，谢谢你。”

几天后，陆大娘一早去了城西的观音庙，唐宁慧傍晚回来见唐陆氏和白如懿的脸色都一如往常，显然大嫂已经做好了安排，陆大娘问的自然百分百是个好卦。

大嫂白如懿后来喝茶听戏打牌，也是因为跟大哥唐少丞置气。唐少丞被唐陆氏禁足了一段时间后，倒也收敛了不少。唐陆氏当年九死一生产下这个儿子，向来是宠惯了，见唐少丞拘束在家，循规蹈矩的，以为是悔过学好了，便放了他出去。

那个时候，唐家手里尚有一个铺子，虽然生意极差，但好歹也是一份家业，唐陆氏便含泪叮咛儿子：“我的儿啊，你以往好赌不争气，我真恨不得打死你一了百了，可想到我们唐家至今香火未续，有道是不孝有三，无后为大，我若是真狠心打死了你，我到地下也没脸见你爹。

“我的儿啊，如今你也是为人父的人了，平日里做事情，哪怕是不想着我这个做娘的，也得为你自个儿的闺女好好打算打算，切不要再踏入赌场了。这回去了铺子，你就住在铺子里，跟着师傅们用心好好学，也好好地经营这门生意。”

唐少丞重重地向唐陆氏磕头：“娘，千错万错都是儿子的错，儿子如今知道错了，儿子这回一定给娘争气。”自此，唐少丞便搬去了铺子，跟几个伙计同食同住，一月也才回来几趟。

白如懿因掌管了唐家大小事务，手上又没银钱，自然是吃力不讨好，加上平素里唐陆氏亦没少给她脸色，所以唐少丞回来的时候，免不了会嘀咕几句。一来二去的，唐少丞便嫌她烦，一月数回渐渐变成了一月一回。

某天，唐宁慧回家，才进院子，就听见大嫂白如懿凄厉的哭声：“唐少丞，你到底是不是人？！家里如今是什么样的光景你不是不知，你竟然还在外头烧钱养戏子……”

唐少丞亦在气头上，口不择言：“你看你，披头散发的，形同一个疯婆子，我当初怎么会娶了你？！再说了，你进门这些年，一个接一个地生，哪一个是带把的？这已经犯了七出之条，我没休你，已经是千好万好了，养个戏子怎么了？若她能生个一男半女的，我还抬她进唐家做姨奶奶呢。”

白如懿哀哀地哭：“唐少丞，你到底有没有良心？我进你们唐家，吃穿用度哪里有花过你们唐家一分钱？这两年来，我填了多少嫁妆进你们唐家这个无底洞？我为的是谁？图的是什么？好，如今倒好，你要抬戏子进唐家做姨奶奶。好，你这就去抬，把休书给我，我回白家便是。”

唐少丞骑虎难下，跺脚道：“好，我这就写！”

屋内传来白如懿呜呜咽咽的哭泣声。因两人都在卧房内，唐宁慧站在院子里一时不知如何是好。

这时，唐陆氏在陆大娘的搀扶下进了院子，把手里的拐杖重重地往地上一敲，冷冷地对杵在一旁的唐宁慧喝道：“站这里看好戏呢？还不过来扶我进去！”

陆大娘“哐当”一声推开了门，唐宁慧扶着唐陆氏进了屋子。

卧室里已是狼藉满地，茶盏摆设之物都已经碎裂成片。白如懿见她们进来，用手绢捂着脸，哭得越发委屈起来。

唐陆氏喝道：“你们如今也是做父母的人了，这般大喊大叫的是做什么？让人瞧我们唐家闹的笑话还少吗？”

白如懿泪珠子滚滚落下：“娘，你倒是给我评评理，少丞他如今一月归家一次，媳妇我心疼他劳累，从未有过一句半句怨言。可是如今，如今他竟然在外头养了人……媳妇我……”白如懿说到这里，已经哽咽不成语了。

唐陆氏瞪眼道：“你且细细说来。少丞好好地在铺子里头，哪里会养什么外室。”白如懿上前，拉扯着唐少丞。唐少丞挣扎：“你拉着我做什么？越来越像个疯妇了！”

白如懿用了全力，唐少丞竟然挣扎不脱。白如懿指着唐少丞长衫领子处的胭脂道：“娘，你瞧瞧，你瞧瞧……还有脖子上……”白如懿瞧了一眼唐宁慧，别过头，用帕子遮了脸，“四妹妹云英未嫁，我这个做大嫂的不便多说。”

唐宁慧脸上一红，知道大嫂这个“不便多说”里头定是铁证。

唐陆氏见儿子脖子处有好几口牙齿印，细细小小的，一瞧便是与女子情动缠绵时留下的。她气得眼前发黑，但总归是自己儿子，免不了帮唐少丞开脱：“就算他出去花天酒地了，你也不能说他养了外室。如今他哪里有这个闲钱去养戏子？”

白如懿气苦至极，哭道：“是少丞自己承认的。”唐陆氏抬眼怒视着儿子：“你媳妇说的可是真的？”唐少丞垂着头不搭话。

唐少丞是唐陆氏自己生下来的，如此的表情便说明是真的。唐陆氏只觉得喉头一热，一口鲜血便喷了出来："好，我生的好儿子啊……"眼前一黑，便人事不省了。

唐宁慧赶忙上前扶住唐陆氏软下来的身子，对傻愣住了的几人喊道："快，快派人去请大夫，快！"

陆大娘因事发突然被吓住了，此刻回了神，连声念佛，撒开步往外跑："阿四，阿四，快去宝顺斋请大夫，太太晕过去了……"

唐陆氏被儿子这一气之后，倒再不用装病了，真真是病了下来，整个人也似被抽了精气神一般，一下子老了许多岁。

唐宁慧印象中的大娘，发髻从来都是一丝不苟，神色端庄冷凝，目光扫过来的时候，四周都仿佛会结冰一样。但是每当大娘对爹或者唐少丞、唐宝慧、唐双慧笑的时候，银盘似的脸上便会堆满了笑意，慈祥得很，那个时候的大娘是最漂亮的。可惜，大娘极少对着她笑。

唐宁慧犹记得当年与母亲朱碧青从鹿州来宁州的路上，寒凝大地，凋残一片，一望无际的田野上看不到一丝绿色。马车里放了炉子，上面熬着八宝暖茶，蒸着桂花糯米糕，甜甜的食物香气萦绕在小小暖暖的车厢里。

唐宁慧第一次出远门，兴奋极了，时不时地掀开帘子一角，偷偷地瞧外头的景致，可是母亲朱碧青的神色总是隐隐不安。唐宁慧那个时候还小，自然不懂母亲的担忧。马车走了很多天，总算是到了宁州，坐在前头的掌柜师傅跳下马车，在外头道："二姨太，主家到了。"

母亲朱碧青"嗯"了一声，怔了怔才扶着她起来，替她裹上了披风，系好了带子，这才掀开了马车上的夹棉厚帘子。

一阵刺骨的冷风瞬间从四面八方如箭一样射了进来，唐宁慧穿了厚袄又裹着厚披风，也生生地打了个冷战。她敏感地察觉到母亲的身子似乎也冷得颤了颤。

唐宁慧抬头，看到了两扇朱漆大门，门上粗粗的两个大铜环。掌柜师傅轻轻地叩了叩大门，便有个戴了狗毛耳套的人拉开门探头出来。

掌柜师傅道："阿四，快开门，鹿州的二姨太和四小姐到了。"阿四"哎"了一声，一边拉开厚重古朴的大门，一边扯着嗓子朝里头喊："二姨太和四小姐来了！"

朱碧青握着女儿的手，跨进了唐家大门。

一身臃肿的陆大娘从照壁后折了出来，似笑非笑地朝她们福了福："奴才给二姨太、四小姐请安了。夫人算着日子，候二姨太和四小姐已经候了几日了，方才一听奴才们禀报，已经等在大厅里头了。"

朱碧青早在来宁州之前，便私底下问询了唐秋冯不少宁州祖宅之事，见陆大娘一脸的指使之气，身上是七八成新的苏缎袄子，心下已经猜到她的身份，遂含笑道："有劳这位姐姐带路了。我们四小姐这几日也天天念叨着说想见大娘与哥哥姐姐们。"

陆大娘一双锐利的眼滴溜溜地在唐宁慧身上转了一圈，笑吟吟地道："难得四小姐有心。夫人啊，也记挂着四小姐，挂念得紧。这不，昨儿晚上还与奴才一起赶制四小姐的袄子，说是要亲自缝制一套衣裳给四小姐做见面礼。如今看来啊，这是母女连心，彼此记挂。"

朱碧青抿嘴笑笑，心里头却越发惶恐起来。她自然知道陆大娘是唐陆氏当年的一个陪嫁丫头，进唐家后，随着唐陆氏掌权，这陆大娘也成了唐府下人中的第一号人物。原先朱碧青不过是听听而已，到了此刻，这寥寥数句，朱碧青便已知道这陆大娘可不是一般人物。陪嫁丫头都已经如此了，唐陆氏的手段就可想而知了。

忆起在鹿州时，隔壁的汪夫人知道她要回宁州祖宅的时候劝她的话："青妹妹，你我隔墙而居这么些年了，我也知道你的为人，不是那些会耍手段争宠惹事的狐媚子，可是古往今来，不是恶妇欺善姑，便是刁姑气善嫂。我是真心实意地劝你一句，宁愿在鹿州带着宁慧吃糠咽菜，也不要回富贵宁州去。再说了，你在鹿州，你们家唐老爷也绝对不会亏待你们的。”

朱碧青的曾祖父当年曾在翰林院供职，几代都是书香世家。在她祖父那一辈，因给当时的慈禧太后递了折子，惹恼了太后，被摘了顶子不说，还下了大牢。朱碧青的父亲朱经纶走遍京城，找遍了祖父的同庚同年同乡，变卖了所有的家当才把奄奄一息的祖父从牢里捞了出来。朱家由此便开始衰败下来。

后来在京城实在待不下去了，祖父和父亲朱经纶一合计，便变卖了宅子还清钱债回鹿州老家。本来手头还略有些银两的，哪知屋漏偏逢连夜雨，回乡途中又遭遇流匪，除了一些书籍等不值钱之物，家当被洗劫一空。到了鹿州后，幸得有几间祖屋和几亩田产，这才得以温饱。

朱经纶到鹿州安顿下来后，便在鹿州书院谋了份差事，又娶妻田氏，上侍奉老父，下哺育幼儿，倒也其乐融融。鹿州虽不如京城繁华，但青山隐隐绿水迢迢，亦有另一番景色。到鹿州的第二年，朱田氏产下一女。朱老爷子在自己书房前远眺青山群峰如碧，一抹夕阳如染，便给呱呱坠地的孙女取名为朱碧青。

一直到朱碧青十五岁那年，朱家在鹿州也算颇有薄名的书香之家。可偏偏那一年，朱碧青的父亲染了急病，延医用药，不见半分好转，大半年后，便扔下朱家老小而去。家里一下子失去了顶梁柱，入不敷出，再加因治病而借贷的银子，本就清贫的朱家一下子陷入了困顿。不得已，朱田氏只好托了相熟的人做媒。

朱田氏对着朱碧青泪珠子扑簌簌落下：“阿青，但凡娘有一丁点儿的法子，也绝不会做这样的事。”朱碧青亦知道娘的难处，落泪道：“娘，我知道家里难，弟妹都要吃饭，我不怪你，我心甘情愿嫁人的。”

十六岁的朱碧青如初夏新荷，娉娉婷婷出水间。那媒人秀嫂子有一个儿子，当年曾被送进鹿州书院师承朱经纶，所以对朱家一直颇为敬重，知道朱家境况，得了朱田氏所托，便极热诚地去办事了。几日后，她便来朱家，压低了声音对朱田氏道："我手头有几户人家，嫂子你先参详参详。城北陈家的小儿子，与你们阿青年岁相当，只是那陈夫人是鹿州出了名的厉害，是个难相与的主。若是早些年，那陈夫人或许会收敛些，如今，如今……"

秀嫂子说到这里，顿了顿："朱大嫂你听了切莫生气，如今你们家的光景，我怕你们阿青嫁过去会吃亏受气。"

朱田氏点了点头，感激地道："秀嫂子说得是。俗话说，宁喝开眉粥，莫吃愁眉饭。这样子的富贵人家，我们如今是高攀不起的。"

秀嫂子又说了几家，都是普通的温饱人家。朱田氏一时也难以定夺，瞅了一眼内屋，道："夜里我跟阿青说说，探探她的口风。"

秀嫂子点了点头："好，好……"欲言又止了半刻，终于又道，"朱大嫂，我手头还有一家。我先把情况说与你听听，你若觉得不好，听过便忘记，不要当真，也莫生我的气。"

朱田氏替秀嫂子的粗瓷杯里斟满了茶水，长叹道："秀嫂子，你但说无妨，你又不是不知道我们朱家如今的光景，不过是白白顶了一个读书人家的名声，哪里还有什么里子。我除了做一些缝缝补补的针线活儿，什么也不会，还欠了你们那么多的银子。现在日愁夜愁的，不知道怎么把债还清了，怎么把这几个孩子拉扯大。"

秀嫂子见朱田氏说了这些个体己话，这才放心地道："有一个宁州姓唐的商人，在鹿州经商多年。那唐老爷是个厚道之人，对外说得很清楚，说自己在鹿州已有发妻，也有三个娃子，因在鹿州无人服侍，所以想在鹿州娶一房姨太太。"

秀嫂子边说边偷偷打量着朱田氏的神色："朱大嫂，你切莫怪我在你面前提这个，我只是觉得像唐老爷这般实诚的人如今不多见，不像有些人，明明是想讨姨太太，对外却打着娶夫人的幌子，等生米做成了熟饭，才让你们知晓，到时候不从也只得从了。那唐老爷光明磊落得很，且我见过那唐老爷一面，不过而立之年，模样长得也好。正因为如此，他也挑得很，寻常女子无法入他的眼，所以他的事搁了一年多了，到现在都还未成。

"当然，这是其一。其二是唐老爷对我说了，若是真有合意的，他愿意拿二百两银子做聘礼。"

朱田氏吃惊地抬头："二百两银子？"二百两银子可不是个小数目，普通人家娶妻生子也不过一二十两而已。

秀嫂子道："朱大嫂，我岂会骗你不成？这时辰也不早了，我得回去给娃他爹烧制吃食了，你好好思量思量，若是觉得都不大妥当，我再留意留意。"

朱田氏把秀嫂子送到了门外，这才折回破旧小厅，准备把茶盏收了。这时，朱碧青掀了帘子出来，垂着头低声道："娘，我愿意给那唐老爷做妾。"

朱田氏"啪"的一声重重地搁了茶盏，怒喝道："你一个姑娘家胡说什么呢？！你还知不知道羞耻？就算家里穷到揭不开锅，我也绝不让你去给人家做小。"

朱碧青侧身站着，头垂得低低的："娘，家里头如今是什么境况，我又岂会不知？就算我和你可以不吃饭不喝粥，可弟弟妹妹们都还小，都还在长身子。家里米缸已经空了，弟弟妹妹们连厚棉衣都没有一件，怎么过这个冬天？这眼看就要过年了，当初跟邻里借来给爹看病的银子总得还他们一些。当初大家也是敬重爹是个读书人，看我们走投无路太可怜了，才慷慨解囊借给我们的。可是，那么一笔银子，我们母女两人帮人缝补十年二十年亦是无法还清的。这几年收成不好，大家手头都不宽裕，隔壁祥伯家年底就要给儿子娶媳妇了，桥头楚寡妇带着两个女儿吃糠咽菜才省下那点儿钱，秀嫂子家虽然家境好些，可也是靠秀嫂子一张嘴两条腿跑遍鹿州给人家说亲的那点儿茶水谢礼……”

提起那些欠债，朱田氏黯然疲惫地坐了下来：“我哪里会不晓得这些？可是……你若是委身去给人做妾，你爹在九泉之下知道了，死也不会瞑目啊。我虽然不识几个大字，可也知道饿死事小，失节事大！”

朱碧青泪眼汪汪地抬头：“娘，饿死事小，失节事大，可是爹爹就留下了阿宝一根血脉，若是饿死了阿宝，娘一样没脸在九泉之下见爹。”想着双腿一蹬、撒手而去的朱经纶，朱田氏的泪便如那断线的珠子一般。

“娘，若不是不得已，女儿好端端的怎会愿意去给别人做妾？可若是我们有了那二百两银子，你跟弟弟妹妹就可以吃饱穿暖了，再等两年，就可以送阿宝去私塾念书识字，日后还得让他进书院读书做文章，不能让他埋没了祖宗的名声。他日阿宝若是有福，指不定中个状元光耀门楣。有了这笔银子，妹妹们长大成人，也不必像我这样为了几个聘金匆匆嫁人。”

那个时候，朱碧青包括中华大地上的所有人都不知道，科举制度在不久将被废除，连皇帝都会没有了。

朱碧青垂泪道：“娘，你就当女儿我不知羞耻便是了。”朱田氏上前拥着她，心疼得泪流满面：“我的儿啊，我的儿啊……”

不日，秀嫂子带了朱碧青上街，进了一家绸缎铺子。唐秋冯在店后，一掀帘子，便愣住了。

朱碧青那日穿了半旧的白底蓝花布右襟衫、深蓝长褥裙，侧头凝视着秀嫂子手里拿着的布料，嘴角淡淡的一抹笑意。

唐秋冯只一眼便决定了，对秀嫂子说：“去合一下八字。若是合最好，哪怕是八字不合，我也要娶她。”

秀嫂子去庙里合了八字，庙里的师父掐指一算，说了句：“是对鸳鸯的命，命里有一女娃子，那女娃若是能活过八岁这个关口，那可不得了，是极富贵的命。”

秀嫂子便拣了好听的回。唐秋冯便全力准备迎娶之事，不几日就置下了一个院落，下聘娶亲，在年前便把事情给办了下来。

新婚那晚，朱碧青才第一次见了唐秋冯。红烛下，她含羞低着头。唐秋冯果然如秀嫂子说的那般分毫不差，一身红袍，相貌堂堂。

唐秋冯从小亦饱读诗书，因年长多岁，对温柔可人的朱碧青既爱又怜，平日里对朱家亦是嘘寒问暖，照顾有加。唐秋冯在鹿州的日子，两人夫唱妇随，琴瑟和鸣。朱田氏除了觉得委屈女儿做妾外，对唐秋冯此人只觉得无一丝可挑剔之处。朱田氏看在眼里，欢喜在心底，时常对着女儿连声念佛：“阿弥陀佛，阿青，是我们祖上积德。”

到了第三年初夏，朱碧青产下一女，唐秋冯便按了前头两个女儿的名字，取名唐宁慧。

唐宁慧四岁那年，宁州的唐陆氏知道了唐秋冯在鹿州置了外室之事，恨得咬碎了一口银牙。陪嫁的陆大娘在陆家见惯了妻妾争宠，便道：“夫人，您是明媒正娶，唐家门里谁不知道夫人是三书六礼、八抬大红花轿迎进门的？那狐狸精连唐家门都未进来，夫人何苦与她置气？”

唐陆氏冷冷道：“你倒说得轻巧，如今老爷远在鹿州与她双宿双栖，把我和一家子孤零零地扔在这里。”陆大娘捧了茶盏递上去：“夫人莫气，莫气，奴才倒是有一个主意。”

唐陆氏接过茶盏，头也未抬：“你且说来听听。”陆大娘瞧了四下无人，便凑上去低声道：“等这次老爷从鹿州回来，夫人有什么都往肚子里吞，面上不露半分，笑着恭喜老爷，谢老爷给夫人添了个姐妹，给少爷小姐添了个妹妹。然后夫人在老爷耳边吹吹风，说那孩子是唐家四小姐，流落在外，总是不好，最好是回宁州认祖归宗，认在夫人名下，日后以嫡小姐的名义，也攀门好亲事。若老爷同意了，带了那孩子回了宁州，那狐狸精怎么可能不跟着来？只要那狐狸精进了唐家的门，老爷又三天两头不在家，夫人想要捏圆捏扁，还不都由着夫人？”

唐陆氏抬了眼，扫了扫陆大娘，这才翘起兰花指托了茶盏，吹了吹气，缓缓地饮了一口：“我妆台里有一对赤金的葫芦耳坠，是我出嫁那年我娘给我的，我瞧着模样不错，就赏给你吧。”唐陆氏终于知道，当年母亲为何坚持要这个其貌不扬的陆家家奴媳妇跟着自己陪嫁到唐家。

母亲当年用指尖戳着自己的额头道：“你听为娘的便是。陪着你过去的人，长得丑是最好的。最怕那些个生得模样出挑的丫头，心比天高，趁你不备就爬上你男人的床。这个媳妇，虽然年纪不大，但是我们家出生的丫头，府里的龌龊事见多了，你看她不声不响的，城府可不浅。你带了去，日后在唐家，凡事多听几分她的主意，为娘就不怕你在唐家立不了足了。不过，说一千道一万的，最重要的是得你自个儿的肚子争气，生十个八个儿子，唐家门里谁敢不让着你三分？”

唐陆氏的话音一落，陆大娘登时笑眯了眼，连声道：“奴才无功不受禄。”唐陆氏淡淡道：“你拿着便是，日后好好替我办事，少不了你的好处。”

唐陆氏依计而行。唐秋冯倒没料到她居然有此肚量，拉着她的手，笑容满面，少有的亲热，连连道：“我的好夫人，还是你想得周到，我竟没想到这一层，我这就让宁慧认祖归宗。”

唐秋冯不知自己越是如此，在唐陆氏眼里，越是表明那鹿州的狐媚子在他心里的分量。唐陆氏心里恨极，脸上却笑意诚诚，不露半分：“这是为妻应该做的。老爷好，便是我们唐家好。”

岂料那一年行李都打点好了，行前朱碧青却受了寒，生了一场重病，倒把这事给耽搁了。唐秋冯还宽慰朱碧青："你好好养病，等你病好了，再带宁慧回宁州祭祖不迟。"

那个时候，隔壁的汪夫人便一直劝她留在鹿州，离自个儿娘家又近，有什么事也好彼此照应，可是朱碧青却想着女儿唐宁慧的将来。若是真能在唐家认祖归宗，他日嫁户好人家便是不愁。她这辈子已经是没有奔头了，可是怎么着也得为宁慧这孩子打算打算，所以朱碧青决意带着女儿跟唐秋冯回宁州。

可是一进唐家大门，朱碧青却莫名地胆怯起来。

陆大娘前脚跨进厅房，便笑眯眯地朝着在大厅端坐着的唐陆氏道："恭喜夫人，贺喜夫人，二姨太和四小姐来了。"朱碧青忙拉着唐宁慧上前跪了下来："奴婢给夫人请安。"唐宁慧在马车上早得母亲再三叮咛，此刻便乖巧地上前磕头道："宁慧给大娘请安，大娘福寿安康。"

唐陆氏含笑上前拉起了唐宁慧："乖孩儿，来，让大娘瞧瞧。"端详了几眼，道，"瞧，多俊的孩子啊。瞧这耳朵，耳垂厚厚的，跟老爷一个模子倒出来似的。还有这眼睛，跟少丞他们几个长得颇像。"

陆大娘与旁边的婆子们忙迎合："是啊，四小姐长得好，粉粉嫩嫩的。""可不是，跟双慧小姐长得最像。"

这一端详就端详了许久。朱碧青跪着，裸露的青砖上寒气渐渐透过棉布传了上来，冷硬生疼。

好半天，唐陆氏"哎呀"了一声，拍着自己的额头："瞧我这记性，二妹，你怎么还跪着？"便亲亲热热地过去搀扶她，"快起来，快起来，都是自家人，行这种大礼做什么，折煞姐姐我了。"转头又厉声呵斥陆大娘等奴仆，"都是我平日里放纵你们惯了，今儿二姨太跪了这么久，你们一个个眼珠子都瞎了不成？怎么也不提醒我一下？回头你们把皮给我绷紧了，再出什么岔子，看我不好好罚你们。”

陆大娘赶忙告罪：“奴才们该打。这不，头一次瞧见四小姐，奴才们一时高兴，怠慢了二姨太，请二姨太责罚。”

朱碧青忙道：“夫人，按规矩，奴婢应该给夫人斟茶。”唐陆氏这才想起来似的，笑吟吟地道：“哦，不说起来，我还真把这茬儿给忘记了。你们还不快给二姨太端茶过来？妹妹别见怪，我亦是第一次，你多担待。若以后老爷给你我再添一两个妹妹，姐姐我也就驾轻就熟了。”

朱碧青嘴角无力地弯了弯，接过婆子递过来的茶盏，双手捧给了唐陆氏：“夫人喝茶。”唐陆氏接了过来：“好，好。我们唐家人丁单薄，希望妹妹进门后，多给唐家开枝散叶，那便是给我们唐家立大功。”

朱碧青垂手应了声“是”。唐陆氏的嘴唇碰了碰杯沿，便随手递给了侍候在旁的陆大娘：“带二姨太和四小姐回房吧。这一路天寒地冻的，吩咐厨房给她们好好烧制些吃食，暖暖身子。”

朱碧青扯了扯唐宁慧的手：“谢谢夫人。”唐宁慧赶忙道：“谢谢大娘。”

唐宁慧记得，唐陆氏给她的第一印象便是抹了香油一丝不乱的发髻和一双没有笑意的眼睛。

不知道怎么地，从见到唐陆氏的那天起，唐宁慧便似一下子明白了过来：娘似乎很怕这位大娘。以后在这大屋子里，她再不可能像在鹿州一样嘻嘻哈哈地撒欢儿，跑来跑去了。

第三章

一心一念都是他

从此，
我爱的人都像你

话说唐陆氏因被儿子唐少丞在外头养戏子一事气昏后，真真是卧床不起。这次唐陆氏也铁了心了，要好好管教唐少丞，便把他锁在了家里，也发了话，若是唐少丞再不改过，她宁愿活活关他一辈子。

可唐少丞就算被关了也不消停，因气恼白如懿令自己被关，天天吵嚷着要休了白如懿。白如懿气苦难当之下，便带了三个孩子去了宁州城西的堂姐家。

这日，唐陆氏见秋风乍起，黄叶飘零，想到唐家如今境况，心境亦极哀凉。她长叹了口气，对陆大娘说些体己话："我这几日天天想起宝慧和双慧。宝慧远嫁重周，双慧远嫁海川，虽然嫁的都是好人家，可是山长水远。你看，我如今卧病在床，宝慧怀了孩子，双慧又要侍奉公婆，想见一面都难。唉，早知如此，我当日宁愿她们嫁宁州普通人家，也好日日团聚，不必如此骨肉分离。"

唐陆氏的目光透过窗户："出嫁的女儿虽在夫家生活，可一旦出事，仰仗的还是娘家兄弟。可如今，少丞如此不争气，万一宝慧、双慧有什么事，也无人可以给她们撑腰啊。"

陆大娘赶忙啐道："呸呸呸，夫人说的是什么话，大小姐和二小姐嫁的那可都是商贾世家，随手拔根毛都比一般人家的大腿粗……大小姐、二小姐那都是富贵荣华的命！"唐陆氏苍凉一笑，缓声道："我这一病啊，倒发觉宁慧这丫头的好，处事有礼，行事周全。可惜啊，不是托生在我肚子里。”顿了下，又道，“我这几日啊，倒是在思量宁慧这丫头的婚事。可惜如今我们唐家已经无力为她定一门好亲事了。”

陆大娘眼珠子骨碌一转，压低声音道：“怎么就没好亲事？听说那城东的吴大爷要续弦。”唐陆氏盯了她一眼：“那人比去世的老爷还大数岁呢。”

陆大娘道：“还有，米铺的王少爷……”唐陆氏迟疑道：“是不是已经死了数房妻室的那个？听说他克妻。”

陆大娘道：“夫人，奴才倒是要说句心里话，请夫人莫责罚。”唐陆氏半天才缓声道：“你说说看。”

陆大娘道：“奴才跟夫人这么久了，一心为了夫人好，为少爷好，为唐家好，如今看来，要不给少爷换条路走走？”唐陆氏不解：“换条路走？”

陆大娘道：“比如像陆家先祖一样捐个官？少爷读了那么多年书，肚子里都是墨水，要不，夫人想想办法让少爷走走官路？指不定啊，就跟我们陆家先祖一样，加官晋爵，福荫子孙呢！”

唐陆氏倏地抬眼，复又缓缓垂了眼帘，沉吟不已，半晌，才说了一句：“你说得轻巧，真要走那条路子，哪有那么容易。若是老爷在的话，或许还有几分办法和把握，如今啊，就算我们想给少丞捐官，一时半会儿的，去哪里找人搭桥铺路？再说了，那笔银钱也不是一个小数目。”

陆大娘这才上前附耳道：“如今不是好些达官贵人喜欢纳洋学堂的女学生做妾吗？”唐陆氏目光闪了闪：“你是说让那丫头……”

陆大娘道：“有道是父母之命，媒妁之言，如今老爷不在，她那亲事还不是夫人说了算？若是少爷可以走上官路，一片锦绣前程，哪怕把那丫头送去给人家做丫头，伺候人家洗脚倒水亦不过分。她难道指望少爷不好，指望唐家不好？”

唐陆氏沉吟不语，似在细细思量，而后默默无言地喝了药，摆手示意陆大娘出去。

这日傍晚，唐宁慧回家，门房阿四便道："四小姐，陆大娘说了，让你回来便去夫人房里，夫人有事找你商量。"

唐宁慧点了点头，径直穿过院落，来到唐陆氏的卧室。唐陆氏在陆大娘的搀扶下，在院子里散步。见了唐宁慧，唐陆氏吩咐陆大娘："你下去吧，让宁慧扶我去房里休息。"

唐宁慧赶忙过去扶着唐陆氏。因走了片刻，唐陆氏有些气喘，唐宁慧忙倒了杯温茶，服侍唐陆氏用下。

唐陆氏歇了歇方道："你大嫂带了你侄女们一直住在吴家也不是办法，你前几次去瞧她们的时候，说吴家的人挡着不让见。这事终究是你大哥少丞理亏，也是我们唐家理亏，也不能怪吴家夫人拦着我们。明儿你买些礼物，再瞧瞧去。我想吴家这次应该不会再拦着你不让见了。"

唐宁慧应了声"是"。唐陆氏从榻后取出了个雕工精美的盒子，摸出几枚银元，递给了她。唐宁慧推辞："不，大娘，我有。"唐陆氏道："你拿着吧。吴家是大户，我们如今的日子虽然不如你爹在时，可也不能让他们小瞧了去。"

唐陆氏又取了一对玛瑙耳坠子塞到她手里："这些年，大娘也没给过你什么好东西，这个你拿着。这副坠子还是大娘从娘家带过来的。你一个女孩子家，平日里太过素净了。"唐宁慧低眉垂目，低低地道："大娘……"

唐陆氏道："拿着吧。"唐宁慧捏紧了耳坠子，眼前浮起了母亲隔了一道门的虚弱声音："宁慧，娘走后，你好好听你爹和大娘的话。你别怪你大娘，你还小……唉……这些女人之间的事，为娘希望你一辈子也不用明白。还有，你要好好孝顺你爹。"

第二日，唐宁慧买了礼物，坐了黄包车前往宁州城西的吴家。白如懿的堂姐因婆婆去世得早，如今已经是吴家的掌家夫人了。唐宁慧前两次来拜见，她因气愤堂妹的遭遇，便故意冷淡唐家的人。这一次唐宁慧求见，她知不可太过，便命人将其引进了小厅，端茶端点心地招呼。隔了一个多时辰，她方慢腾腾地步入小厅。

唐宁慧赶忙含笑起身："吴夫人好。"吴夫人眼观鼻，鼻观心地入座，不冷不热不紧不慢地道："唐小姐，让你久等了。因过几日便是中秋佳节，这不，整个府邸都在为这节庆准备，忙得团团转。若有什么招待不周之处，还请你多多见谅。"

唐宁慧忙道："夫人贵人事忙，能抽空见宁慧，宁慧已是感激不尽了。"吴夫人这才神色微敛，招呼道："唐小姐请坐。"

唐宁慧坐下后，才笑笑道："吴夫人，既然您这么忙，宁慧就开门见山直说了，您可千万莫见怪。那戏子的事，确实是我大哥的不是，我大嫂心里头伤心难过，宁慧亦明白。吴夫人……你看，怎么样才能让我大嫂消了这口气呢？"

吴夫人端起茶盏，姿态优雅地翘起了兰花指，掀了茶盖，缓缓地饮了一口，方道："如懿跟我说过，整个唐家，你是个明白人，也是个心地良善之人，如今看来，倒是不假。唐家妹妹，不是我故意为难你，只是我咽不下去这口气。你说，我们如懿到底做错什么了？她从肃州远嫁到这里，进了你们唐家后，她上孝顺婆婆，下侍候夫君，哪分哪样能挑出一丁半点儿的错？虽然没有给唐家生下子嗣，可她年纪轻轻的，时日还长着呢。但你大哥，我的堂妹夫，平日里不怜惜半分，居然还在外头……唉……"

唐宁慧一直默不作声地听，到了最后才接口："是，吴夫人，是我大哥不对，是他一时昏了头才做了这般错事。这不，我大娘把他锁在祠堂里面壁思过，如今他也知道错了，请吴夫人给我大哥一个机会吧。有道是宁拆一座庙，不毁一门亲，请吴夫人看在我那几个侄女的面上，帮忙在我大嫂面前说几句好话。"

吴夫人搁下了茶盏，长叹了口气，道："早知今日，何必当初呢。"唐宁慧见她口中语气渐缓，赶忙趁热打铁："吴夫人，实不相瞒，这些日子我大娘的身体一直不好，她心里头亦惦念着大嫂和几个侄女。这不，都快中秋了，所谓中秋佳节，人月两团圆，请吴夫人务必提点提点宁慧，怎么才能让我们唐家今秋吃顿团圆饭呢？"

吴夫人淡淡地道："你先回去吧。所谓解铃还须系铃人，怎么让如懿堵上这口气的，就怎么让她消回去。若是唐老夫人问起来，你亦把这句话原封不动地告诉她。"唐宁慧忙道："谢谢吴夫人，那我这就告辞了。"吴夫人道："那我就不送了，唐小姐慢走。"

第二日，唐少丞带了四抬大轿敲敲打打地亲自前往吴家，给白如懿赔罪，指天发誓再不会犯。

吴夫人在屋里也劝道："好妹妹，唐夫人命人把那戏子赶走了，姿态又摆得如此之低，事到如今，我这个做姐姐的也只有劝你一句，回去吧。他今日这么大张旗鼓地来给你赔罪，里子面子都给你做足了，我若是再留你的话，反倒是我们的不是了。"顿了顿，又说，"看来你那庶出的小姑子确实是个极聪慧的人，一点即通。记住了，这次回去一定要把你家夫君那些个不好的性子好好收一收。还有，对自己好些，别再跟以前那般傻傻的，得空就到姐姐这里，吃吃茶打打牌听听戏。女人啊，别只为着男人活，也该对自己好一些。"

白如懿对唐少丞又爱又恨，如今也说不出什么话来，只得低低地应了一声。

唐少丞推门进屋，见白如懿原本因生产而丰腴的背影竟消瘦得不成样子，一身夹纱旗袍盈盈荡荡。他上前唤了一声："如懿……"只见白如懿一直背对着他不肯回头，肩膀微动，显然在抽泣。

唐少丞与她年少成婚，倒不是没有感情的。那时养戏子，亦不过是被狐朋狗友怂恿，贪了一时之欢，吵架时说的亦不过是气话，如今见她这模样，心里也疼得很，伸手将她搂在怀里："如懿，都是我的错。我发誓，这辈子我若是再对不起你，定叫我不得好死。"

白如懿还是不肯回头。唐少丞抚上她的脸颊，摸到了一手的冰冷湿润，忙搂紧了她："如懿，如懿，是我的错，都是我的错，你莫哭了。"

白如懿到底心软，便带了孩子回了唐府。唐少丞倒是收了性子，除了不在外头流连外，对她比往日亦好了不知几分，知冷知热的，仿佛初嫁之时。唐陆氏见儿子儿媳经这一事，反而好了数分，心里头也欢喜，病也日渐有了起色。不多日，白如懿又传出了怀孕的喜事。

自大嫂白如懿被接回来后，便借口怀了身子，劳累不得，推了府里管事一职。所谓不孝有三，无后为大，这理由冠冕堂皇，唐陆氏倒也无法拒绝。

如此一来，白如懿倒也清静了下来，她那堂姐隔三岔五地差遣丫头过来，请她过去喝茶听戏各种消遣，白如懿也一一如约而去。她又电了头发，穿衣装扮都十分时髦，竟与往日判若两人。唐少丞反而看重起来，日日"如懿长如懿短的"，也不同以往。

多事之秋的唐家，总算是迎来了少许的平静日子。

因那一双羊皮靴子，那一晚，唐宁慧辗转反侧，许多往事漫天飞雪般纷至沓来。

第二天，熹光微露，唐宁慧按往日一般早早地起床梳洗，出门前，又摸了摸那柔软的羊皮靴，幽幽地叹了口气。她将皮靴等物原封不动地放回纸盒子，然后"吱呀"一声拉开了木门。

深秋的第一缕阳光淡淡地洒在小院里，八爪菊云朵一般开得正盛，空气里是清澈冰凉的寒意。

上班时，照例被汪文晋叫去了办公室整理那卖国资料。一天下来，唐宁慧只觉得自己整个人都因那些个不平等条约弄得乌烟瘴气起来，心口处堵了又堵。为了那薄薄的一袋子薪水，她都成了卖国贼的帮凶了。

这日，千熬万熬总算熬到了汪文晋的一句话："小唐，你可以走了。切记，不可吐露半点儿风声。"

唐宁慧一出了汪文晋的办公室就大大地松了口气。秘书室里，周璐拿着手镜正对镜贴花黄，一瞧见她进来，赶忙放下镜子，道："那汪文晋这几日都找你去他办公室做什么？这般神秘兮兮的，我瞧着没什么好事。"

唐宁慧压低了声音："机密公文。这事你还是不要知道的好，我也巴不得现在手头的公文可以早早了掉。"

周璐是个人精，一听便会意，再没有多问下去，拎起小皮包道："那我们下班吧。我想去宝和轩的店里买两份苏式点心，你陪我一起去。"

唐宁慧道："好。正好我也买两份回去给文环她们。"便取了布袋，挽了周璐的手，两人亲亲热热地出了市政厅。

因那宝和轩离市政厅并不远，所以两人也不叫黄包车，沿着街道慢慢悠悠地逛了过去。逛了不过片刻，只听一声刹车声，有辆黑色的小车子在她们旁边停了下来。有人摇下车窗："唐小姐，周小姐。"

唐宁慧心里头"怦"地漏跳了一个节拍，这是连同的声音。她一转头，连同含笑的脸便入了眼帘。不知是不是秋日阳光正好的缘故，他的笑容犹如冰雪初霁，一股俊气咄咄逼人。

周璐笑吟吟地拉着她上前："呀，连先生，可真巧啊。"连同下车："你们这是要去哪里？我送你们。"

周璐指了指近在眼前的店铺："不敢劳您大驾。我和宁慧想买点心。"连同瞧着唐宁慧："要不，我陪你们一起去买，再送你们回家怎么样？"

周璐似笑非笑地瞅了唐宁慧一眼："我没意见，只是不知道宁慧有没有异议。"

唐宁慧站在那里，只觉得脸上一点点地燥热起来。她偷偷拧了一把周璐，周璐却在她耳边低声道："趁今日偶遇，择日不如撞日，那礼物之事，你索性问个清楚明白。"

买好了点心，连同吩咐司机先送了周璐，周璐临下车前给了唐宁慧一个促狭的笑容。再后来，后座上就坐了他们两人。连同一身浅灰色中山装，修长的双腿交叉坐在边上，哪怕是一言不发，都自有一种清俊华贵。

好一会儿，连同才开口："唐小姐？"他似有些踌躇，顿了顿，方又轻声问，"唐小姐，我想请教你一个问题，如果我想请一个女孩子看戏的话，你觉着用什么样的借口比较好呢？"

唐宁慧神色微凝，有些僵硬地答他："我觉得这个问题连先生还是去问你想请的那个女孩子比较好。"连同的唇弯成了一道好看的弧度："我不正在问吗？"

唐宁慧顿时一呆，与他的视线撞在一起。一切似乎都在那一瞬间静止了。片刻后，唐宁慧才回神，她别过头，轻轻地道："连先生，其实呢，我也有个问题想请教你。"连同的声音很低，里头仿佛透着难以言语的柔意："你说。"

唐宁慧问道："那靴子和大衣，是你送的吗？"连同装不解："什么靴子和大衣？"

连同的表情像是真不知道这件事情。唐宁慧打量着他，狐疑道："不是你吗？"连同幽黑的眼底闪烁着微光，他嘴角微勾，浅笑道："要不这样，你答应我明天一起听戏，我便告诉你是与不是，如何？"

唐宁慧后来到底还是如约去了戏院。那个时候，连同斜靠在车旁，目清气朗，静静地望着她微笑："宁慧，我知道你会来的。"他的语气和笑容是那般的笃定，望向她的眼里有流星一样的光。

听的是名旦玉玲珑最出名的一折戏《玉簪记》。那年是玉玲珑最鼎盛之时，真真是唱做俱佳："朱弦声杳恨溶溶，长叹空随几阵风……"一出戏文，唱得哀怨缠绵，如诉如泣。

那日听戏结束，他送她回家，却还是没有告知她是与不是。连同只是笑："过几日，你与我一同去看电影，我再告诉你。"

这不过是小把戏而已，可是一个骗，一个心甘情愿地被骗。

很多年后，唐宁慧再忆起，只觉得自己少不更事，痴傻得着实可笑。可是，在那个时候，她却满心欢喜，一心一念都是他。

所以，当她从大嫂白如懿口中得知大娘要把自己送给李家做妾时，唐宁慧便连夜跑去找他。

李家的儿子李大同因打了几次胜仗，当时在柳宗亮手下正得势，连汪孝祥都放低了身段，亲热地笼络关系。李大同明媒正娶的发妻一直未生下一男半女，李家便在宁州发了话，要给儿子李大同找门好妾室。

一来二去，不知怎么便传到了陆大娘耳里，遂跑去唐陆氏面前嘀咕："夫人，这可是少爷的大好机会。那李大同如今掌管了宁州、肃州两个地方的兵权，听说这两个地方的银行、洋行、矿业公司等大小生意都有他家的干股。若是把四小姐嫁给了他，我们唐家还愁什么，别说生意了，就算少爷要个一官半职，还不是举手之劳的事？

"再说了，那李家在宁州也是百年世家，夫人把她嫁到李家，也不算辱没我们唐家，对九泉之下的老爷也算是有个交代。

"日后四小姐生下了孩子，在那李府便算是平妻了，连那正室也压不过她这一头。以前的慈禧太后不也是西宫出身，是皇帝老爷的妾？可她命好，生下了个儿子，母凭子贵地当了太后娘娘。更何况，我们四小姐那模样，在宁州也是出了挑的，夫人你还怕她笼络不了那李军长不成……生下一男半女那是迟早的事，到时候富贵荣华……"

陆大娘巧舌如簧，几次下来，唐陆氏便动心了，找来了儿子媳妇商量此事。唐少丞听后，不忿地说了一句：“娘，四妹这般模样，做那姓李的正室夫人还委屈了她呢，这事不妥当。爹走了，儿子虽然不争气，可也不能把四妹妹送去给人做妾呀。”

白如懿听了此话，心里倒是一暖：少丞虽是被人引诱了去赌去嫖，但本性到底是不坏的。

白如懿在宁州这几年，自然知道那李大同年少时出过天花，可福大命大居然活了下来，但到底还是留下了满脸的疤。李家在宁州虽是世家，但名声并不好，所以大伙场面上提及李大同，都会说一句“李家那军长，威风凛凛”，可背后说起，多半会骂一句“那个麻子”。白如懿是媳妇，自然不好插嘴，只是默默无言地听着。

唐陆氏啐了儿子一口：“你懂什么！你以为娘愿意送她去做妾啊？今儿个不过是送了张照片去。就算我想送，也要看人家李家要不要呢。”

见儿子唐少丞还是一副不赞同的表情，唐陆氏语重心长地道：“那还不是为了你的前程？娘也看出来了，你不是做生意的料。可是儿啊，这一大家子的人，每日嚼头就要多少啊，你没挑过担子，没当过家，不知那担子的分量，不知当家人的苦。我们唐家再这么下去，接下来就等着吃糠咽菜吧。”这一番话说到了唐少丞的软肋，他垂了头，不敢再随便搭话。

顿了半晌，唐陆氏又喟叹：“她若是有那福分，去了李家生下个儿子，到时候，你这当舅老爷的就在他那军队里或者市政厅教育部之类的谋个一官半职，稳稳当当地领薪水过日子。等到他日，文环她们长大成人，再怎么也是官家的小姐，也好攀几门好亲事。”说到这里，唐陆氏也疲乏了，便挥退了他们，“你们也不用多说了，我意已决。晚了，都回去歇息吧。”

那个晚上，白如懿抚摸着隆起的腹部，瞧着自己那几个在榻上酣睡的丫头，心里想道：“若四妹妹是婆婆亲生的，会不会这般狠心送去与人做妾……”

白如懿思来想去的，自己这几年在唐家，唐宁慧对自己可亲可敬，那观音庙一事若不是她事先报信，自己或许早被休回肃州了。又不免这般想：唐少丞若是一直不争气，哪怕有十个八个妹妹给人家做妾亦是无用。

她不由得想起了白家百年的家训：“刻薄不赚钱，忠厚不折本。”一时之间，心头百转千折，真恨不得立刻就跑去跟唐宁慧说个清楚，好让她留个心眼儿，使个法子躲开这门亲事。

可婆婆唐陆氏本就不好相与，如今因她一连生下三个女娃，暗地里嫌得很，如今这一胎亦不知是男是女，万一再是个女儿……加上到时候若知晓是她走漏的风声，恼恨起来的话，只怕真要把她休回娘家也说不定。白如懿思来想去的，一时也无个决断。

不几日，李家那边捎来了消息，说是瞧中了。白如懿到底是不忍心，便暗地里给唐宁慧报了信：“四妹妹，你是聪慧的人，若是……”她没有多说，最后只道，“你自己想想办法，怎么解这个困局。”

唐宁慧得知后，如晴天霹雳，只好深夜从后门逃出了唐家。

那晚，唐宁慧站在连同面前，牙齿都冷得打战：“连同，我大娘要把我送到李家做妾……”连同凝视着她，下一秒，便拥住了她：“别怕，你以后就别回唐家了。”

她在他怀里轻轻颤抖：“可是，可是……我若是不回去，一辈子就回不去了。”连同的下颌抵着她的头发，缓缓地道：“那就一辈子别回去了，一切有我。”

连同的声音那么低，却让人安稳。那一瞬间，唐宁慧真的以为一辈子短得只不过是几个刹那而已。她与他是可以一辈子的。

唐宁慧无声无息地紧咬着嘴唇，大滴大滴的眼泪淌出了眼角，一颗一颗地落在衣襟上。

自父母去世后，唐宁慧便知道这世上再没有人会为了她的眼泪而心疼了，所以，这几年在唐家，再苦再委屈，她亦未掉过一滴泪。可是不知为何，此时竟因连同的一句话，她便泪如泉涌，不能自已了。

就这样，她便跟了他。她一度以为自己找到了幸福。

可不曾想到，那自以为是的幸福，不过短短数月而已。

其间，柳宗亮与俄国人见不得光的“十六条密约”被报纸披露，在全国引起轩然大波。民主人士、保皇党、立宪派等纷纷指责，并与全国百姓一起，要求柳宗亮下野。各地军阀虽然纷纷噤口，但皆在看柳宗亮的好戏。

在这种情况下，柳宗亮偕夫人前往自己根基最深的宁州避风头。然而他们的专列一到宁州，刚下火车，便被人行刺，柳夫人当场身亡，柳宗亮身中数枪，虽侥幸未死，却因其中一枪打在了脊椎，落下了半身不遂的毛病。

当时整个宁州城都在严查之下，整个市政厅所有相关部门都人心惶惶，纠察队查了又查，最后圈定了几个人，其中一个就是她唐宁慧。

在刑讯室，刑讯人员对她尚算客气：“唐小姐，我们亦是了解了情况才请你进来的。秘书室的汪主任跟我们反映，大帅与俄国人签订密约之事，整个宁州市政厅也不过七个人知道，其中一个就是你。而柳大帅与柳夫人这次的行程，也只有你们秘书室里头的几个人知道。我们排查来排查去，发现唐小姐你的嫌疑是最大的，所以也请唐小姐莫见怪。”说到这里，那人正色道，“唐小姐，我该说的都说完了，现在轮到你说了。”

唐宁慧只是摇头：“不是我透露的。密约的事情，汪主任确实让我整理材料，可是我怎么会把这么机密的事情透露给外人呢？柳大帅和柳夫人行踪被透露一事，亦不是我所为。”

徐徐踱步的刑讯人员自然是不信，冷哼一声：“唐小姐，红口白牙的，你叫我如何信你？”唐宁慧道：“一个人做事必须事出有因。刺杀大帅是掉脑袋，搞不好还是灭门的大事，我唐宁慧一介女流，好端端的为何会做这种事情？”

那人听她说得也不无道理，倒也决断不下，又碍于周璐上上下下地打点，不好对她用重刑，只好不给水不给食物，先饿着再说，这样子也算是对上头有个交代。

唐宁慧在刑讯室里被关了数天，急得周璐走了各种能走的门路，最后不得已，亲自找上了汪孝祥。

汪孝祥跷着二郎腿坐在宽大的西式丝绒沙发上，手执着烟斗，一副极为难的神情："小周啊，不是我故意为难你，小唐这个事情可实在是难办啊，大帅那里天天催着我要凶手……纠察队那边又说小唐的嫌疑最大……我若是放了她，实在没办法对柳大帅交代啊。"

周璐扭着腰，风情款款地上前挨着他坐下，放软了声音撒娇："我的好市长，这还不是你一句话的小事？"汪孝祥一把摸着她的小腰，装模作样地沉吟："要不，你说说看，我找个什么样的借口放了小唐好？"

周璐来之前已作了最坏的打算，此刻便趁机依偎着他，嗲声嗲气："我的好市长，您说什么借口好就用什么借口。"汪孝祥淫笑着凑了过来……

周璐用自己的身子把唐宁慧从牢里捞了出来。唐宁慧得知真相后，感动得泪水涟涟："周璐，你真傻，你为了我，一辈子都毁了。"周璐站在窗前，许久，她幽幽地叹了口气："宁慧，没什么毁不毁的，我早不是什么黄花闺女了。再说了，我若是不救你，只怕你这次是在劫难逃了。"

幸好有周璐，否则她和笑之早不在这个世上了。

可是从始至终，那个应该出现的人却消失了，如同人间蒸发了一般。唐宁慧不是傻子，她在刑讯室里头就已经知道了，连同接近她是别有目的的，只是她不愿意承认而已。

可是现实血淋淋地告诉她，是真的。连同所做的一切都只是逢场作戏而已，他要的不过是情报。

而她却傻傻地以为自己找到了一生的依靠。

第四章 逃不开 忘不掉

从此，
我爱的人都像你

唐宁慧望着面前的这个人，一时间只觉恍如隔世。她冷冷地道：“曾连同，笑之与你没有半点儿关系，他不是你儿子。”曾连同闻言，嘴角微勾：“唐宁慧，这个笑话一点儿也不好笑。”

唐宁慧面无表情地道：“我没有跟你开玩笑。我是笑之的娘，难道会连笑之的爹是谁都分不清吗？你若是不信的话，我可以证明。”曾连同挑了挑眉头，颇为好奇：“你想怎么证明？”唐宁慧冷冷地道：“滴血认亲。用这个方法来证明笑之是不是你的骨肉。”

曾连同凝望着她，半天才吐了一个字：“好。若证明笑之是我的孩子呢？”唐宁慧道：“若证明笑之是你的骨肉，你可以带笑之立刻离开；但若不是，请你不要再来打扰我们。曾先生，你答不答应？”

暮光下，只见曾连同的眸子轻轻一眯，嘴角轻抿：“好，我答应。”

唐宁慧道：“好，那请你先回去，明日再过来。”曾连同瞧着她，若有似无地笑：“滴血认亲这般简单的事，何须等到明日呢？有道是择日不如撞日，不如就现在。若是验出来笑之不是我的骨肉，我立刻走人，再不会来打搅你们母子二人。”说到此，曾连同顿了顿，吐出的话字字清晰，“可若是的话，你便带着笑之随我一同回去，不得反悔！”

唐宁慧垂下眼，瞧不出任何表情：“好。”曾连同叹了口气：“唐宁慧，我知道笑之是我的骨肉。”

连同这般低低的一句话，令唐宁慧的鼻头一酸，但她很快转身，以掩饰情绪。唐宁慧扬声唤了东厢房里头正在陪笑之玩耍的帮佣：“林妈，你把笑之和这位先生带去小客厅里坐，另外再帮我取一根绣花针来。”

周璐站在院子里，眼里的担忧一览无余：“宁慧！”唐宁慧向前，在她耳边说了几句，然后轻轻叮嘱道：“你别掺和这件事，快回去吧，别担心我，他……他不会拿我和笑之怎么样的。若是要用强的话早就用了，也不必等到现在。”

周璐握着她的手：“你说这话，无非是让我放心而已。既然如此，我先回去了。”

唐宁慧目送周璐离去，亲自去厨房取了一碗水，端回了小客厅。一进屋，便瞧见曾连同蹲在笑之身前，也不知与笑之说些什么，笑之被逗得嘻嘻直笑：“好玩，真好玩。”

这一幕令她胸口剧烈抽痛。唐宁慧只觉得眼眶一热，似有什么东西要掉落下来。她怕失态，赶忙深吸了一口气，将碗搁在桌上。

林妈此时也取了针过来，唐宁慧接过了针：“林妈，你先下去吧。”林妈垂手应了声“是”，便带上了门下去。

唐宁慧抬头，对笑之道：“笑之，过来。”

曾连同深深地望了唐宁慧一眼，才从她掌心里取过了细细的绣花针。她的手心白皙，因这几年握笔教书的缘故，倒没留下什么茧子，不由得想起过往在一起的那段日子。出门前她总会为他整理衣襟。她的动作又轻又缓又柔，不过片刻便会柔声对他说：“记得早些回家。”

他临走那天亦是。她不晓得他要走了，这一走便再也不会回来了。可是她一如往常，替他整理领子，十指尖尖，好似蝴蝶，灵巧地在他胸前舞动。她似乎有话说：“连同……我……”

她低垂着头，纤细的手搁在他胸口，支吾了半天没有下文。她永远也不知道，他再不会回来了。曾连同凝望着那白嫩的指尖，当时唯一的念头便是想牢牢握着。但他终究还是没有伸手。

那时的他，只是淡淡地开口："到底怎么了？"唐宁慧欲言又止了许久，终是轻轻地摇了摇头："没什么。我先去上班了，晚上再说。"

一直到这次与她在洋行门口相遇，曾连同才隐约知道她那年欲言又止的那件事情是什么。那日，她是想告诉他有了笑之。

指尖一痛，他的血顺着指尖滴入了碗中。唐宁慧在边上哄着笑之："笑之乖，只有一点点痛，你就当作被蚂蚁咬了一口，好不好？"笑之眨了眨大大的眼，不解地道："娘，蚂蚁没咬过我。"

唐宁慧柔声道："娘说错了，你就当被马蜂蜇了一下。上次你跟隔壁武哥哥一起去玩，被马蜂蜇了两口，是不是有点儿疼？"笑之对那几个马蜂记忆犹新，他伸手摸着被蜇过的额头处，噘着嘴点头："是，好疼。马蜂太坏了。"

这般的憨态可掬，曾连同在一旁瞧着，嘴角不知不觉溢出几丝笑意："我来。"唐宁慧抬眸便瞧见了那抹笑，整个人便怔住了。

曾连同牵了笑之的手，循循善诱，做足了功夫："我们男子汉大丈夫，流血不流泪。笑之是勇敢的孩子！在这里轻轻扎一下，笑之绝对不会喊痛，也绝不会哭鼻子的，是不是？"笑之自然被绕进了他的弯子，用力点头："笑之是勇敢的孩子，不会哭鼻子的，小姑娘才会哭鼻子呢。"

曾连同揉了揉他的头发，赞赏道："对，小姑娘才动不动就哭鼻子，我们男孩子是有泪不轻弹。来，不要动，就轻轻一下。"唐宁慧眼睁睁地看着连同把针扎进了笑之的食指，然后挤出了一滴血。

曾连同自那滴血滴入水中后，便一眨不眨地盯着。只见两滴血各自凝结成渣状，并不相融。

唐宁慧悬着的一颗心落了下来，抬头道："这是事实，无论你相不相信。”曾连同的视线牢牢地锁着她，墨一样的眉峰拧在了一起。他并不说话，气氛渐渐诡异。

唐宁慧转头唤来了林妈：“林妈，把笑之抱出去。”林妈在院子里“哎”了一声，推门进来抱起了笑之，又替两人带上了门退了出去。

小客厅里的气氛极其凝重。

唐宁慧道：“曾连同，无论你相不相信，这都是事实。我早对你说过，我是笑之的娘，不会连笑之的爹是谁也不清楚。现在，你是不是可以愿赌服输，离开这里了？”

曾连同冷冷一笑，吐出两个字：“是谁？”唐宁慧的眼帘一颤。曾连同上前一步，用咬着后牙槽的声音问道：“我问你笑之的爹是谁？”

唐宁慧道：“这与你无关。”曾连同一把拽住她的手臂：“唐宁慧，按笑之的年纪，若不是我曾连同的孩子，那只能说明一点，你与我在一起的时候，便已不忠！”

唐宁慧别过苍白的脸：“你认为怎样便是怎样吧，我与你无话可说。曾先生，你这么大一位人物，说出的话想必一言九鼎，不会失信于一个小女子，那么，就请慢走，不送了！”唐宁慧做了一个“请”的手势。

曾连同的视线一直牢牢地锁着她，半晌后，居然真的转身离去。很快，屋外便响起了几辆小汽车发动的声音，然后便听见车子很快远去。

屋外安静了下来，屋内的空气亦是像黏住了一般，一丝声息也没有。

唐宁慧侧着头，保持着曾连同离去时的姿势，站成了一尊塑像。

良久，她拖着僵硬麻木的双腿回到了卧室。她从柜子深处取出了一个木盒，缓缓打开，露出几件首饰。

盒子一角有一个胭脂红绸布包裹的物件。唐宁慧探出手，碰触到绸缎，顺顺滑滑的，有一点儿凉意。这是最好的苏杭贡缎，上头有缠枝牡丹的花样，繁复精美。

她一点点地打开绸缎，露出了一个纸卷，摊在桌上，赫然便是一纸婚书。

赭黄色的底子，细密如涟漪的云纹，红梅喜鹊，喜庆吉祥。上面手书：喜今日赤绳系定，珠联璧合。卜他年白头永偕，桂馥兰馨。此证。最下边是两人的签名：连同，唐宁慧。

如今婚书犹在，可是人物全非。

是他不要她和笑之的！

当年的她怎么也不相信他就这么离她而去。她一厢情愿地认为，他的失踪，只是怕被牵连，他不过是出去避避风头而已。

她一直就这么傻傻地以为，傻傻地等！

生笑之时，痛不欲生，她足足挨了一天一夜才产下笑之。在昏昏沉沉间，她总是会忍不住幻想，下一秒，她睁开了眼，就会看见他出现在自己眼前，对她说："宁慧，别怕，有我在，一切有我！"

看到他在报纸上的戎装照片那一刻，她才心如死灰地知道，他连名字都骗了她，他叫曾连同。周璐在一旁忧心忡忡地瞧着她，可是她却朝周璐笑了笑，轻轻地道："周璐，这个人，只是跟连同长得相像而已。他不是连同！"她这般告诉周璐，也这般告诉自己。在这朝不保夕的乱世之中，她第一次那般恶毒，那一刻，她真的宁愿连同已经死了。

是啊，那个对她温柔体贴、呵护有加的连同早已经不在人世了，所以她会好好带大笑之，养育他成人。

这样的话，好过知道他从头到尾都在骗她！她还这般自欺欺人！

若是没有再相遇，她会一直这样欺瞒自己，欺骗一辈子！

鼻眼酸涩无比，唐宁慧终是没忍住，泪珠子一颗一颗地跌落下来，"啪嗒啪嗒"地落在婚书上，溅开一朵又一朵无色无味的寂寞花。

很快，她擦去了眼泪，手脚麻利地把婚书用绸缎包好，恢复原状后搁回了盒子里，又把仅有的现钞和首饰合着几件她和笑之简单换洗的衣物收拾了一个包袱。

一切准备好之后，唐宁慧来到大门口，见这几日一直停在巷口的汽车确实已经驶走了。

这一招到底是把他骗了过去。唐宁慧说不出心头到底是何滋味，站在夜色下怅然了半晌，然后唤来了林妈："你帮我去巷口拦一辆黄包车。"

黄包车很快便过来了，唐宁慧取了包裹，牵了笑之的手，塞了几张钞票给林妈："林妈，我和笑之要去周公馆住一段时间，放你一个月的假，你先回乡下，到时候回来若仍不见我跟笑之，便去周公馆寻周小姐。"

林妈虽是老妈子，但这几日的情形也看在眼里，以为唐宁慧惹了不该招惹的人，所以想去周公馆避避风头，便点头："唐小姐，我晓得了，我这就回乡下儿子那里去。"

唐宁慧郑重万千地握了握林妈的手："林妈，你保重。"

黄包车出了巷子后，唐宁慧左右再三查看，确认无人跟踪，方吩咐道："师傅，麻烦你送我们去火车站那头的福海旅馆。"

福海旅馆在宁州火车站边上，路程颇远，车钱自然也好。师傅喊了一声"得嘞"，便右手转弯，劲头十足地朝宁州火车站的方向而去。

一路上，唐宁慧总归还是不放心，再三转头确认。确定无人跟踪他们，她才稍稍放下了心。

旅馆的店小二见唐宁慧一手牵着孩子，一手挽着包袱进来，便知道要打尖住宿，忙殷勤地上前招呼："这位太太，可是要住店？今儿人多，我们旅馆啊，只剩上等客房两间，其他的都已经住满了。"

唐宁慧道："那就请给我来一间上等客房。"店小二赶忙道："好嘞，小的这就领太太和小少爷上楼。"

唐宁慧进了房便吩咐道："你帮我们炒两个干净小菜送上来。"店小二领命下楼。

笑之黑白分明的眼睛滴溜溜地打量着陌生的房间，不解地问："娘，我们为什么要住这里？"

唐宁慧蹲下身，温和地道："笑之，娘要带笑之离开这里，去一个叫鹿州的地方，你怕不怕？"笑之似懂非懂地摇了摇头："娘，笑之不怕。"他又问，"可是娘，我们为什么要去那里呢？去那里以后，我是不是就不能跟石头、武哥哥一起玩了？"

唐宁慧实在不知道该怎么回答笑之，她想了想，道："娘呢，要带笑之去鹿州找亲戚。因为娘的舅舅、姨妈，就是笑之的舅公、姨婆，都在鹿州，娘想他们了，所以想去找他们。笑之陪娘一起去，好不好？"这也确实是她的打算。她自六岁那年跟着母亲朱碧青来到宁州后，便再也没有见过自己的外婆、舅舅、姨妈，此番前去鹿州，确实也想去找找他们。虽然说不上投靠，但有亲人在那头，是好是歹总也有个照应。

再说了，鹿州是曾家府邸所在地，是曾家军的中心。所谓最危险的地方便是最安全的地方，到时候就算曾连同想到了验血方面的不妥，怕也是猜不到她会带着笑之去了鹿州。

笑之一副"我懂了"的表情，点头道："好的，娘，我跟你一起去。"

娘儿俩用过饭不久，便听见门口传来敲门声，周璐的声音随之传了进来："宁慧，是我。"

唐宁慧三步并作两步地去开门，只见一个身穿粗布衫裤、土布蒙面的女人提了一个大包袱跨了进来。那人掀开包头布巾，露出一张千娇百媚的粉脸，不是周璐是谁？

唐宁慧讶然："你怎么打扮成这副模样？我都认不出来了。"笑之拍着手，咯咯直笑："璐姨，我也是，我也认不出璐姨了。"周璐一把抱起笑之："我的心肝小宝贝，看璐姨给你带了什么来？"

周璐把带来的包裹打开，露出了一大堆舶来彩纸糖果、果脯，还有装在纸袋里的饼干、蛋糕等。唐宁慧不免啧道："你每回都给笑之买这么多好吃的，瞧他，都快被你给惯坏了。"周璐取了一把糖塞给笑之，揉了揉笑之的头发："快吃吧，别听你娘的。璐姨就我们笑之一个宝贝，不疼笑之疼谁去？对不对？"

唐宁慧无奈，只好叮嘱笑之："只许吃两颗，吃完了用水漱口，知道吗？"笑之见唐宁慧允了，便点头乖巧地说了一句："娘，我知道了。"然后坐在床沿甩着小腿津津有味地吃了起来。

周璐把唐宁慧拉到角落里，压低了声音道："我打扮成这样，难道是为了好看不成？还不是怕曾连同这王八蛋安排了人跟着我。"唐宁慧道："你放心，他暂时被我骗过去了。"周璐惊讶道："怎么骗？他可不是个好骗的主儿！"

唐宁慧把事情的经过说了一遍。周璐奇道："你怎么知道用盐可以让血凝固？"唐宁慧道："当年在学堂，教授曾提到过一次，说盐、醋等物可以使血凝固，放石灰便会让血相融。"她忽地悲怆苦笑，"没想到，今日居然派上了大用场。"

周璐叹了口气，道："不管怎么样，你好歹总算是摆脱了他。这天下谁不知道，他们曾家想儿子那可是到了疯魔的地步，可就是怎么生也生不出来，真是奇了怪了。外面的人都说是他们曾家祖宗造的孽，代代都是单传的命。曾连同这个王八蛋，也活该！你已经给他生了笑之，所以啊，以后无论他娶十个八个的，也生不出儿子了……这个杀千刀的，死了活该没有儿子披麻戴孝……"

周璐气愤不过，一边诅咒一边骂，抬头见唐宁慧神色悲凉莫名，只恨自己一时失言，赶忙从怀里掏出了两张火车票，扯开了话题："宁慧，这是明日一早到鹿州的火车票。你们找到落脚点后，就立刻给我来封信，也好叫我放心。”而后又塞了一个织锦小袋给她，“这里还有一些银票，你拿着日后应急。”

唐宁慧推了回去，不肯拿：“不，周璐，你自己收着，我这里还有。”周璐朝她瞪眼：“你有，你有什么？就你那薄薄一袋子的教书薪水，够你吃还是够笑之吃啊？给我拿着！”她硬塞给了唐宁慧，掠了掠鬓发，方又道，“你放心，我自己还留着大半呢。你以为我傻，全给你了啊。你走后，我会将小院子卖了，林妈我也会安排好的，你不必记挂这里。”

唐宁慧眼眶湿润地默然了半晌，才道：“周璐，谢谢你。这些年，要不是你一直照顾我和笑之，或许我们早不在这个世间了。”周璐“呸”了一声：“好好的说这些做什么？！大吉大利！”她握着唐宁慧的手，欲言又止，最后只道，“宁慧，你和笑之要好好保重。”

唐宁慧提心吊胆地过了一夜。

周璐说得不错，他们曾家想儿子想得都快要疯魔了。曾连同这几年亦有不少花边新闻上了小报，什么选鹿州小姐、捧了名旦、与电影明星共舞等等，身旁自然美人环绕，可也不曾听闻哪个美人母凭子贵进了曾府。

每每不经意间看到那些新闻的时候，唐宁慧心头总酸楚难当。如今想来，亦是一片苦涩之味。

笑之年纪小，不知发生何事，依偎着她一个晚上睡得极香甜。深夜里，唐宁慧静听着他匀静的呼吸，只觉得这个世上，为他做任何事情都是值得的。

第二天一早，天色微微露白，唐宁慧便唤醒了笑之起床洗漱，匆匆用过早点便赶去了火车站候车。这一路，她一直惶恐惊惧。

这种惊恐持续到了火车发出“呜呜”几声鸣笛，开始“哐当哐当”地发动行驶后，她吊在嗓子眼儿的心总算是稳稳当当地落了下来。

周璐给她买的票极好，是一个小包厢，有一个卧铺。笑之第一次坐火车，对一切均大感新奇，一直趴在车窗上看着流动的风景："娘，那些人会往后退，就像会飞一样那么快。""娘，那边有一群羊……不见了……没有了。""娘，你看那里，那山上有瀑布。"

足足盯着火车外头看了一个多时辰，笑之才觉得有些困乏。唐宁慧便哄他睡觉。

自遇见曾连同后，唐宁慧没有一夜不是提心吊胆度过的，现在火车顺顺利利地出发了，她整个人就放松了下来。这一放松，倦意便似潮水般排山倒海地涌上来，结果哄着哄着，只觉自己的眼皮也越来越重。

母子二人睡了长长足足的一觉，醒来已经是下午光景了。

笑之摸着肚子喊饿，唐宁慧便喂他吃了一块蛋糕和几块饼干。笑之对车窗外的一切仍旧极感兴趣，嘴里含了糖果，又趴在车窗旁瞧外头。这一觉睡得好，此时她一点儿倦意也没有，用了些蛋糕、饼干后，便也坐在铺上陪笑之看外头的风景。

到了第二天上午，火车才进了鹿州站。唐宁慧一瞧见"鹿州站"几个字，心头松了松，总算是无惊无险地到鹿州了，不知道舅舅他们是否还住在方桥那屋子，等下出了火车站，便让黄包车拉着去那里瞧瞧再说。

可是很奇怪，左等右等也不见火车上的工作人员来唤他们下车。唐宁慧又等了许久，便拉开了包厢的门。隔壁包厢的一位太太正拉着穿制服的工作人员不耐烦地质问："火车不是到站了吗？为什么我们还不能下车？"

这个问题显然已经被人问了许多遍了，那工作人员的表情极是无奈："这位太太，我们鹿州站特别严格，每趟火车进出站台都要做详细检查后才会放行，请您再耐心等候片刻，前头估计已经查得差不多了，很快就到我们这里了。"

原来是例行检查而已。唐宁慧放心地关上了包厢门。但是她不知道的是，此时外头的车厢里进来了一群荷枪实弹的士兵，正一排一排地检查，对年轻女子和小孩更是特别注意，拿了照片比对再三。

片刻后，有人敲了敲门："请开门，例行检查。"唐宁慧道："来了。"一打开门，她整个人便僵住了——面前这个一身戎装的男子她并不陌生，是曾连同的人，曾经不止一次来过她的院子。

那程副官见了唐宁慧，便一下子长舒了一口气，双脚一并，朝他们行了一礼："唐小姐，总算找到你和小少爷了。"

荷枪实弹的一群士兵拥着唐宁慧和笑之下了火车。火车上的众人不明其故，一时间隔着车窗玻璃指指点点，议论纷纷。

而唐宁慧则被带到了三辆黑色的小汽车前。程副官恭敬地拉开了中间那辆汽车的门："唐小姐，请。"

唐宁慧一眼便瞧见了端坐在车里面无表情的曾连同。此时的他一身戎装，肩上的一排金属光亮锃锃。而他的眼，却如谷底深潭，冰冷得叫人窒息。

唐宁慧拉着笑之，一时间结结实实地愣住了。她不明白自己到底是哪里露出了破绽。

曾连同不紧不慢地开口："还不上车？"

唐宁慧杵着没有动。笑之年幼，不知发生了何事，拉了拉她的手，软软地唤了她一声："娘。"

唐宁慧知自己和笑之已落入曾连同的手心，就算是插翅亦难逃，她只好搀扶着笑之上车。程副官待两人坐稳后替他们轻轻关上车门，然后吩咐司机："开车。"

车子稳稳当当地驶出了火车站。

唐宁慧搂着笑之紧靠在车门边，尽量不着痕迹地与身旁气势逼人的曾连同拉开距离。曾连同自是察觉她的意图，凉凉地扫了她一眼后，把视线落到了笑之身上，开口逗他说话："笑之，还记得我吗？"笑之点头道："记得。"

曾连同的表情仿佛很满意，又问："火车上闷不闷？"笑之道："闷。"随即又摇头补了一句，"有时候也不闷。"

曾连同兴趣甚浓："哦，什么时候不闷呢？"笑之道："趴在车窗上看外面的时候，可好玩了。外面的牛啊、羊啊、大树小树，还有屋子，都像是小鸟一样，呼啦一下就飞走了，就没有了……"

曾连同摸了摸笑之的头："是吗？"笑之重重地点头："是啊。叔叔，你没坐过火车吗？"

"叔叔"二字令曾连同的脸色瞬间僵住了，原本的一点儿笑意霎时无影无踪。

笑之甚是敏感，仿佛也察觉到了不对劲儿，整个人往唐宁慧怀里缩了缩。曾连同马上意识到是自己吓着孩子了，他立刻调整了微笑，放低了声音："当然坐过啊。火车是不是会发出咣当咣当的声音哦？还有会发出呜呜……这样的声音……"

曾连同当即模仿了一个火车的鸣声，如此一来，笑之顿时欢呼雀跃起来，拍着手："对了，对了，就是这样的。叔叔真厉害！"

曾连同只觉得额头上的青筋跳了跳。他面无表情地睨视了唐宁慧一眼，却见她拉着笑之的手，眉目低垂，瞧不见任何神色。

唐宁慧左思右想，一再梳理在宁州发生的一切，可她怎么也想不明白，自己到底是怎么被曾连同瞧破的。

车子开了好一会儿，在一座四合院前停了下来。青砖珑瓦，朱漆梁栋，外墙爬满了疏疏朗朗的青藤，阳光静静地洒在其上，显得十分古朴幽静。

曾连同此时已与笑之玩得颇熟络了，他抱起笑之下车："到笑之住的地方了。我们去看看笑之的新家，好不好？”笑之自然答“好”。曾连同也不理唐宁慧，径直朝院子里走。

笑之在他手上，唐宁慧能做什么？只能眼睁睁地瞧着他与笑之越走越远。唐宁慧垂下了眼帘，沉吟了数秒，再抬眸时，便亦步亦趋地跟着他。她现在最怕的就是曾连同把笑之抢走，从此母子分离，相见无期。

曾连同抱着笑之穿过照壁，进了院子，到了二进的东厢房，门口有候着的仆妇丫头。曾连同把笑之递给了为首的一个仆妇：“王妈，你带几个人给小少爷好好洗个澡，用过点心，哄他睡一觉。”

王妈应了声“是”，转身便抱着笑之往里走。笑之虽然不怕生，但自幼跟着唐宁慧长大，事事都经唐宁慧的手，一听便紧紧拉着唐宁慧的袖子，道：“不要！我不要别人帮我洗澡，我只要娘帮我洗。”

曾连同拍了拍他的脸：“笑之，乖，你先洗澡，你娘还有别的事情，不过很快便好，等下就来陪你，可好？”

王妈极有眼色，见曾连同这么一说，便哄着笑之道：“来，小少爷，瓷浴缸里头啊，还有小鸭子陪着你一起洗澡呢。”笑之被引去了注意力：“小鸭子？”王妈道：“是啊，来，看看你喜不喜欢那几只小鸭子？”就这么半哄半骗地把笑之抱进了屋子。

唐宁慧只怕他就这样把笑之从她身边给抱走了，压低着声音道：“曾连同，我们之间没什么好谈的。我去给笑之洗澡。”才走一步，手臂便被曾连同握住了：“唐宁慧。”寥寥三个字里头，已经饱含了怒意。

唐宁慧与他对视：“曾连同，滴血验亲之前，你答应过我什么？你答应过我，若验出来笑之不是你的骨肉，你便不会再来骚扰我们母子。”

曾连同嘴角一勾，似笑非笑：“不错，我的确是这么答应你的。”

唐宁慧道：“那日已经验出来了，你也看到结果了，笑之不是你的孩子，那你现在把我们弄到这里来，到底要做什么？”

曾连同不动声色地上前一步，问道："那么笑之到底是不是我的孩子？唐宁慧，我最后再问你一次，你说是，我自然对笑之疼之爱之宠之；你若说不是……"曾连同的目光垂了下来，落在腰畔的配枪上，冷哼了一声，"你信不信，我一枪崩了他。"

唐宁慧的粉脸霎时一白，惊惧抬头："你……你……"曾连同瞧她急得手足无措的模样，极有把握地笑出了声："唐宁慧，你说，到底是，还是不是呢？"

这种情况下，唐宁慧自然无可奈何。她恨恨地别过头，不肯说话。

曾连同显然很满意，点头道："好吧，既然你不说话，那我就当是了。"

唐宁慧胸口起伏，很想说不是，笑之不是你的孩子，可是她实在没这个胆。于是，默然了半晌，她开口问出了心头疑问："你怎么知道我会来鹿州？"

曾连同嘴角微弯，不置可否地道："无论你买去什么地方的火车票，你上的车，都只会到鹿州。再说了，鹿州是你母亲的娘家，你来鹿州的概率是最大的。"

他竟然还记得当年她说过的话。唐宁慧怔了怔，胸口一时间又酸楚莫辨。

事到如今，唐宁慧亦直言不讳："你是怎么发觉我骗你的？"曾连同冷哼了一声，道："加入盐、醋可以使不同血液相互凝固，而加入石灰水，便会使血液相融，清朝康熙年间的纪晓岚便在书中有过记载。而我当初在国外留洋的时候，亦特地与同学做过科学实验来验证。"

原来如此。唐宁慧静静地站着，再不言语。事到如今，无论她说什么、做什么，都改变不了她和笑之已落在他手上的事实。

曾连同转身而出："你别再玩什么花样，在这里与笑之好好住下便是。"走了几步，似想起一事，便止了脚步，"哦，对了，我不想再听到

‘叔叔’两个字，你明白我的意思吗？”

远远候着的侍从见曾连同往外走，便唰唰地跟了上去。

唐宁慧凝望着被众人簇拥着的曾连同，忽然觉得这一切仿佛是在做梦一般。可是，微风吹过，拂过藤蔓，发出细细碎碎的“沙沙”声，空气里隐约还有花儿的暗香。

这一切并不是梦。

也不知道过了多久，有婆子过来请安：“太太，小少爷已经入睡了。”

太太！唐宁慧怔了怔，不过，她很快回了神：“你叫错了，我不是你们的什么太太，你叫我唐小姐就是了。”婆子垂着手恭敬地道：“太太，小的们不敢，这是七少爷吩咐的。”

既然是曾连同吩咐的，唐宁慧便也不多费唇舌。如今人在屋檐下，哪能容她不低头呢。

笑之洗澡后用了点心，已经在床上睡熟了。到底是无忧无虑的年纪，天塌下来亦不懂得烦恼。唯愿他可以一生如此。

唐宁慧低头凝望着孩子的眉眼，一时间心头柔软如云朵。

笑之，唐宁慧当时也曾想过不要的。周璐不同意，说她才从牢里出来，身子已经这般弱了，执意把孩子打掉的话，连医生都说了，他也不敢担这个责任。

唐宁慧怔了半天，哑着嗓子，咬牙道：“医院的医生若是不肯，还有外头的大夫，他们肯定有药的……”周璐怒喝道：“你疯了不成？那种药喝下去，你就一命呜呼了！既然你这般想死，当初我便不用想尽一切办法救你了！”

那日，周璐抽了许多根烟，最后帮她下了决定：“宁慧，把孩子生下来吧。你放心，横竖有我呢！”

那个时候，她时常混混沌沌的，周璐实在看不下去了，某天狠狠地打了她一巴掌："唐宁慧，你这副模样让我后悔救你了！"唐宁慧那时还不知周璐为了救她，去求了汪孝祥。

这么久以来，若是没有周璐一路搀扶，她哪里能撑得下去。

可是如今，她和笑之被曾连同囚禁在这里，叫天天不应，叫地地不灵，要怎么办呢？怎么才能逃出去呢？

院子里的抄手游廊处爬满了绿藤，阳光从高处落下来，斑斑点点，似落地有声的花朵，在地上热烈地盛开。

程副官亦步亦趋地跟在曾连同身后："七爷，宁州那边送了些东西过来，我让人搁在您书房里头了。"曾连同本已经抬步往前院去，闻言便止了步，改往书房的方向。

书桌上搁了一个不大不小的木箱。程副官说："刘云京说了，小少爷他们在宁州的屋子没什么可收拾的，他让人倒腾了半天，才整了这一箱的物品出来。"

曾连同摆了摆手，示意他出去。沉默半晌，他缓缓掀开木箱盖子，里头大多是笑之那些不值钱的玩具物什，木马、木剑等。

曾连同取了一把小木剑出来，把玩了片刻，正准备把木剑搁回去……忽然，他视线一顿，停留在了某处。

那是用丝缎包裹着的一个纸卷。曾连同慢腾腾地探出手，握住了丝缎一角，轻轻一抽，里头的东西便展露在了他的面前。

赭黄色的纸卷，轻轻薄薄的，可此刻在他手里却仿佛重如千钧。纸卷徐徐地展在了眼前，红梅枝头喜鹊闹，果然是当年两人的婚书。

当年她浑身湿淋淋地伏在他怀里颤抖，他搂着她说："别怕，一切有我。"他说这句话的时候，亦是对她真心怜爱的。但那时候他也未想过与她成婚的，当时不过是想留她住下一段时间，权宜之计而已。

她晕厥之时，抓着他的袖子，颤颤地问："连同，你愿不愿意娶我？"那种情况下，他想要从她口中探得情报，没有办法说"不"，于是便有了这桩婚约。

想不到这纸婚书她竟然保存到了如今。可这次她带笑之离开，却没随身带走……这表示……曾连同一下子凝冻住了所有表情。

笑之睡了没多久便醒来，蒙眬地揉着眼睛起来，乖巧地任唐宁慧摆弄着穿衣："娘，我们什么时候去找舅公姨婆？"唐宁慧拧了热毛巾给他擦脸，柔声道："娘过些日子带笑之去找舅公姨婆。"

笑之问："为什么要过些天？不能现在去找舅公姨婆吗？"童言无忌的问话，唐宁慧却不知道如何回答他。

正当此时，卧室外侍候着的王妈等人听见了屋里头的动静，隔了门禀道："太太，周裁缝来了，在厅里候着给夫人和小少爷缝制衣裳呢。"

唐宁慧道："知道了。"

西式布置的厅里，周裁缝带了两个学徒正垂手站着，见了唐宁慧两人，赶忙上前行了一礼："给太太和小少爷请安。"

曾连同一进屋，便见两个学徒捧着一些布料在给唐宁慧端详，而周裁缝则在一旁拣了好话说着："太太，这些丝绸料子都是时下最流行的，您仔细瞧瞧，定会喜欢的……这几个丝缎和花色都是最新的，且都是只有这一匹的料子，再多也寻不着了。太太若是做了旗袍，那可是咱鹿州城里独一份儿的。"

唐宁慧冷脸冷面："不用了，我不需要。"周裁缝极是为难："这，这……小的没办法对七少爷交代。"唐宁慧道："你放心，我自会跟七少爷交代的。"

忽听曾连同的声音冷冷地在身后响起："哦，要对我说什么？"唐宁慧道："你既已听到，又何须我再多说一次？"

曾连同转头吩咐王妈："把小少爷抱去院子玩一会儿。"待笑之出去后，曾连同方出声喝道："都给我下去！"

众人自然听出了他语气不悦，应了一声，便鱼贯而出。不过片刻，偌大的厅里，就剩下了唐宁慧和他二人。

曾连同踱步而来，斜眼瞅了唐宁慧一眼，嘴角若有似无的一点儿冷笑："唐宁慧，你这是要与我划清界限呢，还是嫌这些东西不够好？"

唐宁慧敛息垂目，不吭一声。

曾连同道："若是嫌东西不够好，倒还是有法子，怕只怕你是想要与我划清界限。"唐宁慧这时方道："我与你除了笑之，没有一点儿关系。既然如此，又有什么界限可划呢？"

曾连同牢牢地盯着她，慢慢悠悠地道："唐宁慧，我倒想提醒你一句，如今你在我手里，还是顺着我一些好。"唐宁慧道："我若是不顺着你呢？"

曾连同道："旁人我是不知，可是你向来心软，别说周璐了，单单你唐门一家老小就有那么多人。再说了，鹿州这里还有你舅舅、姨妈呢，如今，他们都在我的势力范围内。且不说这些人，就算是为了笑之，你也得对我好些。你说，是不是？"

唐宁慧暗暗一凛，只好不说话。曾连同倒也见好就收，扬声吩咐："都进来吧。"

接下来，曾连同好整以暇地拉着笑之坐在沙发里，瞧着周裁缝和学徒捧了衣料一匹匹地呈上来。唐宁慧便如提线木偶一般，每一匹布都毫无意见，每个花色都说好。曾连同颇为满意地吩咐道："既然都好，那就每个都做一件吧。"

周裁缝自然是迭声应是，道："小的几人回去马上给太太和小少爷赶制。"

周裁缝走后，厅里便只剩下了笑之他们三人。曾连同没吩咐，唐宁慧也只好杵着。

曾连同取过瓷盘里的一个梨，在手里抛了抛后，道："笑之，这是我们鹿州特产的水晶梨，我们来尝尝看甜不甜，好不好？"也不待笑之回答，他便取出了随身的舶来军刀，"唰"地打开，开始削起来。

曾连同削水果的时候，特别专注，右手拿着军刀，梨子在左手修长的手指间缓慢转动，一点一点地削，一圈又一圈地转动，细致得不留一丁半点儿青青的梨子皮，到最后，薄薄的皮可以连成很长很长一串。

西式的吊灯下，手间的军刀白白的一点儿闪光。

在宁州的时候，他隐姓埋名与她结婚的时候，住的一个小院落是租来的。那时候他雇了一个仆妇阿金嫂打扫屋子，料理三餐。每日晚膳后，他都喜欢用舶来的小军刀削水果，也是这般的神情专注，嘴角一抹淡淡笑意。

两人总是分着吃完一个梨、一个苹果抑或一个甜瓜。

那个时候，阿金嫂总是说他们这样子相敬如宾、互敬互重的夫妻世间少有，说她是几世修来的福气。

那个时候，唐宁慧真的以为是自己的福气，才能遇到他。

后来，才知道不是的，她只是局中人而已。

笑之在旁边瞧得津津有味，最后见曾连同用梨子皮依旧可以圈成一个梨子，目瞪口呆地拍手："哇，叔叔，你好厉害！"

闻言，曾连同脸上的肌肉抽了抽，利剑一般的目光冷冷地扫向了唐宁慧，转头时已经嘴角含笑："这个不难，等过些日子，我便教笑之怎么削，好不好？"

笑之拍着手，迭声道："好，好。"

曾连同把梨子削切成片，搁在描银的白瓷盘里头，推给笑之。笑之接过，乖巧地道谢："谢谢叔叔。"

曾连同只觉额上青筋又突地一跳，端详着笑之柔嫩的侧脸，缓声道："笑之，娘有没有告诉你，我不是什么叔叔，我是你爹，是笑之的爹！"

笑之似乎呆住了，完全没有任何反应。曾连同蹲下来，与他面对面："笑之，我是你爹。"

笑之忽然"哇"的一声哭了出来，整个人往唐宁慧怀里缩："娘，娘……"

曾连同预想过很多笑之的反应，但怎么也没料到笑之会这般大哭起来，他顿时手足无措，慌乱地问唐宁慧："笑之怎么了？好端端的怎么哭了？"

唐宁慧面无表情地扫了他一眼，抱起笑之，在屋子里踱着步子哄："乖笑之，不哭了。笑之不是一直很想爹吗？不是一直想着让爹爹早日回来吗？这不，爹爹回来找笑之了。"

曾连同想碰触他，可笑之几次三番地躲着他，令他不敢造次。

"乖，不哭了……"

唐宁慧如此哄了许久，笑之总算是抽抽噎噎地开了口："娘，是真的吗？"唐宁慧点头："是真的，叔叔没骗你，叔叔真的是笑之的爹爹。"

看到唐宁慧的保证，笑之抽泣声渐止，揉着眼睛，依旧一副不敢相信的样子："那虎头、小五他们再也不能说我是石头里蹦出来的，也不能说我是没爹的娃了，对不对？"真真是童言无忌，只言片语便道出了母子两人以往的艰辛。

唐宁慧默默点头，抬头，瞧见曾连同一动不动地站在原地，目光古古怪怪的。

第五章 意难平

从此，
我爱的人都像你

笑之跟任何一个没爹的孩子一样，从小就盼着有个爹。与曾连同相认后，父子天性，便亲热得很。加上曾连同伏低做小，刻意地讨好怜爱，各种好吃好玩之物流水一般搬进院子，为的不过是博儿子一笑。不久后，父子两人的感情已经好得如胶似漆了，简直把唐宁慧都要挤出去了。

唐宁慧被关在府中，除了不能随便出去外，府里头倒是可以随意走动的。由于笑之在宁州时已经跟着唐宁慧在学校里听课了，字也认了好一些，如今在这里，唐宁慧又空闲得很，便每日教他读书识字。

这日，傍晚时分，外头响起汽车驶进的声音。笑之神色欢喜地一再转头瞧着门口，眼看便要坐不住了。唐宁慧知道不过片刻，曾连同亦会进这书房。她不想与他照面，这段日子能躲便躲，瞧了瞧时间，今日已经教了两个多时辰了，便正色道："坐端正了，把方才教的字好好地抄写二十遍，方可出去玩。"

笑之见她沉着脸，便也不敢造次，认认真真地抄写起来。唐宁慧合上书，吩咐身边的丫头："巧荷，你帮我好好盯着，等下把小少爷抄好的字拿到我屋子里。"

可就算是这样，还是避之不及，在书房门口与回来的曾连同撞了个正着。她照例是低眉垂眼地侧过身子。曾连同的脚步似是一顿，数秒后，便进了书房。跟在曾连同身后的程副官和侍从们双脚一并，如常恭敬行礼："七太太。"

书房里父子二人的交谈声传了过来："让爹瞧瞧，今天你娘教了你些什么字。"笑之清脆地回道，"《诗经·大雅·荡》中的'靡不有初，鲜克有终'。"

曾连同问："知道是什么意思吗？"笑之道："事情都有个开头，这是善始，但是很少能善终……"后面的声音因唐宁慧的远离便低如蚊语，再不可闻。

自唐宁慧母子搬来后，曾连同每次的行程便极简，不外乎是回曾府或去军部，事情一办好，便赶回这里。

这府里的院落分前后两进，前进如今是曾连同办公待客之所，后进则是由饭厅、书房以及东、西厢房组成。

自唐宁慧住进东厢房后，曾连同便每晚在西厢房歇下。

这晚用过晚膳，曾连同与往常一样在客厅陪笑之玩耍了许久，然后才由丫头婆子带回了唐宁慧的屋子。曾连同站在门口，瞧着丫头抱着笑之穿过青石院子，他凝望着东厢房，负手站了半晌，神色怔怔的。

程副官见曾连同最近心情烦躁，动不动便对侍从厉声斥责，与以往的不动声色、城府深沉判若两人，心下早已经在揣摩了。他跟着曾连同好几年了，素来是个点头醒尾极懂眼色之人，如今见之，不由心中一动，立刻明白过来，七少爷最近的不对劲儿都是那唐小姐的缘故。

其实他们这些侍从官对凭空冒出来的唐小姐和小少爷也是讶异得很。他跟在曾连同身边时日最长，侍从官们素来敬他几分，前些日子便纷纷过来打听。程副官其实也说不出个所以然来，只晓得在他做七少爷副官之前，七少爷曾在宁州待过一段时日。虽然不知其中缘由，却知七少爷对这对母子极为看重。把这对母子接进来的当天下午，七少爷便召集了府邸众人，开了一个会。

曾连同当着众人的面打开了一个箱子，里头是明晃晃的一箱大洋。

他不紧不慢地扫了众人一圈，道：“七少爷我向来是个赏罚分明的人。如今府里多出了两位贵人，你们个个给我把嘴巴贴上封条，闭严实了，打起十二分的精神好好侍候。若是侍候好了，随时有厚赏；若是侍候不好，走漏了这府里的半丝风声……”

曾连同顿了顿，冷飕飕的目光扫了一圈，扫得在场众人心里发毛。

“若是走漏了这府里的半丝风声，便如此盆。”他“唰”一下拔了腰间配枪，对着墙角的盆栽就是一枪。

“砰”的一声枪响后，泥盆瞬间四分五裂。这一枪若是打在头上，脑袋便立时开花了，可不是闹着玩的事。府里众人心中一凛，胆小的丫头婆子早已经双腿打战了，有些更是点头如捣蒜：“是是是。”

曾连同这才微微一笑，吩咐道：“来，一个个到吴管家和账房这里领赏吧。”

一个人明晃晃的二十个大洋，众人简直不敢相信。头一个领赏的听差双手颤抖地捧着大洋，不知如何是好。要知道此时的仆妇女佣，一个月亦不过一个大洋。如此这般厚赏，足足是他们近两年的收入，自然是又惊又喜，对曾连同方才打枪的畏惧也退去了不少，知道给七少爷好好办事，七少爷是绝对不会亏待他们的。

侍从官们自然是另备了重赏，但曾连同亦吩咐了下去：“若是让那头府里知道半点儿风声，我也绝饶不了你们。”

七少爷如此紧张唐小姐母子，可偏偏唐小姐一直冷若冰霜，别说亲近了，每每瞧见也把七少爷当作是空气。

程副官跟着曾连同这几年，见惯了各种姿色女子对曾连同的投怀送抱。唐宁慧的态度起初他颇有点儿惊讶，以为是欲擒故纵，可是时日一久，他亦察觉出来了，唐宁慧是真冷淡，不是刻意为之。

可是七少爷呢？程副官瞧着曾连同阴沉的脸色，心底暗暗揣摩。

唐宁慧自是不知这府里发生的事情，如今她只是一只笼中鸟，平时连与笑之在院子里散个步亦有几个婆子丫头跟随。若是曾连同偶尔带她与笑之出去，那更是三步一岗，十步一哨，旁人见了这阵仗，哪个敢不退避三舍？

所以她来鹿州这么久，别说舅舅姨妈了，每天除了院子围住的那片天空还是那片天空。

笑之自然也拘得发闷，好在曾连同每日回来得早，像是补偿过往一般，天天陪着他玩耍，乐此不疲。

这一日，曾连同倒是与往日不同，极晚也没回来。笑之盼了许久，问了唐宁慧许多遍："娘，爹呢？""爹怎么还不回来？""娘，爹什么时候回来？"

唐宁慧左哄右骗的，实在拿他没办法。一直到深夜，笑之抵挡不住渐浓的睡意，歪着头在唐宁慧怀里睡着了。

唐宁慧轻轻地把笑之放在床上，替他掖好了被子，也侧身在笑之身边躺下，"啪"的一声扭了电灯，屋内顿时陷入了墨一般的黑暗之中。

隐隐约约地过了半晌，唐宁慧被汽车的声音吵醒，显然是曾连同回来了。唐宁慧黑暗里摸索着又替笑之掖了掖踢开的被子，这才安心地合眼浅眠。

忽然门口传来脚步声，有人推门进来。唐宁慧一惊，猛地睁大眼睛，整个人倏地清醒过来，惊惧地问道："是谁？"

曾连同低沉的声音里明显带了几分慵懒醉意："是我。"

屋子里一片漆黑，只有几缕月光偷偷地从窗户漏了进来。曾连同的脸隐在半黑半明之间，唐宁慧瞧不清，也看不懂。

曾连同解开了金属皮带，踢了鞋子，爬上了床，也不管唐宁慧愿不愿意，便挨着外头的她躺了下来。

曾家就曾连同一个儿子，平日里最注重的便是他的安全，副官侍从从不离左右。如今曾连同这么大咧咧地进来，外头的侍从显然没有一排，至少也有十来个，里头一丁半点儿的动静怕是也逃不过他们的耳朵。

唐宁慧咬着唇不敢吱声，只好推他。曾连同也不理会她的推拒，伸手一把搂住了她的肩膀，将她拖至自己怀中。

曾连同脱去了军装外套，里头便只着了一件白衬衫。唐宁慧的脸蹭在衬衫上，熟悉浓烈的气息便透着衬衫扑面而来，纠缠在四周。她似一下子跌入了梦中，好似他与她从未分开一般。

一时间，唐宁慧不由得怔了怔。

曾连同见她僵着不动，以为她服软了，搂着她"哼"一声轻笑了起来。怀里的身子温软如棉，幽香渺渺，令人口干舌燥。曾连同侧身便想亲上去："都生过孩子了，还这般忸怩——"话音未落，怀里的人似乎微微一颤。

唐宁慧任他亲上来，没再挣扎，把头轻仰，贴在他耳朵边低低地道："曾先生，你离开这些年，你以为我一直为你守身如玉吗？"

曾连同猛然一僵，唇落在唐宁慧细滑软嫩的脸上，再没动弹。

唐宁慧声音极低，却字字清晰："曾先生，我不怕告诉你，我心中有人了。若不是你这次突然出现，我便要与他成亲了。曾先生，你和我过去是有过一段姻缘，笑之确实是你的骨肉，但你我缘分已去，强求不得，不如各还本道，解怨释结，更莫相憎。从此以后，你我一别两宽，各生欢喜！"

曾连同一直僵硬地保持着那个吻着她的姿势，好似根本没听见。

唐宁慧继续道："曾先生，你是曾家七少爷，位高权重。你若是想要强迫我，我也无法子。只是以曾先生现在的地位，想要什么样的美人皆唾手可得，想来也不会勉强我这么一个姿色平平的残花败柳，是不是，曾先生？"

黑暗中，曾连同两道视线似刀刃一般牢牢地盯着她，像是要把她挖出两个窟窿来。半晌后，他猛地一把推开唐宁慧，从床上起身，大踏步地往外间走去。

曾连同走了几步，也不知道怎么突然止了步，又转身大步回来。他俯身下来，在唐宁慧耳边磨牙冷笑："你以为你这么不痛不痒真假不辨的几句话就把我套住了？我告诉你，只要是我曾连同要的东西，哪怕是残花败柳，我也一定要弄到手。"

他似印证自己的话语一般，手探到她的衣襟，猛地一扯，将她的衣襟撕了开来，露出了大片白嫩得不可思议的肌肤。几个月未近女色，再加上方才唐宁慧言语引起的愤怒，曾连同只觉得一股冲动上来，忍不住便低头不管不顾地咬了下去。

唐宁慧吃痛，发出"呜"的一声，整个人重重一颤，往后缩去。床内的笑之睡得正香，毫无半点儿知觉。唐宁慧怕吵醒笑之，便不敢再往里躲。

曾连同略略松开，冷笑道："疼是吧？"下一秒，他更是用力咬了下去。唐宁慧痛得呜咽挣扎。一直咬到觉得尽兴了，曾连同方才放开她，呼吸又急又促，在她耳边咬牙切齿地道："唐宁慧，我就是让你疼，疼死你。"

次日起来已是中午光景了，曾连同已经不在府中，可左右也不见笑之人影。唐宁慧心头大惊，拦了一个丫头就问："小少爷呢？"

丫头手抄在衣服下摆，恭敬地朝她福了福："回夫人，七少爷带小少爷出去了。"唐宁慧没来由地一阵心惊肉跳："去哪里了？"丫头道："回夫人，奴婢不知。"

唐宁慧站在阳光下，脊背一阵发凉。昨夜她那般对他说，万一他真把笑之带走了呢？

一时间，手心里湿湿润润的俱是冷汗。

也不知道站了多久，大门处有汽车声响。唐宁慧忙沿着抄手游廊穿过重重门，到了前进院子，远远地便看到曾连同扶着笑之从汽车里出来。亮堂堂的日光洒在父子两人身上，似闪闪发光。唐宁慧的心稳稳当当地从嗓子处落了下来。

笑之也瞧见了她，甜甜糯糯地喊：“娘，娘，瞧我给你带什么来了？”笑之手里抓着一个纸袋子，撒开小腿跑了过来，后头跟着小心翼翼亦步亦趋的曾连同。

笑之飞扑到她的怀里，将纸袋子递到她的鼻子下：“娘，你闻闻，香不香？是牛油蛋糕，是笑之给娘挑的。”唐宁慧嘴角绽开一抹微笑：“香。”

曾连同一靠近，他身上特有的气息便一点点地飘了过来，昨夜的种种即刻浮现在脑中。唐宁慧脸一热，不敢瞧他的眼，一把抱起笑之转身就走：“娘和笑之先去用午膳，等下再吃笑之买的牛油蛋糕，好不好？”笑之点头：“好。”

厨房里照例送上精心烧制的五菜一汤，清淡的有素三丝、清蒸鱼、野菜丸子，重口味的有辣蟹、酱牛肉，还有一个热气腾腾的火罐母鸡汤。

曾连同正细心地从辣蟹里剔肉给笑之：“尝尝看，辣不辣？”笑之尝了一口粉白的蟹肉：“爹，不辣，好吃。”曾连同极有耐心，似骗似哄：“好吃的话，那今天我们笑之多吃半碗饭，可好？”

笑之点了点头，就着微辣的蟹肉，扒了一大口饭，嘴巴胀得鼓鼓的，配着一双圆圆的眼睛，活脱脱一只小青蛙。

曾连同对笑之的疼爱确实是挑不出一丁半点儿的不是，每每这样其乐融融的光景，唐宁慧心里总会涌起悲喜莫名的酸涩，似乎被他骗来鹿州也不全然是坏事，至少笑之得到了他朝思暮想的爹和梦寐以求的疼爱。

唐宁慧千方百计地想躲开曾连同，可人在他府里，又不是她想避就能避的。

这日晚上，唐宁慧早早地与笑之熄灯休息，可汽车回来后才不过片刻，婆子就在外头敲门：“七太太，七少爷找您。”

唐宁慧凝神屏息，装睡不答。

婆子在外头又唤了几遍，见卧室里毫无动静，便无奈地瞧向了身边的程副官。

程副官亲自上前，在门上敲了两下，恭敬地道："七太太，七少爷喝高了，您瞧瞧去吧。"

唐宁慧还是不说话，只盼着他们以为她睡了，便不了了之，如此的话，今晚也算逃过一劫。

可外头的程副官锲而不舍："七太太，您就周全周全小的们。七少爷今儿喝多了，到时候酒劲儿上来，吵醒了小少爷可不好。"

唐宁慧知道程副官的这几句话不假，这里是曾连同的地盘，天皇老子也管不了他。唐宁慧想了又想，只好百般无奈地起身。

她这屋里一拧亮电灯，程副官等人就在外头长舒了一口气。

唐宁慧进曾连同房间的时候，只见他靠在西式的沙发上，闭眼假寐。

房间里安静得很，唐宁慧怕吵醒他，便远远地站着不敢动。

半晌，听见曾连同的声音沙哑地响起："过来……"大约因为唐宁慧半天没动，曾连同睁了睁眼，口气不耐烦起来，"还不过来？"

唐宁慧缓缓地挪动脚步走近他，这才发觉程副官没扯谎，这厮当真是喝了不少的酒，酒味浓烈得熏人欲醉。怎么这几日天天喝得这般多？还在思忖，便听见曾连同吩咐道："去倒杯茶给我。"

唐宁慧转身去倒茶，显然是婆子丫头们新换的茶水，摸着茶壶依旧烫手。

唐宁慧待茶水凉了些，方不发一言地托着茶盏侍候他喝下。曾连同吃了半盏茶便推开了，浅浅地合上了眼。

这倒是重遇后唐宁慧第一次有机会好好地打量曾连同。

眉目依旧是原来熟悉的眉目，一如初见的俊美无双。当初的连同，浅浅含笑，温文尔雅。

可是唐宁慧知道，眼前的这个人再不是当初宁州的连同了。

宁州的连同，对她轻怜蜜爱，从来舍不得她疼的。

可是昨夜，他咬着她的时候，有一瞬间，她真的觉得他要从自己身上咬下一块肉去。他说：“唐宁慧，我就是要让你疼，疼死你！”

连同已经不在了，或者说，连同从未存在过。

如今眼前的这个人，陌生如旁人。他不是她的连同！

犹记得她从唐家跑出来寻他的那夜，他把颤抖的她拥在怀里，说：“宁慧，一切有我。”她无声无息地落泪。等他发觉时，已是满脸泪痕了。他摸着她的脸，低哑地道：“别哭，你哭得我的心都疼了。”

这是她这一生听过的最动听的话。

可是到头来，这一句是假的，什么都是假的。

在她的心底深处，她真的宁愿连同已经死了。那样的话，至少连同不曾骗过她，是真的爱过她的！

唐宁慧瞧了一眼曾连同，见他一直保持着合眼入睡的姿势，便悄无声息地移动脚步，准备退出去。

可是才走了几步，便听见曾连同冷哼了一声，懒懒开口：“唐宁慧，你再走一步试试？”

这厮竟然没睡着。唐宁慧自然听出了他话语里的不悦，硬生生地止住了脚步。

曾连同闭着眼睛，不耐烦地道：“还不给我过来！”

唐宁慧不知道怎么地心头涌起一种横竖都躲不过的念头，慢腾腾地走近了他，在离沙发一步之遥的地方停了下来。

曾连同倏然睁眼，探身拉住了她的手，一把将她拉至自己的腿上。这个姿势太过不堪了……唐宁慧脸上一热，挣扎着要下来。

曾连同倒吸了口气，低喝道："别乱动。"唐宁慧忽然明白了过来，僵硬了身子，再不敢动弹。

曾连同见她听话，长眸微眯，低低一笑："还疼吗？"唐宁慧别过头，不言语。

曾连同道："你不说话，我就当作疼的。"唐宁慧还是不说话。曾连同倒也不以为意，手缓缓地沿着她柔软的腰肢蔓延而上："疼一下也好。疼了，日后就会记得了，别用那些话气我，也别逞强跟我作对。"

他的声音轻轻的，偏偏威胁的意味一点儿也不轻。

曾连同见她哑巴了一样，便又刻意地问了一句："听到了没有？"若是不回答的话，估摸着是没好果子吃的。唐宁慧对他实在无计可施，只好偏着脸，默默地点了点头。

唐宁慧是不懂曾连同的。

一张俊美至极的脸，心情愉悦的时候，浅言轻语，淡淡含笑，仿若温润如玉的谦谦君子。可是稍不留神，便已经沉了脸，也不用说话，只需目光深深地瞧上你一眼，便叫人心里发寒。旁人吧，这样子的转换也需个过程，可是曾连同，心情随时变换，真真是喜怒无常。

若是像刚住进来的那些时日，两个人井水不犯河水，唐宁慧倒也觉得日子安稳，云淡风轻。可是自曾连同碰了她之后，偏偏食髓知味一般，总不肯放过她。

唐宁慧每每见了他，便跟老鼠见了猫似的，想尽办法要避开。可好像越是这样，曾连同的兴致越高。

这一日，唐宁慧照例在书房教笑之识字，程副官领了一位穿灰色长袍的先生过来，言语间极为尊崇："七太太，这位是方先生。七少爷吩咐了，以后就由方先生负责小少爷的启蒙。这位方先生是光绪三十年（公元1904年）的举人，当年可是我们鹿州乡试第一名，若不是光绪三十一年（公元1905年）慈禧太后下诏废除科举考试，方先生指不定便是咱们鹿州的第二个状元呢。这些年方先生一直在鹿州书院教书，是七少爷特地请回来的。”

唐宁慧记得母亲朱碧青说过，外祖父朱经纶当年便是在鹿州书院教书的，后来舅舅启蒙三年后，亦被送进了鹿州书院。此时，一听朱先生在鹿州书院教书，便生出了几分亲近之意，心想，过几日便可与他打听舅舅的消息，于是不免又惊又喜，极尊敬客气地行了一礼：“犬子顽劣，以后有劳方先生了。”

那方先生是被曾连同强“请”回来的，本来心里愤愤不平，但碍于曾家权势，不敢发作，只得忍辱求全，上门教学。刚在书房门口听这位夫人讲解《诗经》，讲得条理清晰，头头是道，不免暗自佩服，如今见她执礼甚恭，心头郁结之气倒消去了十之七八，便回了一礼：“七太太客气了。分内之事，不敢言劳。”

方先生第一次教学，这一日便先测了笑之的底子。唐宁慧在书房外听了片刻，那方先生引经据典，随手拈来，果然是个有真才实学的，便放下了心。

以往在宁州，唐宁慧白天在学堂教书，晚上又要忙家里的一些琐事，每每等笑之睡着后，还得备课、批改学生作业，幸而请了林妈煮饭、洗衣、打扫，她才不至于手忙脚乱。

如今这么一来，她竟成了真真正正的一个闲人。

可她这个闲人做了不到半日，程副官便过来请她：“七太太，七少爷请您去前面书房。”

前头便是曾连同的办公之所，每日里来往人物来往公函，都是在前头的书房里处理，可是曾连同为何要找她过去呢？唐宁慧极是纳闷。

门口的侍从见了两人，照例是并脚行礼：“七太太，程副官。”程副官替她推开了门，躬身请她进去后，又替她轻轻地带上了门。

书房内的曾连同，正聚精会神地批阅文件。书房内极安静，只有钢笔划过纸张的沙沙声。

这样子的曾连同，唐宁慧倒是第一次见。此时正是午后，晴暖的日光透过窗户缓缓地逶迤进来，静静地落在曾连同的身上，有着叫人难以直视的清俊。也不知是他那专注的模样还是其他，唐宁慧忽然觉得心里头怪怪的，有种说不出的感觉。

半晌后，曾连同方合上了公文，抬眸望向她："过来。"

唐宁慧慢慢地挪步。曾连同道："磨蹭什么，我又不会吃了你，快过来。"他这么似笑非笑的一句话，唐宁慧脸上蓦地一热。

曾连同从书桌上抽出了一份公文，递给了她："你帮我瞧瞧里头说些什么。"上头大大的"机密"两字，原是用了蜜蜡封住的，不过已经拆开过了。唐宁慧把里头的纸抽出来一看，上头密密麻麻的都是俄文。前尘往事一下子涌了上来，唐宁慧顿住了动作。

曾连同道："英文法文，我倒是认识的，可是这俄文，只有它认识我的份儿了，我可不认识它……我便想起了你。"他见唐宁慧脸色突变，便知她想起了过往，他借着追问扯开了她的思绪，"里头都说些什么？"

唐宁慧一一翻译给他听："这里头说的是关于曾军购买武器装备的事情……"等她说完，曾连同从桌上抽出了另一张纸递给她："你再看看这封信，翻译给我听。"

信里不过是平常问候的内容，唐宁慧又逐条翻译。曾连同的神色凝重，在书房内来回踱步，凝神细思："竟找不出半丝破绽？"沉吟了半晌后，又抬头瞧了唐宁慧一眼，道，"过几日你陪我出席一个宴会。"

唐宁慧自知没有说"不"的权利，便默不作声地站着。

曾连同扬声唤了程副官的名字。程副官很快推门而进："七少爷。"

曾连同道：“你把打听来的朱家那边的情况说一遍。”

朱家？唐宁慧猛地抬头。

程副官道：“禀七太太，自您来鹿州后，七少爷便派小的们四处打听朱家舅老爷的下落。打探出来的消息只说太夫人十多年前便已经仙去，而舅老爷因学业出色，当年被公派留学了，只是不知目前身在何处。两位姨夫人，一位嫁在鹿州本地，十年前因难产而亡，未留下一子半女，而另外一位，当年由老夫人许配给了鹿州学院的一个学子，后来跟着学子回老家了。小的打听出来那学子的老家在安阳，也已经派人去打听了，只是山高路远，目前还没有具体消息，请夫人责罚。”

唐宁慧不由得心头一酸。当年母亲朱碧青去世后，爹爹唐秋冯与舅舅还有信函往来，可是爹爹去世后，便再没收到过舅舅姨母的信。她亦曾怀疑过大娘暗地里把她的信都扣住，现在看来，是因舅舅出洋了，所以中断了联系。而这几年，一来她离开了唐家；二来唐家没落了，搬离了宁州；三来战乱不停动荡不断，所以舅舅就算想找她怕也是无处可寻。

这次来鹿州本想与舅舅姨母团聚的，却没料到会是这样凄凉的光景。

唐宁慧心头阴阴郁郁的，晚膳也只喝了碗汤，便回房和衣躺下。她心里头说不出的空落落，怎么也睡不着。

也不知道过了多久，有人放轻了脚步进来。这光景，能进这屋的除了曾连同也无他人了。唐宁慧本就侧着身，于是正好装睡。

曾连同挨着她坐了下来。半晌后，他伸出手到她的脸颊边，捏住了她一束垂在脸庞的发丝。

唐宁慧心头一突，差点儿装不下去。

曾连同却只缓缓地把玩她的头发，半天也不出声。

唐宁慧只觉得自己快要被他识破了。

可后来曾连同便脱衣休息，搂着她睡下，再没有声息。

—第六章·— 愿得一人心

从此，
我爱的人都像你

曾连同越来越古怪了！

这一日，曾连同一早就出去了，趁了午膳光景，挂了电话过来。唐宁慧拿起电话，便听到曾连同低沉的声音："笑之呢？"

唐宁慧回了"他刚用完午膳"几字，便再无声音。曾连同那头也顿了顿，转了话题："前几天你应承过我，陪我去一个宴会的，记不记得？"

不过是大前天之事，唐宁慧又不是七老八十了，怎么可能不记得？只好"嗯"了一声作为回答。两人一时都不说话，唐宁慧便欲挂电话。

曾连同忽道："笑之可有想我？"这句问话似有些奇怪，唐宁慧一时倒也不知道如何回答。若是答个"想"字，好似她想他一般暧昧；若是答"不想"，又好像故意扯谎。唐宁慧默不作声了数秒，淡淡道："等下你回来亲自问他便知。"

曾连同说："那……""那"字还未说完，便听见话筒"咔嚓"一声，随即传来了急促的电流声，显然对方已经挂断了。

曾连同瞧着手上的话筒半晌，方缓缓挂上。

唐宁慧的性子他不是不知，当初他不辞而别，伤她极深。本以为这些日子耳鬓厮磨，他这般伏低做小的，换了别的女子，早顺水推舟地下了台阶。可她就是油盐不进，水火不侵，偏偏不吃他这一套。先头他本是想慢慢哄她，水滴石穿的，可是同在一个府邸足足三个月，她对他就是不理不睬，他竟想不出半点儿法子。

那日还是程副官提点了他一句："七少爷，七太太现在是与您置气，您一味顺着七太太也不是办法。有道是，夫妻之间，床头吵架床尾和的。"

曾连同如醍醐灌顶，一听便明白过来，当晚便如法炮制。虽然是强扭来的，不过这瓜还是极甜的。

这段时日以来，唐宁慧对他虽然依旧冷淡，但比起刚进府那段时间总归是好了许多，而他的甜头自然是更多。

唐宁慧挂了电话后，见笑之歪歪地靠在沙发上，有气无力地唤了声"娘"，再看他脸色潮红，声音懒懒哑哑的，不似往常伶俐，瞧模样倒像是有些发热。唐宁慧心头一跳，赶忙探手抚他的额头："怎么了？是不是不舒服？"

笑之虚弱地"嗯"了一声。果不其然，手摸之处，便如火烤一般，唐宁慧惊道："怎么会这般烫？"

她抱起笑之回房，吩咐丫头："快去请个大夫。跟管家说，要快，派汽车去请。"丫头一溜烟地跑了出去找吴管家。

吴管家一听是小少爷病了，脸色立变，赶忙一撩袍子，亲自上了汽车去请大夫。

笑之一个劲儿地说热，说难受。唐宁慧拧了热毛巾，一遍一遍地给他擦身子，着急地等了又等，大夫却一直没到。唐宁慧心急如焚，便命一个丫头去大门口守着。

其实请的那许大夫一听来人打出的是曾连同的名号，便立时取了诊箱随吴管家过来，只是唐宁慧心里着急，所以觉得度秒如年。

许大夫把脉瞧了之后，道："请夫人宽心，贵府小少爷的病征显然是风寒所致，并无大碍。在下开一个清热镇惊、祛风化痰的药方，你们派人随我去取药便成，每日一服，分两次煎，服下便成。"

管家又亲自去医馆取药，命人熬制。唐宁慧一勺一勺地亲自喂了笑之服下。笑之服药后热度渐退，很快便合眼睡去，唐宁慧也放心了许多。

这样一番忙碌，等回了神便发觉天色已渐暗下来。唐宁慧想着笑之的病情无忧，而她先头答应陪曾连同出席宴会，便吩咐了丫头婆子好好照看，自己便回房梳洗了一番。若是平时，笑之这般模样，她绝对不会去参加这个劳什子的宴会。可那日在书房，她见曾连同脸色极凝重，显然是件极重要的事情，她因早先答应了，此时反倒说不出那个“不”字。

而曾连同一回到府里，便得知了笑之生病之事。虽然吴管家说只是风寒发热，并不碍事，但到底不放心，便焦急地穿过园子，来到屋内。

他见笑之两颊酡红，睡得颇沉，问了左右侍候的丫头婆子：“小少爷醒过没有？”婆子回道：“小少爷吃药后睡得很香，没醒过。”曾连同又问：“太太呢？”婆子回：“太太在里头梳洗。”

曾连同也知宁慧必然是为了陪他出席而准备。他又详详细细地问了吴管家，请了什么大夫，吃了什么药。

吴管家躬身禀道：“回七少爷，请了回春堂的许大夫。在鹿州城里，治小儿头疼脑热的，他是头一份的。许大夫看了小少爷的症状后，开了一些散热退烧的中药，小的特地看了，有钩藤、僵蚕、天竺黄、桔梗、陈皮、木香等十六味。”

曾连同忽地摆了摆手，示意众人退出去。丫头婆子们鱼贯而出后，曾连同方郑重问道：“药都试过了？”

虽然房内就他们两人，但吴管家还是压低了声音：“七少爷放心，小的亲手煎的药。后来又用银针试过，小的也亲口尝了，绝对没问题才给小少爷用的。连太太喂小少爷用药的小勺，小的都命人换了银质的。”

曾连同点了点头：“这事你做得好，回头自己去账房那里领赏吧。”吴管家躬身：“谢七少爷。”

吴管家刚到门口，便听曾连同的声音传来：“明日一早再派车去请个西洋医生过来瞧瞧。”吴管家应了声“是”，这才退了出去。

曾连同与笑之相认至今，笑之一直身子康健，平日里活泼聪慧，“爹爹”长“爹爹”短地唤个不停。此时见笑之眉头紧蹙，一副难受模样，他不由得心头发疼，恨不得把这病痛移到自己身上。

唐宁慧从盥洗室出来瞧见的画面便是曾连同一身戎装，俯身在给笑之擦脸。他爱怜无限地凝视着笑之，认真专注，手极缓极慢地在笑之脸上一点点移动，似在擦拭世间奇珍。

忽然腿上像绑了石块，沉沉的，迈不动脚步——唐宁慧站在一旁，凝神屏息，连呼吸都轻微，生怕一用力，就会惊醒眼前这美梦般的画面。

也不知过了多久，门外传来了程副官的声音：“七少爷，到时间出发了。今晚你是大帅的代表，不宜迟到。”

曾连同这才起身，对着唐宁慧道：“走吧。”

管家婆子们都在门口候着，曾连同又吩咐了几句好好照顾小少爷，这才与唐宁慧上了车。

一路上，曾连同对唐宁慧交代了一番：“这次买卖军备的事情，负责的是周兆铭。”说到此处，曾连同顿了顿，解释道，“是曾家大小姐曾方颐的丈夫，我的大姐夫。”

曾家现如今一共四女一子，曾连同是老幺，又是唯一的儿子，这个情况唐宁慧是知道的。

曾连同道：“周兆铭曾经留学俄国军官学校，精通俄语，今日负责帮我与俄国人翻译沟通。会场里头，闲杂人等都进不去，而我身边的亲信，周兆铭自然了解得极清楚，知道没一个懂俄语的。你只需暗中帮我留意周兆铭和俄国人的一举一动，回来告诉我便可。切记不可露出你会俄语的破绽。”

不过片刻，车子在曾家军军部办公楼前停了下来。楼前门口蹲着两头庞大的石狮，威武气派。大门处站了两排荷枪实弹的士兵，看见曾连同的车一前一后三部车子到来，便并脚齐刷刷地行礼。

此时，恰巧另有两辆小汽车在门的另一侧停了下来，从车子里昂首挺胸出来一个身形魁梧的中年男子，五官虽然普通，但气势不凡。

随后是个女子，那女子三四十岁的年纪，容长脸，微挑的丹凤眼，细眉红唇，身段略微丰腴，穿了一件胭脂色的绣花旗袍，举手投足间甚是艳丽高傲。

那女子一下车，先望向了曾连同，随即扫了一眼挽着他手臂的唐宁慧，挑了挑画得极细长妖娆的眉毛，似笑非笑地唤了一声："七弟。"

曾连同欠了欠身："大姐，大姐夫。"唐宁慧这才知晓这女子原来是鹿州城第一小姐曾方颐，而那男子便是周兆铭。

周兆铭含笑挽着曾方颐走了过来："七弟，我们快进去吧，时候不早了，估摸着俄国特使的车子也该到了。"

曾连同言语间极为客气："这些时日真是有劳大姐夫了。小弟今日过来，不过是奉了父亲大人的命令，代表签字而已。那些个俄文，我一个也不认识，不过是活生生地做一个睁眼瞎罢了。若是有什么不妥之处，还望大姐、姐夫多多提点，万不能叫那俄国人瞧了笑话去。"

周兆铭面上依旧淡淡含笑："七弟真是客气了。七弟平日里杀伐决断，干净利落，为兄可得向七弟多多学习。"

曾连同微微笑了笑，做了个"请"的手势："大姐，姐夫，请。"

会场内已经来了许多曾家军的将领和夫人，见了四人，纷纷簇拥上来，寒暄问好。

唐宁慧倒是察觉到很多人的眸光落在了自己身上，显然是在打量她。唐宁慧不知道的是，曾连同往日在鹿州虽然风流潇洒，但公是公，私是私，平素是分得极清楚的，这样带女子出席此般隆重场合，却是第一次，所以旁人自是讶异得很，哪怕是在场的几个岁数颇大的军官夫人，也都按捺不住，投了目光过来。

半晌，程副官大步来到曾连同身边，低声禀报："七少爷，俄国特使的车子已经到大门口了。"

周兆铭自然也得到了消息，携了曾方颐与曾连同一同迎了上去。

几个高鼻、碧眼、金发的俄国人在士兵的带领下进入会场，为首的是一个高高胖胖的男子，显然是俄国特使。几个人身穿西式燕尾服，见了曾连同，便摘下帽子行一个西式礼仪："曾军长，你好。"随即又朝周兆铭欠了欠身，"周参谋长，周夫人，你好。"

大约是入乡随俗，这几个字是用中文说的，可是听在众人耳中，便如鹦鹉学舌般，怎么听怎么怪异。

曾连同与俄国特使握手："你好，特洛伊夫斯基先生，很高兴可以再次见到您。"特洛伊夫斯基微笑着说了一连串的俄语，周兆铭便在一旁翻译。唐宁慧凝神细听，果然发现这个周兆铭极精通俄语。

会场早已布置好。长会议桌上铺了雪白精致的桌布，最中央处摆了一个瓷瓶，插了一大捧盛开的鲜花。曾连同和特洛伊夫斯基便在长会议桌前面对面地坐下，双方微笑着说了个"请"字，便各自接过侍从手里的钢笔，低头唰唰地签下了名字。

一时间，整个会场虽然人员众多，除了记者们手里的闪光灯此起彼伏外，其余皆屏气敛息，一点儿嘈杂之声也没有。

两人交换了彼此签好的文件，再度在纸上签名，然后含笑起身握手，说了句："合作愉快。"这样子算是仪式结束了，场上众人纷纷拍手。

片刻，场上便响起了清脆悠扬的音乐声。众人似有默契一般，围成了一个颇大的圈子，目光却又落在了唐宁慧身上。

曾连同朝身旁的特洛伊夫斯基说了一个“请”字，然后绅士地向唐宁慧伸出了手。唐宁慧知道这是要跳第一支舞，遂把手递给了曾连同，由他熟练地带领着，翩然起舞。

会场一时静了下来，只有清缓悠扬的音乐流转全场。

唐宁慧其实是有些发怔的。她与曾连同若没有当年露台上的那一支舞，今日便不会有这么多的纠葛了。

此刻的曾连同搂着她，风度翩翩地旋转移动，除了那一套军服，一切便恍若当年。

跳了数步后，特洛伊夫斯基已邀请了曾方颐下场，四人在会场领跳了第一支舞。随后，将领们便带了各自的夫人纷纷跳起舞来。

特洛伊夫斯基为表礼仪，亦请唐宁慧跳了一支舞。唐宁慧谨记曾连同的话，一个晚上下来除了淡淡微笑便是装聋作哑。

回程的路上，车子一发动，曾连同才轻声问道：“你可听到什么特别的没有？”唐宁慧见他不避忌司机和副官，便知那些都是他极心腹之人，于是便道：“我只听到他们有三次提及了一个人名，瓦塔洛夫。每次一提到这个名字，周先生和特使似乎都极为恭敬，但每次都点到即止。那俄国人也谨慎得很，我只听到一句有些不一样的，他说我们瓦塔洛夫将军是不会忘记周先生的，还请了周兆铭明年找时间去俄国与将军见面。”

曾连同脸色凝重地默然了半晌，方道：“周兆铭筹谋已久，这些年来不断利用自己曾经留学俄国的人际关系，千方百计地与俄国人搞好关系，用意是养兵千日，用兵一时。”他又道，“你可知道这个瓦塔洛夫是谁？是俄东部军第一司令，手下掌管的俄国第一军团极能征善战，被称作俄国的第一雄狮。想不到周兆铭趁此次购买军械，居然搭上了瓦塔洛夫这样一个俄国军方的大人物。”

唐宁慧虽不知具体发生何事，但亦能猜出一二。周兆铭作为曾家大女婿，自然对曾家权势艳羡得很，在旁虎视眈眈是必然的。曾家子息单薄，只有曾连同一个儿子，若是曾连同不出息抑或有何不测，这整个曾家大约便是要落到他手里的。

曾连同平日里侍从护兵随身，最注重出入安全，显然是以前吃过大亏。不知怎么的，她脑中一下子闪过了曾连同胸口处的那一个圆形伤疤。她记得清清楚楚，当年他的胸膛上是绝对没有那个伤痕的。

她以往只想着怎么离开曾连同，从未想过要长长久久地待在他身边。可是这几个月来，曾连同软硬兼施，令她完全没任何办法，心里已经有些“此生怕是逃不出他的手掌心”的感觉。此刻细细深思，不由得越想越心惊：若是周兆铭等人知道笑之的存在，怕是连笑之都不放过的。

车子很快便到了府邸，才熄火，一直候着的丫头便跑上来：“七少爷，七太太，小少爷不好了！”

曾连同脸色猛一沉，喝道：“胡说八道些什么！什么不好了？”唐宁慧整个人惊住了，急道：“你快说，笑之怎么了？”

那丫头被曾连同一喝，有些瑟瑟缩缩：“奴婢也不知，只听说小少爷后来又发热了，吃了药也退不下去。许大夫如今已在里头给小少爷诊治了。吴管家不放心，又匆匆赶去医院请洋人大夫，临出门前命奴婢在这里候着，说见了七少爷和七太太便第一时间禀告。”

也不知道是不是一阵凉风吹来的缘故，唐宁慧猛地打了个冷战。此时她早顾不得什么仪态了，沿着游廊飞也似的一路跑着回房。

曾笑之虽然昏迷着，可整个人难受得扭成了麻花一般，口里不停地嚷嚷着热。王妈与巧荷两人各自拧了毛巾，一个在敷额头，一个在替笑之擦拭身子，两人亦是心急如焚。王妈更是一边伺候，一边连声念佛：“阿弥陀佛，菩萨保佑，菩萨保佑啊……请菩萨一定保佑我们小少爷。”

唐宁慧跌跌撞撞地跑进里间：“笑之，笑之……”只见躺在床上的笑之全身绯红，双颊更是红得欲喷火一般，眉头紧蹙，已无意识，只口中不断喃喃：“热，热……娘，笑之好热……”

唐宁慧摸了摸他的额头，只觉得如烧炭一般，几乎要灼伤掌心。笑之从生下来到现在，从不离唐宁慧左右，每回有个头疼脑热的，也是唐宁慧彻夜不眠地照顾，所以她亦算有些经验。可笑之此时的温度灼烫至此，是从未有过的。

母子连心，见笑之如此，唐宁慧顿时便泪盈于睫，哽咽着唤道：“笑之，笑之，娘回来了，娘回来了……你可听见娘的声音？”

曾连同紧跟在她身后，也如她一般探手触摸笑之的额头，一碰之下，饶是曾连同平日城府之深，也不由得大惊失色，转头厉声问侍候着的王妈：“小少爷不是早已经退烧了吗？怎么现今又发热到如此地步？你们一群大活人是怎么照看的？许大夫呢？让他马上给我过来！”

巧荷忙让人去请许大夫，王妈则躬身站在一旁，颤声回道：“回七少爷，太太走时命我们好好照顾小少爷，我们几人都是寸步不离地守在床头。先头的时候，小少爷还是好好的，睡得也沉，后来不知怎么又发热起来。我们给小少爷额头敷了冷毛巾，可怎么也不管用，小少爷越来越热……我们便请了吴管家过来。

“吴管家让人把熬好的药给小少爷服下，一边又差人去请许大夫。可这次吃了药却是怎么也不管用，不见半点儿退烧的样子，小少爷的身子却越来越烫，还吐了几次……许大夫方才诊脉后，又开了一帖药……许大夫说小少爷这样的情况危险得很，又说洋人医生那边有一种药打了就可以退热，让吴管家立刻去请洋人医生过来一趟。他亦不敢离开，此刻正在灶房里头煎药呢……”

说话间，许大夫已随着小丫头的脚步匆匆进了屋。

曾连同赶忙迎了上去，急道：“许大夫，你瞧小儿的病状，怎么会如此反复？到底是什么病？”许大夫的脸色极为凝重：“七少爷，可否借一步说话？”

曾连同正欲抬步，忽听唐宁慧惊恐的叫声：“这里！这里有斑！”唐宁慧猛地推了一把曾连同，“出去，你们都快出去！”

曾连同抓着她的手臂，急问：“到底怎么了？”却见唐宁慧怔怔地瞧着曾笑之，泪水沿着脸颊滚瓜似的滑了下来：“曾连同，这是天花，是天花。”

房内众人俱面面相觑，看见彼此眼中各自的惊惧。“天花”二字一传入曾连同耳中，他整个人便是一震，脸上的血液似被人一瞬间全部抽光了一般：“天花？胡说！好端端的怎么可能染上天花呢？”

原来他也这般紧张笑之的。

曾连同转向许大夫，见他闪躲着自己的目光，他只觉两旁太阳穴像被人用棍子剧烈敲打，脑中嗡嗡作响，一片空白。连许大夫的回话也如浮云一般，忽远忽近：“在下方才想与七少爷借一步说话，便是想告诉七少爷，贵府小少爷患的，极有可能是天花。一般得天花者，起初一两日便是如此，高烧不退，头痛呕吐，之后湿毒乘虚流聚，全身渐渐起红色斑疹，最后变为痘痈肿痛，红肿溃破，漫流脓水……”

曾连同猛挥手打断了他的话，喝道：“我无须知道这些，我只想知道可有什么救治办法！”许大夫垂头：“尽人事，听天命，仅此而已。”

曾连同盯着他的黑黝目光渐渐转厉，透着一股杀气：“我要的是一定！我要他一定好起来！”许大夫的头垂得越发低了几分：“七少爷，请恕在下医术浅薄，实在无法做此保证，在下唯一能保证的便是一定竭尽全力。”

曾连同牢牢地盯着他，再不发一言。偌大的屋子便像是被罩了一个玻璃罩子，空气渐渐稀薄，叫人呼吸都困难。

外头脚步声匆匆而至，曾连同抬头一瞧，原来是吴管家带了洋人医生前来。

曾连同与洋人医生交流了几句，那医生便取了银质听筒之物，为笑之诊治。洋人医生很快发现了不对劲儿，忽然大声道："It's smallpox！It's smallpox！"

他又仔细地检查了一遍，一边与曾连同交谈，一边朝众人挥手，道："Out！ Everybody out！ It's smallpox！ It's smallpox！"

唐宁慧见之，更觉四肢冰凉，仿若天塌。都说洋人医术高明，可以起死回生，如果连这洋人医生也这般紧张害怕，莫非连他们也无可奈何？

唐宁慧不由得忆起她八岁那年，母亲朱碧青染上此病的时候，疯了一般地把她打出了院子。父亲唐秋冯不得已让人把母亲送去了乡下。上车前，她远远地见了母亲一面，又隔了车帘说了几句话。那个时候她不知道，那次见面，居然是母女两人的最后一面。

哪怕是这般打发了她娘，可大娘唐陆氏还是不放心。当时唐家在宁州的西宁山有一间别院，往常都是夏天的时候偶尔去住几天，平素也都空着，只有一对老仆人负责看管打扫。唐陆氏又哭又闹地让唐秋冯带了全家出去避"痘"。因唐宁慧一直与母亲住在一个小院，唐陆氏的意思是说她指不定也染上了，只是未发作而已，又说家里就唐少丞一根独苗，她这后半辈子也就这么一个依靠，若是唐少丞有个三长两短，她也活不了了，死活让唐秋冯把唐宁慧扔下，说，若是不把她留下，她索性就一头撞墙上得了。

唐秋冯被唐陆氏一哭二闹三上吊弄得实在没有法子，只好留了一个看门的仆人和一个婆子照看唐宁慧。结果她娘朱碧青最终没能熬过来，可是她却命硬得很，没有染上那不治之症。

想不到如今笑之居然也会染上这个病。

许大夫走近唐宁慧，低声道："七太太，我听闻洋人有法子，可以治疗天花。小少爷只是初期症状，若是洋人肯施救的话，必定无碍。”唐宁慧闻言便如溺水之人抓住稻草一般，霍地抬头：“当真？”

许大夫点了点头：“七太太放心，七少爷必定有办法让洋人救治的。只是这天花之症，最易传染，须得小心侍候。七少爷暴怒之下，怕是听不得在下的话，请七太太一定要好好劝导。”

唐宁慧道：“我明白的。谢谢许大夫。”许大夫顿了顿，又道：“七太太……若是那洋人没有救治之法，也不是说小少爷就无药可医了……只是这天花凶险得很，能否药到病除，在下实在无十足把握。”

片刻，只见洋人拿出了一个针管，给笑之打了一针，又与曾连同交流起来。唐宁慧此时只恨自己英文不流利，仅会最普通的交流，曾连同两人说的很多生僻之词，她实在是一窍不通，听得云里雾里，一头雾水。

打了一针后，笑之的热度渐渐退了下来。曾连同便把洋人和许大夫、吴管家都叫去了书房。

半晌后，有侍从过来请唐宁慧：“太太，七少爷让您过去一趟。”唐宁慧一直想问个明白，便起身吩咐了巧荷等人好好照看笑之，随侍从来到了书房。

今夜的唐宁慧因陪曾连同外出，穿了藕荷色底子的镶边旗袍，衣襟下摆处都由绣娘精心绣制了芍药花，脚步轻移间便如花开袅娜。她眉目本就极好，华服妆容下，更显得绰约楚楚，娇丽难言。哪怕是方才舞会上，众女眷济济，燕瘦环肥万紫千红中，曾连同眼里亦只瞧见了她一人。

可此刻走进书房的唐宁慧双目红肿，神色憔悴，显然是为笑之的病哭了许久。

曾连同往日里亦曾逢场作戏，可那些女子来来去去，他从不经心。当年的他对她，亦不过是利用而已。

当年的他，刚从国外留洋归来。他爹曾万山原本是想把他送到军中历练，可当时与柳宗亮正在争夺地盘，双方你来我往，呈胶着状态。后来，曾家军情报部门打探到柳宗亮暗中要与俄国人签订卖国密约，欲借俄国人的势力打败曾家军。那个时候的周兆铭等人在军中已久，早已经培植了不少亲信。曾万山也想让曾连同拿此事立威，便派他去了宁州打探处理密约事宜。

他在宁州待了一个月，便打探到此事是由柳宗亮的心腹汪孝祥负责。汪孝祥与柳宗亮当年是私塾同窗好友，两人对月拜过把兄弟，交情极深。柳宗亮发迹后，一路提携汪孝祥，汪孝祥亦投桃报李，对柳极为效忠。

汪孝祥虽妻妾成群，可一直膝下犹虚，一直把侄子汪文晋当成自己儿子来培养。当时负责经手密约的不过几人而已，除了汪孝祥、汪文晋外，便是汪孝祥身边的几个心腹亲信以及一两个秘书。而汪孝祥、汪文晋以及心腹亲信随身都有几个护兵保护，加上位高权重，难以接近。他们一行几人潜伏在宁州，无法公然行事，左思右想下，只好从秘书室的秘书下手。

仔细打探之下，发现当时的秘书室有三个人极有机会接触到。一是周璐。据线人回报，汪孝祥平日里极看重周璐，醉翁之意不在酒，整个市政厅的人都心知肚明。可那周璐是极精乖的人物，要从她那里得到情报可不是什么易事。

第二个是男秘书林书怀。因是男秘书，他们便用了美人计，暗中派人接近。

第三个便是唐宁慧。据说她平时循规蹈矩，虽然言语不多，做事却极认真，一直颇受汪文晋看重。再则线人说她长得极美，与周璐的妩媚风流不同，明眸皓齿，娟娟静美。又说汪文晋显然是看上了她，要不是顾忌自己的夫人是柳宗亮的侄女，怕是早就下手了。而最重要的一点是，唐宁慧当年在俄国人办的教会学校上过学，精通俄文。

到底是从周璐那里下手还是从唐宁慧那里下手，当时曾连同考虑再三，决定暗中见一面再作定夺，于是便有了他与唐宁慧在袁家舞会的初见。水晶灯下远远见之，果然娇美可人。那时他在露台上，不料她会闯进来，于是便有了那一舞。

他暗中又见了周璐，权衡之下，觉得唐宁慧参与密约的机会更大，便决定接近唐宁慧。后来，他果然从她口中得知汪文晋让她整理的密约，亦得知汪文晋每天将密约文件放在随身的包里，晚上携带回家。于是曾连同派人暗中潜入汪文晋府中，顺利地从保险箱中拿到了文件。不几日，全国性的报纸上大肆披露了柳宗亮的卖国行径，举国愤然，群情汹涌，一致要求柳宗亮下野。

柳宗亮狼狈逃至宁州避世，曾连同便决定一不做二不休，趁他病要他命，亲自安排了暗杀活动。结果柳宗亮命大，逃过一劫，但落下了半身不遂之症。柳宗亮的几个实力手下趁机夺权，柳家军名存实亡。曾万山趁机挥进，柳军将领各保自己的实力，不做正面应战。曾家军势如破竹，一月之间，连下数州。

经此一仗，曾连同便在曾家军中一夜成名，众将领对他刮目相看，再不敢轻视，连周兆铭等人亦暗暗心惊。

但所有事中，唯一让曾连同没料到的便是与唐宁慧成亲。当日，她投奔于他，曾连同亦不过是权宜之计，若不如此，他怎会顺利拿到他想要的东西？

柳宗亮暗杀事件后，对曾连同已存戒心的周兆铭等人暗中把他仍在宁州的行踪泄露给了柳宗亮，欲来个借刀杀人，不费吹灰之力除了他。当时整个宁州城门大关，全城进行大搜捕。在此情况下，曾连同只好留下银票细软，独自离开。

曾家历代以来，一直子息艰难，老头子曾万山虽妻妾成群，但生下的孩子皆夭折，现今膝下只有他一个男丁，所以曾连同从未料到唐宁慧会怀孕，会为他生下笑之。

可眼前这弱质纤纤的女子，为他生儿育子，一路走来，从不言半句委屈。曾连同此时方真正知道这唐宁慧于他终是与旁人不同。此生，她与他，还有笑之，已经血脉相连，再也分不开了。

曾连同上前，柔声道："你不要急。乔治医生有法子救笑之的。他说他当年的教授曾经提到过如何救治，他虽然没医治过这病，但有六七分的把握。"

唐宁慧先头一喜，听到后来只有六七分的把握，便又忍不住啜泣起来："可也不过是六七分而已。若是……若是……"

曾连同忙道："洋人在我中华，平素行事霸道可恶，神憎鬼厌。但他们有一点极好，便是觉得世界上的每个人都是上帝的子民，把治病救人看作是一件极重要的大事，绝不会打诳语。再说了，鹿州城凭我曾连同三个字，他也没那个胆子诓我；二来洋人做事谨慎，极实事求是，哪怕有十分把握，人没治好，他也只说七八分。其实那六七分便是十分。"

唐宁慧听着，稍觉宽慰，含泪抬头，却见曾连同正凝神瞧着她，目光幽幽深深的，又沉又怜，似含了许多东西，与往日极是不同。唐宁慧这几年心如止水，哪怕是与曾连同再遇，她亦不起半点儿波澜，可是此时曾连同的眼光，却看得她有些心慌意乱起来。

唐宁慧垂了眼，正不知道如何是好，只听曾连同的声音缓慢低沉地响起："只是此次笑之出痘，我心里一直觉得蹊跷得很。"

唐宁慧直视他："蹊跷什么？"曾连同转头望着喜鹊闹梅的窗子雕花处，眸色与乌黑夜色一样又深又沉："我怀疑是有人暗中谋害笑之。"

唐宁慧瞬间睁大了双眼："有人谋害笑之……"可她话音未落，便已醒悟过来，"你说的是曾夫人和周兆铭他们？"

曾连同道：“不错，正是他们。只有他们巴不得我死、笑之死，这样他们方能全盘接手曾家。”

曾连同顿了顿，又道：“你与笑之到鹿州也有不少时日了，哪怕我千防万防，可府里这么多人，谁能保证他们个个都是忠诚的呢？如今这世道，有钱能使鬼推磨。再说了，周兆铭等人如今在鹿州位高权重，为了荣华富贵，甘心为他卖命、受他驱使的人也不在少数。”

他为了笑之的安全，连对他爹曾万山都未曾透露半分。曾连同对他爹曾万山了解得很，知道他爹一直巴望着他为曾家开枝散叶，若是知道有笑之这个孙子，肯定会立刻命他们搬回曾府，好来个含饴弄孙、三世同堂。可曾家那婆娘在曾府里掌家几十年了，除了他与父亲身边的侍从护兵，里里外外也不知道有多少是她的人，若他一个不防备，那婆娘必定会用万般手段来对付唐宁慧和笑之。

曾连同道：“这件事须得好好查个清楚。不过，目前还是以笑之的病为先。倘若是真有人狗胆包天，敢在我府里谋害笑之的话，我会让他后悔曾经活在这世上。”

唐宁慧默然了片刻，道：“我也有一件事情要与你商量。”曾连同示意她说下去，她便道，“你亦知道，这天花是要过人的，所以我想让吴管家把府里的人召集起来，询问清楚哪些人出过痘，这样也好让出过痘的婆子丫头服侍笑之……”唐宁慧说到这里，脑里隐隐闪过一个念头，可是想抓又抓不住，便止了口。

曾连同道：“应当如此。”见唐宁慧神色愣怔地站在那里，不由问道，“怎么了？”

唐宁慧蓦地抬头：“我想到了一事。笑之这病若真是有人故意为之，定是用了或是碰触了那些出痘之人的物件，方才染上的。可那人若是我们府里的内奸，他自个儿如果没出过天花，又如何敢带那些物件进来的？他自己不怕被传染吗？所以……”

她说到一半时，曾连同已经会意，一把握住她的手，呼吸急促地道：“所以，这事若是人为的话，必在府里出过痘的那几人身上！”

这日晚上，吴管家召集府里众人。他目光沉沉地扫过：“大伙都知道小少爷生病了，方才洋人大夫已经确诊了，小少爷得的是天花……”

众人本是垂首听训，可一听此话，一下子乱了起来：“天花……”“这可如何是好？”“这病是要过人的！”

吴管家摆手示意众人安静：“这出痘的凶险我不说，大伙心里也清楚得很。现在把大伙找来，就是想问你们一下，在你们中间可有人出过痘，若是已出过痘的人，接下来这段时日，府里会安排你们去侍候小少爷的起居。”

吴管家打开手边的雕花木盒，露出里头层层叠叠金灿灿的元宝，慢条斯理地道：“凡是出过痘的人，终生不会再得此病，所以亦不怕会被染病。七少爷吩咐了，能做这份差事的人，必定重重有赏。”

说到这里，吴管家停了下来，一双精明锐利的眼缓缓扫过众人：“只是我有一句话，你们可都给我听清楚了。那些个没出过痘的，可别贪图这些赏钱，万一染到了这病，一条命便等于握在了阎王爷手里，到时候别说自己，绝门倒户也不是不可能的事，别有命拿赏钱没命花。你们自个儿好好掂量掂量，掂量好了，就过来登记领赏。”

本有些眼睛发直、跃跃欲试的听差仆妇，听了这话，便似被冰水浇头，也绝了念头，再不敢痴心妄想了。

而那些本已出过痘的听差仆妇，听了吴管家先头的话，便觉得天上掉馅儿饼似的，纷纷举手：“吴管家，小的五岁那年已出过痘了，背上还有很多麻子。”

麻子阿三听了，哈哈大笑，高声喊道："吴管家，别说身上了，小的脸上也有很多麻子。"众人想起他那张麻脸，不由得哄堂大笑。

笑声过后，畏缩在角落里的一个仆妇举了手："我们这里也有人出过痘的。"

吴管家瞧了瞧零零落落的几个人："你们一个一个上来登记领赏吧。"

大半个时辰后，这份名单已经呈在了曾连同和唐宁慧手里。唐宁慧细细地瞧了一遍，粗活儿听差的不过三人，仆妇丫头亦只有四人。

吴管家做事极细心，还特地在名单上标明这几人平日里的活计。粗活听差的一个是负责膳房采买，一个照管门户，还有一个收管杯碟茶器。

其中的一个丫头负责打扫，另外三个仆妇，一个看管苗木花草，一个负责洗衣，还有一个是干厨房粗活儿的。

这几人都是粗使，平日根本就没有机会接触到笑之，更别说要避过笑之身边的王妈、巧荷等人来设计笑之了。

唐宁慧左思右瞧，无半点儿头绪。她疲累地单手捂脸，长长叹气。

忽然身上蓦地一暖，原来曾连同取了他的大衣披在了她的肩头。曾连同低声道："你先去休息一下，笑之那里我会去守着。"

唐宁慧摇头："不，我守笑之。你没有出过痘，不能再进房。"曾连同半天方说了一句："你不也是？"

唐宁慧道："我不碍事。当年我与母亲同住一屋，母亲染了此病，我却半点无碍。"曾连同道："我不曾学过医术，所以不懂其中奥妙，但有一点是知道的，你当日没染此病，并不表示今日不会染上。"

唐宁慧摇头："你不要拦我。若笑之有什么万一，我也活不下去了……"

曾连同轻轻呵斥："不许胡说。我们笑之必定身体康健，长命百岁。以后我还要教他骑马、打枪、射箭，教他英文、法文。你也不轻松，也要教他学俄语，还要照看着他平安长大，娶妻生子。我们要送他到国外留洋，学所有洋人的长处，然后归来为国家效力，让我们国家强大，再不做东亚病夫……”

我们笑之！他口口声声说“我们笑之”！唐宁慧一直是怔怔的表情，仿若未闻。

曾连同却一直不停：“洋人医生不也说有六七分把握吗？笑之定会好起来的。我对你发誓，我一定会治好我们笑之的。”

唐宁慧抬头，怔怔地望进曾连同的眼睛。

一时间，书房里光影流离，安静至极。

良久，曾连同才道：“笑之这边，我想这样安排，让那三个仆妇、一个丫头近身侍候，原本笑之身边侍候的，现在也不能贸然放她们出来，就让吴管家在东北角的尾房安排她们吃住。”

唐宁慧沉吟了片刻，才道：“我想把王妈和巧荷分别叫来再询问询问。”曾连同点了点头。

片刻后，巧荷抹着眼泪进来，一进屋便“扑通”一声给曾连同和唐宁慧跪下：“请七少爷和太太责罚。”

唐宁慧道：“你先起来。这几天小少爷去了哪里？玩了哪处？有什么与平时不一样的？你再好好想想，仔仔细细地说来。”

巧荷抽噎着道：“小少爷没去哪里，这几日与往常一样，不过是一早起来与夫人用早膳，然后去书房听方先生教学，中午小睡片刻，下午亦在听学。小少爷平时玩耍也是在园子里，前两日有在池子里掏金鱼。前儿说想放风筝，玩了片刻，后来乏了，就坐在园子的草地上跟我们玩斗草……”唐宁慧眉头一皱：“坐在草地上？”

巧荷忙解释道：“小少爷不肯坐石凳，一定要坐在草地上跟我们玩。我本是让小丫头去拿垫褥的，当时恰好有个老妈子在浇水，手边有件干净的外衫，搁在假山石上，便说让我们别多跑一趟了，就拿她那件外衫给小少爷垫着坐。”唐宁慧“嗯”了一声：“你继续说。”

巧荷继续道：“后来七少爷就回来了，便与小少爷玩了一会儿，然后用了晚膳。昨儿也是一早起床用膳，上午在书房就有些发热了，后来的事，太太就都知道了……”

唐宁慧摆手示意她出去，又把王妈唤来，王妈亦是这般说辞。

一时竟查不出半点儿头绪。

唐宁慧便回房陪着笑之。曾连同见她神色倦怠，却支着下颌在床边凝神细思，他转身出了房门。

不多时，巧荷捧了个炖盅过来，递给了唐宁慧：“太太，你一晚上未进水了，喝口燕窝吧。”唐宁慧不疑有他，便接过喝了数口。

笑之合眼而睡，时沉时浅。唐宁慧起身替他掖了掖被子，又把他伸在外边的手搁进了被中。一触到笑之的手，电光石火间，她忽然明白了过来。

唐宁慧猛地拧身：“来人，去把七少爷找来。我想到了，我想到了……”可也不知道怎么了，她觉得头昏昏沉沉的，似乎越来越重。

曾连同仿佛就在附近，很快便进了屋，见她摇摇欲坠，便搀扶着她，道：“怎么了？”唐宁慧只觉得眼皮像是灌了铅，坠坠地往下压。她极力保持清醒，仰着头，手指紧紧揪着曾连同衣襟上的铜纽扣，道：“那个浇水的婆子有问题，那件垫着的衣衫……可能是那些得了天花的人用过的……你……你去查仔细……”

后来便意识全无了。

唐宁慧睁开眼已经是第二天下午了。金色的光线穿过雕花窗子，透过帘子，在地板上曳着长长的尾巴。唐宁慧摸着头，恹恹地困倦，恍惚不知身在何处。

可几秒后，昨日的一切便涌了上来……笑之……唐宁慧噌地拥被而起："来人，来人啊！"

有个丫头推门而进："太太，你醒了？"唐宁慧心急如焚："小少爷怎么样了？七少爷呢？"小丫头禀报："七少爷一直在小少爷房里守着呢。奴婢只知洋人大夫一早给小少爷治过病了，其他的奴婢不知。"

唐宁慧匆匆梳洗，换了衣衫便直奔笑之房内。曾连同守在床前，转身道："你且放心，洋人医生已经给笑之诊治过三次了，今明两日，只要他身上的病情得以控制，就说明起效了。若是起效，洋人医生说了，半个月便能痊愈，此后终生再不会染此病。"

唐宁慧心头一松，整个人便觉软软的。曾连同又道："事情亦查清了。那个害笑之染病的浇水仆妇与名单上那个看管苗木的仆妇是一对堂姐妹，已经被吴管家拿住了，两人已坦承了一切。那件衣服确实是出过痘的人穿过的，是她们从外头夹带过来的。她们承认自己谋害笑之，但怎么也不肯承认是有人指使。"

唐宁慧一愣："那人呢？"曾连同脸色冷硬："都在柴房里头关着呢。吴管家已经去查她们的家人了。若是我没猜错的话，她们的家人早落在别人手里了。她们若是承认有人指使，到时候不只是她们死，她们两家人都活不了了。"

唐宁慧叹息道："哪怕她们不指认，她们的家人亦活不长久。"斩草要除根，连她这么笨的人也懂的道理，她就不信曾夫人与那周兆铭会不懂。

曾连同道："我想过了，这场仗，既然躲不过，也就不躲了。"他补了一句，"等笑之病好后，我带你们光明正大地回曾府。"

这由得她选择吗？唐宁慧沉默了好半天，方道："我有两个条件。"曾连同一笑，甚有兴趣的模样："什么条件？"

唐宁慧缓缓道："我不做妾。"曾连同目光微动："好。还有呢？"

唐宁慧一字一句极为清晰："我也不要做你的妻。"

曾连同看着她，目光森冷似来自地狱："你再说一次！"唐宁慧既然开了口，也就不准备咽回去："曾连同，我不要做你的妾，也不要做你的妻，我只要陪着笑之。笑之在鹿州，我便在鹿州。若是笑之留洋，我便也随他留洋。若是他日你成亲生子，你便要放我们母子离开，你能不能答应？"

顿时，屋子里静得连彼此的心跳声都清晰可闻。

她看见曾连同的表情从未有过的严肃，目光锐利地盯着她半天，最后甩手咬牙："好！"说罢，他大步走出屋子，"哐当"一声，大力地甩上了门。

唐宁慧一动不动地站在原地，许久，她才缓缓地来到笑之床边。笑之服了药，此时正睡得沉沉。

虽然她不知道曾连同这些年来为何一直未成亲，但她很清楚一点，那绝对不会是因为她！他若是有一丁点儿在意她的话，这么些年了，早去宁州寻她了！哪怕她不在市政厅了，可周璐一直在汪孝祥身边，他要打听的话，还不是轻而易举之事？

可见，他从未寻过她的行踪！

古人常说"一日夫妻百日恩"，她与他做了几个月的夫妻，对他来说却什么也不是。他若是有一点点想起过她，断不会如此绝情！

那几个月，他到底把她当作什么了？想至此，唐宁慧一时间便鼻尖眼角阵阵发酸。

再说了，就算她开口说要做他的妻又能怎样？哪怕成了他的妻，终有一日，也会红颜未老恩先断。

她承认曾连同现在是疼爱笑之的，可那也不过是因为笑之是他唯一的骨肉。倘若他日有了其他的孩子，他定不会这般宠爱笑之。到那个时候，他们娘儿俩在他眼中便会成为可有可无的存在。

这是逃不过的！不过是时间早晚而已！

既然如此，还不如从一开始就做那个可有可无的存在。不曾用心，心便不会疼！没有期望，便永远不会有失望！

几日后，洋人医生来给笑之做检查后，便喜形于色地连连道："OK，OK。"又叽里呱啦地与曾连同说了一通。

哪怕唐宁慧对英文一知半解，也知道笑之的病应该是没什么大碍了。

曾连同对她极冷淡。一连几日，进出笑之的病房，连正眼也不愿扫她一眼，仿若她不存在一般。唐宁慧把话说出口，亦早料到会如此。她本就不习惯曾连同对她的亲热，如今这样子的不冷不淡，她反而觉得极好。就这样一直下去就好，等到笑之年岁渐长，若他真愿意送笑之留洋，她便随笑之留洋。他若是不愿意，那么到那时候，再另做打算。

她的一生已见尽头了。

犹记得小时候，母亲哄着她睡觉，她合眼轻睡，母亲以为她睡熟了，便会喃喃自语："我的儿啊，娘这辈子最放心不下的就是你。娘只恨把你生作女儿身。我们女人的命薄，一生荣辱都系在自己的夫君身上。娘诚心向佛，向佛祖求的不过是让你以后许个好人家，有个好夫婿。有道是男怕入错行，女怕嫁错郎，男人入错行还可以改行，可是女人嫁错郎……唉……"每每到此，母亲便会长叹一声。

如今，她是真真正正地明白了"女怕嫁错郎"这句话。

不过，幸好……幸好她还有笑之。

只要笑之无碍便好！

这日，巧荷来报："太太，七少爷让您去一趟书房。"唐宁慧道：

“我知道了。你留下，好好照顾笑之。”

唐宁慧沿着抄手游廊，片刻便来到了书房。

曾连同与程副官正在谈话，见她进来，视线停顿了一下，便止了口。程副官极乖觉，赶忙并脚行礼：“七少爷，属下先出去了。”

曾连同收回了视线，沉默了片刻，方淡淡道：“洋人医生说，笑之的病已经结痂，不日便会康复。另外……”他顿了顿，“还有，我已经把笑之的事情告诉了我父亲。等笑之病愈后，便会搬到那边府上。”

这一日总会到来，想避也避不开。再说了，她也没有半点儿自主权。唐宁慧有些僵硬地应了一声：“是，我知道了。”

曾连同这段时间只要一想起她那句“我不要做你的妾，也不要做你的妻”，心里便会堵了又堵。此时见她从进来就垂眼站在一旁，不冷不淡地隔着远远的距离，心里头忍了又忍的那把火又燃了起来。他别过头，磨着牙冷声吩咐：“没事了，你出去吧。”

唐宁慧默不作声地转身离去。她瞧见自己袖口有细细的皱印，便伸出指尖轻轻地抚了抚，可是怎么抚也抚不平。

第七章 相伴你左右

从此，
我爱的人都像你

曾连同知会唐宁慧后的这日下午，曾督军就遣人送来了参茸、燕窝等补品，各式精致点心、各种玩具及衣物，把偌大的后厅堆得满满当当的。

若不是笑之这病实在险恶，曾万山早插翅飞来了。

曾家在西北权势熏天，却没有一根血脉。曾万山心里清楚得很，暗地里不知道有多少人在骂他这个光头作恶多端，所以落了个绝后的下场。

如今平白无故多了一个孙子，曾家长孙，他简直比夺了几个城池还高兴快活。那日听曾连同说了笑之的事，饶是曾万山当年跟着恭亲王出身，可谓上过刀山下过火海的人也禁不住呆愣了片刻。回过神，他一把抓住儿子的肩头，迭声问道："此话当真？此话当真？你可别诓我！"

得到儿子曾连同的肯定回答后，曾万山摸着自己的光头连声叫佛叫祖宗："菩萨显灵，祖先保佑啊！"又嚷嚷道，"快，快让人去开祠堂！我要祭祀祖先，跟列祖列宗报告这个好消息！"

可念及笑之得天花一事，随即浓眉又拧了起来："出痘之事，那洋人当真有把握？"曾连同点头："爹请放心！已好了十之七八。照情形，不日便可痊愈。"

曾万山闻言，扼腕道："奶奶的，可恨那天花凶恶，我真是等不及见我的长孙了，连一刻也难耐。"

在洋人医生正式宣布笑之痊愈后的第二日，曾万山一早便派了自己的车子过来接。

唐宁慧跟在曾连同身后，牵着笑之的手，终于在曾家大厅见到了这位名震西部的一方霸主。

曾万山本是在大厅端坐着的，见了唇红齿白、冰雪可爱的笑之，乐得合不拢嘴，自是再也坐不住了，上前一把抱起了笑之，一张老脸上堆满了褶子："宝贝金孙，来，告诉爷爷，你叫什么名字？"

曾万山一身的戎装，腰上还别着明晃晃的一把枪，笑之居然也无半点儿害怕："爷爷，我叫笑之。"曾万山颇为满意地点头："《论语·宪问》中'乐然后笑，人不厌其笑'，笑之，笑之，这个名字取得好，取得有意思啊！"当即从脖子上取了一个鲜嫩欲滴的翡翠玉佛，挂在了宝贝嫡孙的脖子上，脸上每条褶子里无不透着满满的宠溺，"这是当年爷爷护驾有功，老佛爷亲自从手腕上摘下来赏赐爷爷的。这可是我们曾家的宝贝，别弄丢了，要代代珍传的。爷爷今天传给我们笑之，这宝贝还有我们曾家以后都要靠你传下去。"

笑之似懂非懂，因这几日得了唐宁慧的训示，便清清脆脆地应了下来："是，爷爷。"

曾连同虽是曾万山唯一的儿子，可曾万山素来信奉"抱孙不抱子""棍棒底下出孝子"，所以从小便对曾连同极严苛。如今年岁渐长，心性渐和，突然得了这么一个可爱聪慧的孙子，一时不禁生出了万事足矣的感慨。在此情况下，他连带着对唐宁慧也满意得很，见了她，不住地点头："好，好，好啊！你做得好，给我们曾家立了大功一件。"

曾万山瞧着笑之，只觉千万个好，唐宁慧也跟着沾了光。曾万山一高兴，便道："我向来赏罚分明。你这件大功啊，必须得大大地赏。来人啊，给我把当年老太太留下的盒子取过来……"

那正襟危坐在一旁的曾夫人淡淡含笑，本在有一口没一口地饮茶，一听之下，不由得脸色微变。但那变化不过数秒，便已经掩饰得毫无踪影，从袖子里掏出一串钥匙，递给了一个管事仆妇，轻声细语地吩咐了几句。那仆妇便捧着钥匙，带了几个丫头奉命而去。曾夫人再看向唐宁慧的时候，两道不着痕迹的目光却像淬了毒的飞刀，刀刀致命。

片刻，那仆妇领丫头回来，捧了盒子给唐宁慧。不待唐宁慧吩咐，她后面的巧荷已经上前接过。唐宁慧福了福，道谢："谢谢大帅，谢谢夫人。"

过了数日，唐宁慧不知怎么忽然想起曾夫人那日的神色，心里甚是奇怪，便让丫头巧荷取出盒子。那盒子乃用上好沉香木所制，样式极为古朴。可他们曾家多得是金银珠宝，这盒子虽然贵重，怎么会让那曾夫人如此嫉妒呢？

唐宁慧甚为不解。

一打开，却让里头的东西晃了眼，居然是满满一盒子的珠宝首饰。父亲唐秋冯在时，她们唐家也算富贵人家，所以送她去了教会学校念书。在那里，唐宁慧见过不少宁州巨贾豪富世家千金所戴的珠宝，后来到了市政厅，更是见了不少的达官贵人，但她还是一时傻了眼。

有一条珍珠项链，颗颗硕大饱满，珠光润泽。单是寻一颗，亦是极难，可里头居然是长长的一串。

那一套翡翠镯子、吊坠和簪子，这么望去，碧汪汪得仿佛随时会滴下水来。就算她不懂，亦知道这定是极品。

她愣在了一旁，未有反应。身后有一只手绕过她的腰肢探了过来，十指修长，取过了那串珍珠项链，淡淡地道："想不到老头子这么在意这个孙子。"

她被吓了一跳，蓦地转身，曾连同的脸近在眼前，与她不过数寸之遥，呼吸相融。

唐宁慧蹬蹬退了几步，别过了头。

将他们母子二人扔在这里数日，一直不闻不问，今日这样子突然出现在她面前，能让她不惊吓吗？

曾连同上前，随意地将珠链挂在她胸前，然后欣赏了数秒，啧啧赞了一句："不错！与你身上的旗袍正相配，你就戴着吧！"

到了晚膳时分才知道，这日是府里一月一聚的日子。无论多忙，曾家的子女必须回督军府用膳。

笑之极乖，早早在巧荷的伺候下洗了澡，换上了西式的白衬衫和小裤子，巧荷还给他佩戴了个小领结。小小的年纪，居然也有种玉树临风、翩翩佳公子的味道。

虽然不想承认，可笑之确实十足地像他的一个翻版。周璐曾经在她面前叹过一次："你看笑之，哪有你的份儿呀。不知情的人，还以为你偷来抱来的呢。"

就是因为这般像，所以那日在洋行门前一照面，他便笃定了笑之的身份，所以才会发生这一切……这大概就是老人们所说的冤孽吧！她上辈子欠了曾连同的，所以这辈子来还他！

等唐宁慧母子从房间出来的时候，铮铮戎装的曾连同已经在院子里候着了。夕阳下，光线已经很稀薄了，但他的侧脸依旧棱角分明。唐宁慧只一眼，便移开了自己的视线。

如今他们所住的院落与督军府相连又相隔，平日里只有两扇院门相连，到了傍晚时分一落锁，便自成一座小府邸。

唐宁慧将笑之的手递给了曾连同。在手指交接间，轻触到了他温热的肌肤。

好似很多年前，她与他初次相见，她在阳台上，他微笑着朝她伸出手来……四下夜幕低垂，唯有几盏电灯传来朦朦胧胧的光线……她怔了怔，这才将笑之的手放到他的掌中。

也是这般的温热，任他握着，那温温的热却好似会传染一般，到后来，连她的心都发烫了起来。

抽回了思绪，她往后退了两步。这般望去，长腿长手的，笑之与他连身形都似一个模子里刻出来的。

曾连同等了半晌，这才回头，淡淡地挑了挑浓黑的眉毛："还不走？"

唐宁慧错愕地望着他，难不成他让她一起去啊？这是他们的家庭聚会，她以什么身份出席啊？外室、小妾，还是姨太太？

虽然当初他与她有过婚书，上头印有百花和喜鹊，那么艳丽喜气却俗不可耐，可她瞧着，心里头却欢喜万分，只因上头还有……还有他和她的名……斗大的字：连同，唐宁慧。

可是，他连名字都是假的，还有什么是可以作数的呢？

他们到得晚，一大家子的人都已经到了。才跨进门口，就有个娇滴滴的声音似笑非笑似啧非啧地传入耳中："七弟，你的架子倒是越来越大了，叫爹爹等了一盏茶的工夫了。"

曾连同的笑一直维持在嘴角："笑之顽劣，在路上定要摘几朵花给祖父大人。这一耽搁，倒让爹娘姐姐们等久了。"说罢，便低头慢条斯理地训笑之，"笑之，下次可不能这般皮了，知不知道？"

听那女子的话，分明是句句带刀，字字刺向曾连同。唐宁慧低垂的眸子不为人知地轻轻一闪，她不着痕迹地打量那说话的女子，只见她身穿玫瑰红的旗袍，缠枝牡丹的花色，明艳到了极处。她容色亦十分姣好，一双斜入发髻的凤眼透着十足的精明。她身边还有两个身着丝缎旗袍的丽人，双双簇拥着曾夫人，其中一人她认识，便是有一面之缘的曾方颐。看来这三个女子，便是大名鼎鼎的曾家四千金中的其中三人。

笑之垂下头："我知道了，爹。"委屈的小模样让曾万山心头发软，他忙摆手："没事。宝贝金孙，来，快到祖父这里来。"

曾连同拍了拍儿子的背："乖，还不把花给祖父大人送去？不是你一路上嚷嚷着要给祖父大人吗？"

笑之这才撒开小腿朝曾万山跑去："祖父大人，给……笑之采的花。"其实不过是在院子里折的一枝桂花，金黄细碎的花儿隐在浓绿之中。

曾万山一把将笑之托抱起来，一代枭雄已成了弥勒佛："笑之真是个乖孩子，这般惦记祖父！"他倾身嗅了嗅花，赞不绝口，"香，今年这桂花啊，可真香！"

曾夫人端坐着，含笑不语。

站在曾夫人身后，向来最受曾万山宠爱的曾家六小姐曾和颐这时开了口："爹，瞧你乐的，不过是桂花而已。"

闻言，曾万山脸色微变，十分不悦地呵斥道："你这丫头懂什么。花确实只是桂花，但难得的是孩子的这份儿心意。"一边说着，一边摸笑之的头，"笑之啊，是个有孝心的孩子！"

曾方颐的目光与曾夫人相触，下一秒，曾方颐便含笑道："是啊，爹，我这小侄子不止有孝心，长得也俊啊。我前日陪娘去观音寺进香，见了那观音菩萨边上站着的金童，虎头虎脑的，很是可爱。当时女儿我啊只觉得越看越眼熟，只想不起在哪里见过，现在啊，仔细一看我这小侄子，倒是解了惑。"

曾万山面色稍稍缓和了几分："指不定啊，我们笑之便是那观音菩萨身边的金童托胎。这可是我曾家的长孙！是我们曾家唯一的血脉。"

曾夫人依旧含笑端坐，连眉头都似未牵动过一般。

说话含笑带刀的曾静颐这时也插嘴进来，笑吟吟地道："是啊，爹，瞧这孩子的面相啊，富贵得很。我看日后啊，定是会像爹这般有作为。"曾万山一听，这才面上带出了笑容，怜爱万分地揉着笑之漆黑的短发：

"笑之，可听到没有？长大后，要懂事，要有作为。"

笑之乖巧地应了声"是"。这么聪明伶俐，怎能叫人不疼爱呢？曾万山对曾笑之真是越瞧越喜欢。

周兆铭等人不着痕迹地交流了一下眼神。

曾方颐含笑从身后丫头手里接过一物，亲自捧了上来："爹，第一次见侄儿，我和兆铭也没什么好东西，虽然这长命锁不是什么贵重值钱货，但也是我们的一点儿心意。"

她说的自然都是客气的场面话。一打开盒子，众人便见那黑黑的丝绒布上躺了一个赤金的长命锁，上面嵌了各式宝石，精致贵重，一看就知价值不菲。

随后，笑之又与曾静颐夫妇、曾和颐夫妇等人见了礼。众人都备了见面礼，一时间也别无他话，那顿家宴倒也吃得言笑晏晏，其乐融融，表面上不见半点儿风波端倪。

曾连同、唐宁慧等人自是不知，那曾夫人一回房，便狠狠地砸了一个乾隆年间的白底粉彩花卉纹福寿双龙耳活环瓶，磨牙冷笑道："瞧他那张狂样儿，不过一个带把的，也不知能活到几时！"

曾方颐忙屏退了丫头婆子："都下去吧。"曾静颐倒了一杯茶，把矾红底珐琅彩花卉茶盏捧上前："娘，你这是何苦来哉，拿这些东西出气。"

曾夫人饮了一口茶，伸手压了压鬓角，方道："娘方才是有些气昏了。这些天也不知怎么了，只觉忽冷忽热，心惊肉跳的，整个人没一刻是舒畅的。"

曾和颐上前替她轻轻地敲捏："娘定是累了。要不，明儿把戏班叫进府里给娘唱几曲乐一乐？"曾夫人烦道："我如今是针在扎眼，瞧什么都疼，听什么都刺耳。"

曾方颐一直坐在边上不吭声，此时却淡淡微笑："娘，您且放宽心，这个小杂种现在还不过是个小毛头而已，不必如此忧心。”

曾夫人抬眼：“小毛头？当年那小杂种不也只是小毛头一个？如今已经处处与我们为难。只恨当年没把他给除去。”

曾方颐道：“如今的曾连同确实不可小觑。不过嘛，娘，他再厉害也不能事事周全，面面周到，只要我们有锦囊妙计，还怕……”曾夫人抬手示意曾和颐停止拿捏，颇有兴趣地道：“方儿，你的意思是？”

曾方颐自斟自饮，慢条斯理地道：“娘，你且放宽心，万事须从长计议。”

在曾府住下后，曾方颐、曾静颐等人刬热络得很，隔三岔五便给笑之送吃的玩的，每次必捎上些衣服、首饰、香水、脂粉等物给唐宁慧。

唐宁慧摸不透她们意欲何为，越发小心谨慎，索性闭门不出。

这日，丫头巧琴捧了一张请帖过来，只说是周府遣人送来给夫人的。唐宁慧打开一瞧，原来是曾方颐请她去听戏，还特地注明了让她务必带上笑之。

既然都给她下帖子了，又是第一次，这个面子是不能不给的。

到了那日，唐宁慧便带了笑之前去周府。

那周府离曾府并不远，不过片刻便到了。在婆子们的带领下，唐宁慧与笑之才踏进院子，便见一身海棠色金线软缎旗袍的曾静颐带着众女眷含笑着从厅里出来相迎：“可算是来了。”

曾静颐亲亲热热地抱起笑之，朝众夫人炫耀道：“这就是我们曾家的宝贝，金贵着呢！你们一个个的可得帮我看紧了，少一根汗毛啊，我可饶不了你们。”

一时间，各位夫人围绕着笑之，满口的赞词。

曾静颐笑盈盈地道：“我的好妹妹，大姐正在里头打点，特地命我在此迎接你们，如今迎到了，那我们这就去后院。”

沿着走廊到了后院，果然见曾方颐与丫头婆子们正在戏台旁。见众人过来，曾方颐嘴角噙了淡淡微笑，依旧是往日里的矜贵模样：“慧妹妹来了，快请上座。”

唐宁慧自是推让一番：“不敢不敢，众位姐姐在，宁慧怎敢上座。”边上的曾静颐却笑着拉着唐宁慧的手，按着她坐下，热络得很：“慧妹妹坐下便是。今日都是亲朋故知，熟得很，并不碍事。”

唐宁慧当时还道是曾方颐与曾静颐在旁人面前做戏，顾全曾家和睦美名，便不再多做推辞，携着笑之坐了下来。等众人都落座后，她才发现自己与曾方颐之间，最中央的位置还空了两把椅子。

点戏的时候，曾静颐又一再地谦让，唐宁慧不得已点了喜庆的《满床笏》和《天官赐福》，曾方颐等人各点了两出戏。

一时间，园子里锣鼓响起，咿咿呀呀的都是戏子的唱腔。

当众人听得津津有味之时，院子里来了一群戎装侍从，中间拥了两个人，正是周兆铭与曾连同。

唐宁慧此时才知中间那两个空位是留给他们的。只见两人客气得很，一个称呼“大姐夫”，一个唤“七弟”，相携而来。

丫头婆子们赶紧过来端茶倒水，小心翼翼地一旁侍候。

周兆铭道：“七弟素来贵人事忙，难得今天能抽空带了弟妹侄儿来府中小聚，真是蓬荜生辉，不胜荣幸。”曾连同道：“大姐夫客气了，你是知道我的，才疏学浅，平时不过是听父亲指示办事而已。倒是大姐夫日理万机，操心劳累的，平日里要注意身体。不过大姐温柔体贴，向来对姐夫呵护备至，小弟我真的是羡慕得很。”

说话间，他把目光移向了唐宁慧，嘴角若有似无的一点儿笑意，看在旁人眼里便如宠溺：“都是自家人，我也就不遮遮掩掩了。这不，在生我的气呢。前些日子，我说北地的枫叶正红，盛于二月繁花，她嫌我没带她去……”

唐宁慧低眉垂眸，做淡淡羞涩状，心内的吃惊却是不小，想不到曾连同这般会做戏，不做戏子去唱戏真浪费了这天赋。他与她这些日子，冷面冷脸的，什么北地枫叶，什么二月繁花，竟现编现卖，神态语气竟叫人瞧不出一丝破绽。

曾静颐闻言，捏着手绢在一旁哧哧地笑：“七弟，这可是你不对了，看枫叶这般小的事情，慧妹妹想去，你都不带她去，慧妹妹这气生得应该，三姐姐这回也不帮你了。想当初，你可是拍举世大方钻的人啊……”似想起什么，曾静颐的话戛然而止。

她摆了摆手绢，掩饰地笑了笑：“慧妹妹，快喝茶消消气，别去理他们，这些个臭男人，就只会惹我们女人生气。”

唐宁慧接过茶时，曾静颐似不留意，手一松，只听“哎呀”一声，那杯茶水大半都倾倒在了唐宁慧的旗袍上。

那湘妃色锦缎旗袍本就柔软服帖，此时被茶水一浸，便如第二层肌肤一般，着实尴尬得很。曾静颐赶忙起身，用手绢替她擦拭，却是越擦越湿：“哎呀，瞧我这笨手笨脚的，这都湿透了！慧妹妹，实在是对不住，来来来，快随我去内院换件衣服。”

她见曾方颐起身，便笑道：“大姐，今儿你是主人，就留在这里陪七弟，我带慧妹妹去去便回。我会让慧妹妹在你的心头好里好好挑选，你可切莫心疼。”

曾方颐似笑非笑：“瞧你这个破落户，自己破落还以为旁人与你一样破落。慧妹妹与我们都是一家人，我怎会心疼？要什么衣服首饰，尽管取来用便是了。快去快去，可别让慧妹妹着了凉。”

唐宁慧带了丫头巧琴随着曾静颐穿过院子，又绕了走廊，七拐八拐地走了好些路，才进了一个庭院深深的院落。

此时虽是白日，但整个院落静悄悄的，半点儿声息也无，仿佛唯有阳光静移。

曾静颐含笑解释道：“这里平时是大姐的午休之处，大姐啊，就贪图这里清静。”

园子里菊花与秋海棠争艳，空气里有幽幽飘散的桂花清香，果然是个午寐的好去处。

小厅作西式布置，顶上挂着豪华的水晶吊灯，地上是厚厚软软的米色底深色缠枝花纹地毯，穿了牛皮高跟皮鞋踩下去，竟犹如踩在云端。一边墙上还做了个欧式的壁炉，黑色金边的丝绒窗帘，精致的西式桌子上摆了大小数个银质相框。精美的花瓶里还有盛开的花，簇拥着，开得犹如团团云雾。近了，才发觉竟是绢花，因做得逼真，便到了假作真时真亦假的地步了。

唐宁慧随着曾静颐穿过小厅，来到卧室。只见里头欧式梳妆台、欧式化妆凳、丝绒美人榻等物俱全，装饰之物较外头更精致奢华几分。

曾静颐显然对此地熟悉得很，绕过床，一把打开了描金雕花的衣柜门：“慧妹妹，你自个儿慢慢挑，喜欢哪件穿哪件。大姐比你丰腴，她的每件衣服你皆能穿下。”

唐宁慧却被一柜子五光十色的衣服惊住了。曾静颐淡淡一笑：“慧妹妹尽管挑，别跟大姐客气。这里平日不过是大姐的一个休息处。她那卧室里头，单是搁衣服的地方就比这里大不知几倍。”

说的自然是场面话。曾方颐显然是喜欢艳色衣物，一眼望去，满柜子的胭脂蔷薇秋香之色，明艳艳的如一团霞光。唐宁慧随手取了一件清淡些的水绿宽松旗袍：“请三姐姐稍候片刻。”

门口，小丫头唤道：“三小姐，姑爷来了，说是府里有事，让我来唤你过去商量。”

曾静颐闻言便面带歉意地起身：“慧妹妹，我去瞧瞧发生了什么事。你在这里慢慢换，我去去就回。”唐宁慧欠了欠身：“三姐姐若是有事，就先走一步，把丫头和门口的婆子留下便成了。”

曾静颐道：“这是自然。”转头吩咐小丫头，“你们在门口好好守着，好生侍候七太太。”

小丫头应了声“是”，曾静颐便出了门去。

唐宁慧在梳洗室换好了衣服。整个院落极静，凝神静听，似能听见风过树梢之声。

太静了！唐宁慧隐隐约约感觉到有些不对头，便扬声唤自己的丫头：“巧琴！”

一时竟不见人回答，唐宁慧心口微沉：“巧琴……你在吗？”巧琴一直没回话，四周死一般寂静。就在这惴惴不安间，外头传来了一阵脚步声。

不对！这不像是女子的脚步声，重重沉沉的，分明是男人的脚步声。这地方怎么会有男人？

唐宁慧心口一缩，只觉得自己的整个心都要从口腔里跳出来了：“谁？谁在外面？”

外头的人不说话，可下一瞬，已有人用力地在拧梳洗间房门的把手。因门被唐宁慧反锁了，那人拧了数下，也只是徒劳无功。那人不耐烦了，抬脚“砰”的一声，重重地踹在门上，把门踹得摇摇晃晃。

显然她已落入了周兆铭等人的圈套，只不知他们要怎么对付她。唐宁慧只恨自己怎么会这般大意。

外头的人更用力地踹在了门上，只听“咣当”一声，门被踢开了。一个五大三粗的男子阴狠冰冷地站在唐宁慧面前，他的身后是一个油光粉面的轻佻男子。

霎时，唐宁慧已经知道周兆铭等人的计划了。

唐宁慧强作怒色，沉声道：“你可知道我是谁？真是吃了熊心豹子胆，竟敢来打我的主意。我若是少一根汗毛，你们就等着……”那粗壮男子仿若未闻，毫无惧色地朝那小白脸喝道：“快些把事情办妥了。”说罢，便转身出去了。

唐宁慧趁机从梳洗室跑出来，那粉面男子却也不拦她，任她拔腿狂奔。还未到门口，只听外头一声清脆的咔嚓声，显然是那粗壮男子从外头把门给落锁了。

唐宁慧惊慌中拼命地拉着门把手，大叫：“快开门！快开门！”可是两扇门已经被锁得死死的，怎么也打不开。唐宁慧又去开窗：“来人！快来人！救命啊！救命！”

显然是被人做了手脚，每扇窗都被人从外头封住了。看来是早有预谋。曾方颐、曾静颐等人策划好了一切，静待她落网。

唐宁慧全身冷汗淋漓，她意识到，自己已经穷途末路、插翅难逃了。

唐宁慧回了神，却见那粉面男子竟自顾自地在脱自个儿的衣服。唐宁慧脸色煞白，惊惧地后退一步，颤抖着指着他：“你……你在做什么？”

那人嘿嘿淫笑着欺上前来：“别怕，美人儿，我会小心温柔的……等你尝了我的手段，怕是打你的腿也不肯离开我……”唐宁慧一步一步后退，扯开嗓子大叫：“来人啊！快来人啊！救命……救命啊……”

她一边退，一边抓了相框、花瓶等物往那人身上扔。

若叫那人碰一下，自己还不如死了算了。就算她这辈子不要做人了，可曾连同与笑之还要见人的，她不能害他们一辈子抬不起头来。

可女人怎么也抵不过男人，唐宁慧被他步步紧逼，很快便被逼到了窗口，再无后路可退。

那人赤裸着上身，欺身压来。唐宁慧死命挣扎，用脚踢，用手抓，甚至用头撞："走开！走开……"

"别碰我……滚开！滚开……"

唐宁慧只觉自己已经绝望了，或许咬舌自尽是最好的结局。

忽然，只听"砰"的一声，仿佛有声巨响在耳边陡然炸开。那压在自己身上的男子"咕咚"一声滚在了一旁。唐宁慧环抱着自己，瑟瑟抖抖地从地毯上爬起来。

空气里有淡淡的血腥味儿弥漫开来。唐宁慧的目光忽然定住了，她瞧见那人的头部有汩汩的鲜血流出来。那人是中枪了！

有人从外头又"砰"地打了一枪，拧开了锁，推门进来。

入眼的是一张娇俏妩媚的脸！居然是周璐！身着曾家军军装、越发妩媚风流的周璐！

唐宁慧只觉恍如梦中！

周璐上前，一把拉住她的手，焦急地道："宁慧，快！快随我来！"

唐宁慧摸到了周璐细嫩手心里那湿漉漉的冷汗，直到此时，她才真正意识到在方才千钧一发之际，救自己的人，竟然真的是周璐。

两人转身出门，周璐忽然忆起某事一般，跑进了卧室，从柜子里随手取了一件旗袍："我们快走！他们要来人了！"

唐宁慧一路跟着周璐东拐西折的，耳边依稀有敲锣打鼓唱戏之声，具体却不知道绕到了哪里。周璐显然是极熟悉这里的环境，三步一绕、四步一停的，避过了很多护兵岗哨，偌大的院子她们竟然没遇到任何人。

周璐推门进了一间屋子，又轻轻掩上了门，方长长地舒了一口气："好险，总算是没被撞到。"说罢，她一把握住唐宁慧的双手，上上下下、仔仔细细地打量着唐宁慧，水汪汪的大眼里满是忧虑关心，"宁慧，你没事吧？"

唐宁慧摇头，真真是惊喜交加："我没事。周璐，你怎么在这里？"

周璐却别开眼，躲开她的目光："宁慧，我只能告诉你，我现在在周兆铭身边。你切记，下次哪怕是见到我，也要装作不认识我。"

唐宁慧极是不解："好端端的，你怎么会在周兆铭身边？这到底是怎么回事？"周璐做了一个嘘声的动作，侧耳听了听外头的动静，见外头没有异样，方道："宁慧，此事说来话长，一时之间，也说不清楚。你快换上衣服，然后沿着院子一路往南行，便可到戏台。"

见唐宁慧杵着不动，周璐推着她进了盥洗室："动作快点儿。你现在也应该知道你中了曾方颐她们的圈套，现在别再多想了，此时此刻最要紧的就是换上衣服，补点粉，擦点胭脂口红，精神地出现在她们面前。"

临走时，周璐紧紧地抱了抱她，问了一句："宁慧，曾连同这个王八蛋对你好不好？"唐宁慧怔了怔，默默地点了点头。

周璐用力握了握她的手："宁慧，你要保重，好好照顾自己和笑之。"唐宁慧万般不舍："你也是，要好好的。"

唐宁慧依照周璐所说，沿着小道径直往南走。穿过两个门后，遇到一个捧着浆洗衣服的丫头，瞧着模样不过十三四岁，眉目稚嫩。那丫头垂头朝她躬身行礼，唐宁慧忙唤住了她："我是你们夫人请来的客人，正要去戏台，你帮我在前头带路。"

那丫头应了声"是"，搁下了手里的衣服，道："夫人，这边请。"

走了一小段路，便见一群人急匆匆地往院子里而来。为首的正是一身军服的曾连同，只见他黑着一张脸，步履急促。

曾连同此时已瞧见了唐宁慧，整个人顿时明显放松了下来。

唐宁慧佯作不知发生何事，惊讶地道："怎么了？怎么大家都不看戏了？"

曾连同的心到了此时方稳稳地落到了原位。他急忙走了过来，也不顾旁人的目光，一把握住了唐宁慧的手，连声发问："你方才去哪里了？有没有遇着什么事？"

一时间，众人都貌似关切地围了过来，纷纷宽慰道："七少爷，七太太没事就好。"

"是啊，是啊，七太太吉人天相。"

唐宁慧暗中留意，只不见曾静颐和几个绕着她拍马奉承的夫人。

曾方颐则心有余悸，面有恐慌地上前："慧妹妹，你没事吧？你三姐方才派人来说，我那院子里头不明不白地死了个男人，而你又下落不明……七弟担心得很，正要往那院子里去。"

那"不明不白"四个字，咬音极重，就怕旁人听不懂似的。曾方颐一开口，唐宁慧就有了准备，知道她们要发难了，于是在听到"死人"二字时，便将身子往曾连同处缩了缩，即时做了受惊吓状，用手轻轻掩住红唇，颤声道："死……死了人？怎么……怎么会发生这等事情？"

曾连同神色极其凝重，用力握紧了她的双手："没事，不用怕。"

曾方颐见她双目茫然圆睁，脸色雪白，娇娇怯怯的，仿佛就是一副被吓着了的模样。但她身为长女，从小就跟在母亲曾夫人身边，见多了母亲整治人的手段，自然知道这精心准备的陷阱已经被唐宁慧识穿了，心里暗道："本来万事俱备，只欠东风，如今看来，是我小瞧这女子了。瞧她一副娴静模样，以为是个好摆弄的主，想不到今天是在她手里翻了船。"

此时骑虎难下，曾方颐不得不道："具体我也不知道发生了什么事情。既然慧妹妹没事，那我们大伙都去那院子里瞧瞧去。"

众人自然没异议，一群人很快便到了那幽静院落。曾静颐与几位夫人都在院子里头，有两位胆小些的夫人已跌坐在蔷薇架下的石桌旁，由丫头拍着背顺气。

见众人过来，曾静颐正欲说话，眼角却扫到了曾连同身后的唐宁慧。曾静颐一下子变了脸色："慧妹妹……"

曾方颐暗递了一个眼色给她："三妹，你放心，慧妹妹没事。"又问，"到底怎么回事？那死人呢？"曾静颐这才回神，心神不定地指了指厅门："喏，在那里……大家都过去瞧瞧。"

两扇门大开着，众人望去，只见小厅的角落里赫然躺了一具几近全裸的男人，身边触目惊心的一摊血迹。只有曾连同、周兆铭等人一眼便看出了那人是头部中枪，流血过多而亡。

曾连同一直握着唐宁慧的手，此时察觉到了她指尖的颤抖，知道她在害怕，便轻轻地反扣住她的手以示安慰。

方才在看戏，下人来禀告之时，曾连同顿时冷彻全身，知道是自己太过大意了，他以为曾方颐等人不敢这么堂而皇之地撕破脸，谁知道他们偏偏如此地堂而皇之，毫不遮掩。他千防万防，到底还是着了周兆铭、曾方颐等人的道。

曾静颐已暗中与曾方颐做了眼神交流，按捺了心中无数狐疑，娓娓道来："方才我陪慧妹妹来大姐的休息处换衣服，因季新遣了丫头找我，我便回了戏台。等季新的事情一处理好，我就折返回院子来找慧妹妹。正好柳夫人她们听戏觉着有些闷，便说跟我一起过来逛园子……谁知道……我们一进院子，就瞧见了这个死人，我们几个都是弱质女流，一时也吓傻了……"

唐宁慧自然知道曾静颐以为奸计得逞，遂带了柳夫人等人来捉奸，可没承想只看到一个死人。她默不作声地听着曾静颐讲下去："后来，左找右找也找不着慧妹妹，我心里急得不知如何是好，怕慧妹妹出事……所以赶忙遣了人来告诉你们，让你们都过来瞧瞧……"说到这里，曾静颐不怀好意的目光落在了唐宁慧身上，"慧妹妹，这……这到底是怎么回事？你快给姐姐们说说，是不是……"

众目睽睽之下，唐宁慧做了无辜不解状，用手绢按了按心口，仿佛要定定心神："三姐姐，我也不知道这是怎么了。方才，我换了衣服出来，四下也找不见丫头婆子，心想定是那丫头婆子们躲懒去了，我便出了门到院子里，只是大姐姐家院子大，加上我又蠢笨，结果就迷了路。幸好最后遇到了个浆洗丫头，便叫她领着，这才找到戏台……"

幸亏换了衣服出来后，又在周璐的帮助下重新梳妆上粉，整个人容光焕发的，可以轻易地把这谎圆得滴水不漏，让众人无法起半点儿疑心。若是方才那发髻散乱、旗袍撕裂的模样，哪怕是同样的说辞，众人也是不会相信的。接着，不到半日，整个鹿州城便都是她不守妇道的传言了。

现在想来都是心惊肉跳的，真真是好险！

唐宁慧的视线虚虚地移到了那具尸体上，又惊惶地急急移开："可一时半会儿的，这里怎么会有死人呢？"

若不是曾方颐、曾静颐等人亲自布下的局，几乎便要信了唐宁慧的这番说辞。曾方颐和曾静颐对视一眼，心道：这女子居然有这么好的演技与手段，怪不得能把曾连同这厮收得服服帖帖。怪只怪我们太轻敌了。

蒙在鼓里的众人自然是半点儿怀疑也无。

此时，曾连同开了口："大姐，大姐夫，我有一句话不知当讲不当讲。"周兆铭脸色微变，他自然知道曾连同话无好话，但碍于众人，逼于形势，他不得不道："七弟，你我自家人，有什么不当讲的，快快说来便是。"

曾连同道："大姐夫，所谓来者不善，善者不来，一来这杀人凶手潜进府里，肯定不是冲着这个死者来的，这死人多半是个替死鬼。凶手此次失了手，保不齐还会来第二次、第三次，大姐、大姐夫务必要加强戒备，万事小心；二来这里是大姐的休息处，却发生这等不明不白之事，若凶手不是错杀，那么明显便是有人要毁我大姐的清誉，请姐夫务必要好好彻查清楚，还我大姐一个公道。"

周兆铭只好连声称是："一定，一定。"

曾连同顿了顿，又道："如今府上发生了这等事情，今日我们也就不叨扰了，先行告辞。"

周兆铭道："那我们也就不留七弟了。七弟，七弟妹，慢走！"

坐进了车子，曾连同上上下下地将唐宁慧细细看了几遍，心有余悸："你没事吧？"唐宁慧面色苍白地摇了摇头。曾连同一把将她揽在胸前，什么话也不说。

第八章 局中人

从此，
我爱的人都像你

曾方颐等人这一招真真是狠毒。若是她与那小白脸被抓了个正着，她自然是活不下去，连带笑之的身份也会让人怀疑。一旦种下了这个怀疑的种子，到了曾连同也开始怀疑时，笑之的死活便任由她们拿捏了。

回了房，唐宁慧把发生的事情细细讲了一遍，最后长叹道："唉，巧琴这丫头估计已经……"

曾连同脸色铁青，冷冷磨牙道："真是黄蜂尾后针，最毒妇人心。"又道，"龙生龙，凤生凤，老鼠的儿子会打洞，这母女几人都是一路的货色。"

说罢，曾连同默然良久，方道："你可知我母亲当年是怎么死的吗？"唐宁慧见他这般说，便知道曾连同母亲的死不同寻常。

曾连同的母亲傅良歆是北地宿河城人，傅家也算是当地的殷实人家，因家中只有这一个女儿，从小父母便对她疼爱有加，把她捧在手心里。

那一年，曾万山奉命在宿河城郊练兵，某一日闲暇，便与几个好友去山中清泉寺礼佛。因缘际会，与傅良歆有了一面之缘。

年方十七的傅良歆，由母亲婆子们带领着，下了轿，从石阶上款款而来时，曾万山正与好友在宝塔上登高远眺，只隐隐瞧见一群人的身影，并不为意。

可想不到下了宝塔，偏巧遇到傅良歆母女等人从佛堂叩拜出来，便生生地打了一个照面。

那年曾万山已二十有八了，由于膝下犹虚，除发妻外，由家中母亲做主亦纳了好几房妾室，加上平素交际，烟花之地逢场作戏偶尔也有之。对于女人，燕瘦环肥，他自认也算是见多识广，从未想到世间竟有此绝色，一时之间，便止了脚步，足足数秒不得动弹。

回神后，方听到身边人调笑："想不到宿河这等鸟不生蛋的地方，居然有此等佳人！真是可惜了啊！"

傅夫人见他们一群人虽穿着普通服饰，但双目间俱是精光闪闪，为首之人更是气度不凡，一看便知不好惹，忙拉着女儿低眉垂目地从林荫小道避开。

那一次见面，曾万山虽是惊艳，但因军务缠身，很快便忘在脑后。

一日，曾万山被人拉去吃酒。他喝得酩酊大醉，头痛脑裂地醒来，瞧见身旁有一女子躲在角落里无声无息地在流眼泪。

一眼望去，便见一条雪白的膀子，真真是欺雪赛霜。曾万山这才隐约忆起，昨夜被人送进房中时，做东请他吃酒的仇万新哈哈地笑着拉上了门："给将军备了个重礼，请将军好好享用。"

屋内的烛火昏暗，他又喝多了，便欲掀被躺下舒坦舒坦，结果，一掀开便轰地愣在了那里。

被子里躺了个光溜溜的女子，只见皮肤白得亮眼，视线再往上移，便看到了那张绝色脱俗的脸，此刻柳眉紧蹙，蜷缩着身子，似极难受的模样。

哪怕是曾万山已经喝得有了八分醉意，但还是一眼便看出来了，这个女子分明是被人下了药。曾万山再定睛一看，便认出此女子是当日在清泉寺遇到的绝色女子。

这晚，他便享了那艳福。

身边的嘤嘤泣声一直未歇，饶是曾万山平素不重儿女情长，想起美人一夜恩重，婉转娇啼，此时也不由心肠发软。他的手轻轻地搁了上去：“你是哪家的闺女？我派人去你家提亲便是。”

傅良歆被吓得惊声尖叫，搂着被子踢打他：“你走开！别过来！别过来……”

傅良歆一直哭，怎么劝也不止。她只晓得自己出门去隔壁镇的姑妈家，中途遇上劫匪，被人一掌打晕，醒来便赤身裸体地躺在一个男人的怀里。

经此一事，木已成舟，傅良歆父母哪怕是再不舍，一来顾及傅家名声；二来忌怕曾万山势力，不从也只好从了。

那一年冬天，傅良歆本是要嫁到姑妈家的，表哥昭俊比她大一岁，从小一起长大，真可谓青梅竹马，两小无猜。

昭俊表哥前年就来求娶，但傅老爷傅夫人只此一女，自然心疼不舍，把女儿硬生生留了两年。这两年中，两家来往密切。傅良歆除了偶尔出门礼佛外，便日日在家中做女红。如今，各色针线早已样样齐备，大红的鸳鸯戏水绣枕、龙凤锦被，一针一线都是她精心绣成。

谁承想，却发生这种生不如死之事。

有道是饿死事小，失节事大，傅良歆在家中几度求死，一日上吊途中被丫头奶妈救了下来。奶妈掐着她的人中将她弄醒，在她耳旁哀声啼哭：“我的小姐啊，你若是这般去了，叫老爷夫人怎么活下去啊？白发人送黑发人，你还不如拿把刀生生杀了他们算了……”劝解了半晌，一直在她旁边抹眼泪，“还有，那姓曾的可不是好惹的，他在我们宿河练兵，连县令大人见了他都得跪拜。他手底下的人发话了，要老爷夫人这几日把你养得白白胖胖的，别出了差池。否则的话，不止傅家，连亲朋好友也脱不了干系。我的好小姐啊……这些人拿刀带枪的，哪是我们这些平头老百姓能惹的啊！你不为自个儿着想，也为了你表哥想想啊……你若是有个三长两短，不止老爷夫人，连你姑妈表哥远的近的都……都……”

正劝解间，傅夫人由婆子们搀扶着一路哭着进来：“我的儿啊，我的儿啊，你若是有个好歹，我……我也不要活了……”

傅老爷则是一声不吭地重重跺脚：“我们傅家这是造了什么孽啊！造了什么孽啊！”

心如死寂的傅良歆最终还是穿上了粉红的褂裙，被人抬进了曾万山在宿河的院落。

曾万山虽是个武将，可因祖上出过文官，从小文墨濡染，虽无状元之才，但在军中倒也算个儒将。正因为如此，也才被上峰看重，宠信有加，一路提拔。

他见傅良歆如一枝鲜花，娇娇嫩嫩地开在自家屋子里，哪怕平时不言不语，安安静静的，他也欢喜得很，宠爱日盛。

至于傅良歆怎么会被人下药，第二天他把傅良歆送回傅家后便查了个一清二楚。原来宿河城有一霸，人称伍九爷，当年是靠着山里的皮货生意发财的，一来二去，便在宿河城里开了赌坊、酒楼、妓院、烟馆，总之什么赚钱做什么，赚得盆满钵满。宿河城方圆几百里，富得他认了第二就没人敢认第一了。

这么一来，早被周边的土匪盯上了。曾万山来宿河练兵以前，那伍家就被土匪打劫过数次，土匪说来就来，说走就走，伍九爷养了再多的护院也不顶用。据说，曾万山的部队来宿河驻扎前的那一次打劫，土匪头儿顺带把伍九爷新纳的第八房姨太太也顺手给扛走了。那八姨太太是戏子，吊着嗓子喊了一路的“救命”也无济于事。

曾万山的部队来驻扎练兵后，那伍九爷便似得了稀世珍宝一般，第二天便捧了帖子来拜访。曾万山以“军务繁冗”为由，一连大半年，一直不予接见。

由于曾万山的军队驻扎在宿河边上，那些土匪吃了豹子胆也不敢进犯。可时日一长，土匪们坐吃山空，又见曾万山的军队只是练兵，对老百姓秋毫无犯，也不找他们麻烦。日子久了，惧怕之心渐减，心思也开始活络了。也不知是谁支的招，一计不成便来二计，不能明抢便来暗劫，趁伍九爷的儿子去省城，半路把人给劫了去，然后派人乔装打扮到了伍府，搁下一封书信，说要十万大洋才放人。

曾万山虽然油盐不进，但有钱能使鬼推磨，更何况是一些穷当兵的。伍九爷这大半年来早已经跟曾万山几个属下如仇万新等人打得火热，一出此事，忙跑去求仇万新等人。

仇万新那些人亦是讲义气的，平素里靠着伍九爷吃的喝的玩的，也念着他的情，此时也想江湖救急，只是没有军令，实在不敢调动军队。若是调了，要以军法处置。鞭打丢官是小，只怕还要掉脑袋……可曾万山平素最讨厌开烟馆、赌馆之人，一直都说多少人倾家荡产，多少人民不聊生，都是这些黑良心的害的，说什么这些人其心可诛，恨不得把他们都给抓了杀头。

仇万新等人再三合计，也不知怎么便想起曾万山那天在清泉寺的那一个讶异错愕。仇万新等人都是极精乖的人物，那日曾万山的异样他们怎么会瞧不出来？于是，便附在伍九爷耳边献上了一计。

曾万山得了这么一个美娇娘，仇万新等人又在边上劝说："将军常常训诲我们说，为官为将不要想着升官发财，不要想着金银财宝，而是要造福一方百姓。如今宿河的土匪这么猖獗，将军不如派一小队把他们给灭了，一来是为了宿河的老百姓；二来趁此机会也正好检视下练兵的效果，当然三来也顺道把伍九爷的儿子给救了……"

曾万山思量了一番，觉得仇万新等人说得有一定道理，便派兵点将，不日便将盘踞多年的土匪窝给端了，所有土匪砍头示众。

这事在宿河引起了轰动。一时间，百姓交口称赞，也传遍了周边几个县城。几个县城的县令知府亲自来到宿河请其出兵剿匪。曾万山一不做二不休，索性一一应承下来。不久后，宿河一带便真的绝了匪患。

也不知道是不是剿匪造福百姓种下的福报，数月后，傅良歆便呕吐不止。曾万山请了大夫号脉，便号出了喜脉。曾万山不由得大喜过望，捧着傅良歆的脸连声道："我们曾家一直无后，你可得给我生个大胖小子啊。"

傅良歆偏过脸，好半天才低低说了一句："若是女儿呢？"曾万山含笑道："只要是你生的，我一样喜欢。"

剿匪的另一个福报便是傅良歆不再对他不言不语了。虽然还是冷冷淡淡的，但每次一回家，他一在太师椅里坐下，她便亲自蹲下给他脱靴。曾万山自然知道这是傅良歆对他服软的开始。

那段在宿河的日子真真是过得快，很快便到了生产那日。曾万山守在房外，听着傅良歆凄厉的声声惨叫，只恨不得替她受去。一直折腾了一日一夜，他才听到了一声响亮的啼哭。

产婆抱着孩子喜滋滋地出来，老脸上笑得全是深浅不一的褶子："恭喜将军，贺喜将军，是个大胖小子。"

曾万山像是被雷劈了一般，简直不敢相信，足足愣了半晌方回了神，上前一步，猛地撩开小袍子……然后仰天长笑："哈哈哈……真的是个带把的！真的是个带把的！"

他一把从产婆手里夺过儿子，嚷嚷道："我们曾家有后了！曾家有后了！快！快派人给老夫人送信去，说她有孙子了，说曾家有后了！"

曾万山一封家书快马加鞭送至曾府。那日上午，曾老夫人一早由婆子丫头们伺候着起来，用过早膳后，照例在佛堂跪拜礼佛。

陪嫁的丫头如今也已经成了婆子，她跌跌撞撞地一把推开了门，"扑通"一声跪在她身后："奴婢恭喜老夫人，贺喜老夫人。少将军派曾福送信过来，说十六那日午时傅姨太给曾家产下了一位小少爷。曾福还说，小少爷白白胖胖的，足足有六斤多重……"

曾老夫人手里的紫檀佛珠"啪嗒"一声掉在了地上，她猛地转身，惊喜激动得简直手足无措，一把抓住那婆子的手臂，颤声道："你……你说的可是真的？真的是个小子？我们曾家真的有后了？"

"老夫人，这等大事，谁敢来诓您不成？这不，曾福就在外头候着，等着您问话呢。"那婆子边说边搀扶着曾老夫人起身。曾老夫人急道："快，快让他进来！"

不同于曾老夫人院落里的喜气洋洋，曾夫人院子里则是一片肃杀之气："什么？！曾福来了？还说那贱人生了个儿子？"

曾夫人的心腹仆妇躬身道："是。曾福一进门就大着嗓门嚷嚷，如今整个府里只怕都已经传遍了。"曾夫人磨着牙道："他人呢？"

仆妇回："去老夫人院落了。"

曾夫人这日上午本与库房管事的在核查原先登记造册的物品，此时那管事早已退了出去，账簿却依旧在她面前。她一听到仆妇禀告的消息，双手便狠狠地揪着造册，恨不得生生把它撕烂了。

她只觉得自己的心跳一阵急过一阵，一时间乱得没个章法。

她嫁入曾家已经整整十二年了，头三年一直没生育，婆婆曾老夫人颇有微词。当年曾家媒人来与她父母提亲的时候，就笑吟吟地说过一句："那曾家啊，就是看中你们沐家出来的女子能生养。他们家，可是盼孙子盼疯了的人。"

曾家是出了名的子息单薄，一连数代，造桥铺路，念佛施粥，可千求万求的，都是独苗苗。

说来也奇怪，她嫁进曾家，也不知是曾家的风水不对还是其他，就是怎么也怀不上。母亲为她都愁白了头发，每每回家都拉着她的手进房问东询西的，然后让姐妹们围着她说些个怎么怀孩子的私密话，传授些经验。

第三年的时候，曾老夫人做主为曾万山连纳了两名妾室，迎娶前特地把她叫进了房："我的儿啊，不是我这个做婆婆的给你使绊子上眼药……婆婆我都这把年纪了，一半的身子都埋在土里了，也没几天日子好活了。可若曾家在万山这一代绝了后，婆婆我是死了也没脸下去见列祖列宗和万山他爹呀。"

事已成定局，不过是知会她一声而已，哪容得她一个妇道人家说"不"？且不说不孝有三，无后为大，如今婆婆都执着她的手泪眼婆娑地说了这么些体己话，她只好打落牙齿和血吞，垂了眼，恭恭顺顺地回道："娘，这都是媳妇的错，都怪媳妇的肚子不争气。娘这也是为曾家着想，为万山和媳妇着想，媳妇明白的，媳妇什么都听娘的。"

婆婆曾老夫人这才满意地道："我就知道媳妇你是个通情达理、明白事理的人。人呢，我已经给万山定下了，下面的事，你就辛苦一点儿，亲自操持操持。"

她咬碎了一口银牙，但没法子，还是得撑着笑脸把人娶进来。

世上只有疼女儿的娘，哪来疼媳妇的婆婆呢？母亲急得什么似的，求了很多偏方秘方。不久后，她居然怀孕了，可接二连三生下的都是女儿。

产下大女儿曾方颐的时候，婆婆脸上还是含笑的，拍着她的手道："来日方长，来日方长。你辛苦了，好好养身子，曾家还等着你开枝散叶呢。"

生下曾静颐的时候，婆婆抱了抱便搁下了，但还是说了一句："你好好休息。"不久后，曾老夫人便又做主给曾万山纳了一房妾室。

生曾盛颐的时候，婆婆脸色淡得已经不能再淡了，只瞧了一眼孩子便出了门。到了曾和颐出生的时候，婆婆在外头一听又是个不带把的，甩手便走。双满月后，曾家又多了两位姨太太。

这些年来对于她那些整治小妾的手段，婆婆曾老夫人亦心知肚明，只是彼此心照不宣而已。婆婆爱抬多少小妾进来，她从来都是含笑应道："是。媳妇都听娘的。"她呢，也因此在宗族里博了一个知书明理的好名声。只是娶进来，能不能怀，怀上了，能不能生下来，这又另当别论了。

去年，曾万山在宿河练兵，送来的家信中提及，说是纳了一房妾室随伺左右，婆婆知道后只淡淡地告知了她一声："万山在外头为国效力，身边也该有个知冷知热的人。"回房后她便安排心腹去打探，送回来的消息是那新姨太太长得貌美如花，将军疼爱得跟自己眼珠子似的。只是不在府里头，她也就当作眼不见为净。

如今居然生下了个带把的小子，若以后那贱人带着孩子回了曾家，有了婆婆撑腰，这偌大的曾府哪里还有她的立足之地。

不过，她并不怕那狐狸精回曾府，还只怕那狐狸精不回曾府。

想到此，曾夫人起身，嘴角一抹含义不明的笑："这可真是我们曾家天大的喜事，我得赶紧去恭喜老夫人。"

还未抬步，便有婆子过来，说老夫人在沐浴更衣，也请夫人回房沐浴更衣，要开祠堂禀告祖宗。

曾夫人笑道："这么大的喜事，合该如此，合该如此。"一转身，便暗暗啐了一口，"又沐浴又更衣，还要开祠堂禀告祖宗，这么大的阵仗，也不怕折了那小子的福。"

后来，曾万山带了傅良歆和曾连同回到曾府，曾老夫人也防她防得紧，把孙子亲自带在身边，日日同吃同住。

可她并不着急，任那曾万山与那狐狸精日日同寝同宿，任那小子天天在她眼皮底下蹦跶，只要有耐心，机会总是会有的，来了就一不做二不休，趁她病要她命。

在曾连同六岁那年，机会终于来了。婆婆曾老夫人缠绵病榻，而曾万山又被派去驻守北方，最重要的是，傅良歆的表哥徐昭俊来了曾府。

徐昭俊所来不过是因为傅良歆的父母年迈，身子骨一年不如一年，想见女儿与外孙，便由徐昭俊陪同从宿河一路来到曾府。

傅良歆父母等一来便在曾家的一隅住下，一住便是数月。三个月后的某日，照顾曾连同的仆妇因曾连同夜里突然生病吵闹着要母亲，便抱着孩子来到了傅姨娘所住的院落，却撞破了傅良歆与徐昭俊的奸情。

傅良歆与徐昭俊指天发誓，说是被人下了药，是被冤枉的。可多少仆妇瞧见两人一丝不挂地搂抱在一起，任凭他们怎么说，也无人相信。这等丧门辱德的事情，又不好报官严查，曾老夫人只能先把傅良歆给锁起来，又把徐昭俊和被蒙在鼓里的傅家老爷夫人急急送回了宿河。

一时间，府里议论纷纷。几日后，也不知道是从哪里传出的，说傅姨娘在嫁给将军前，本就与表哥徐昭俊有婚约，两人更是青梅竹马一起长大，甚至连曾连同不是将军亲骨肉的闲言碎语都不时传出。

曾老夫人虽然老迈，脑子却不糊涂，在病榻上喘着气道：“这蛇蝎毒妇连我们曾家唯一一根血脉都不肯放过。只恨这毒妇外头装温柔贤惠，懂事明理，里头却是淬了毒的砒霜。”

陪嫁的婆子急得团团转：“老夫人，这可如何是好呀？如今将军远在千里之外……”

曾老夫人叹道：“所谓捉贼拿赃，捉奸拿双，如今她是人赃并获，傅姨娘平日虽不喜讨好巴结，但这些年我瞧着下来，却是个性子和顺、本本分分的人。如今她着了那毒妇的道，是百口莫辩了。我保不了她了。只怪我，想着就这么一个宝贝金孙，想要他承欢膝下，颐养天年。当日万山提出要带他俩一起去驻防之地，我就该点头的。”

“唉，是我老糊涂了，有了宝贝孙子，又见这几年平安无事，以为那毒妇年岁渐长，又信了佛，心性平和了，也懂得念着曾家这些年对她的好……”曾老夫人说到这里，停顿了许久，又道，“现在，只能走一步算一步。对了，你去瞧瞧小牛儿怎么样了？”那婆子道：“老夫人放心，小少爷在隔壁睡得正香甜呢！”

另一厢，曾夫人则由心腹仆妇伺候着梳洗。她听完仆妇的回禀，冷冷一笑道：“那老不死的倒也沉得住气。只是啊，开场的锣鼓打得响，这后边啊，才有好戏看呢。”

当晚，曾老夫人由婆子扶着去了傅良歆的房间。傅良歆衣衫单薄，神情呆滞地坐在榻上。她见曾老夫人进来，方才回神，赶忙起身整理了一下仪容，上前请安。

曾老夫人坐下后，摆摆手示意婆子出去。见傅良歆的双眼肿如核桃，曾老夫人叹了口气道：“小牛儿他娘，你跟着万山回我们曾家这几年来，一举一动我都瞧在眼里，我知道你不是那样的人。”

曾老夫人的话语刚落，傅良歆本已枯竭的泪瞬间便又夺眶而出。她“扑通”一声跪在了曾老夫人面前，声泪俱下：“有娘这一句话，良歆什么都值了……”

呜呜咽咽地哭了一通，傅良歆才收了泪，将往事娓娓道来：“娘，我当日确实与表哥有过婚约，可那也是多年前的事了。当年我确实不是心甘情愿跟着将军的，可后来见将军为我们家乡剿匪除霸，行了很多善事，造福了一方百姓，打从那时起，我便对他敬佩有加。何况将军对我，对我……良歆的心并非铁铸的，时日一久，我也把以前的事给忘了，一心一意地跟着将军过日子，想给将军生个儿子。老天待我不薄，竟叫我真的如愿了……再后来，我与小牛儿进了府，娘对我和小牛儿如何，良歆我亦明白……良歆虽然在穷乡僻壤长大，可也知道‘廉耻’二字，良歆万万不敢做此龌龊淫秽之事。

“娘，良歆真的是清白的，是被人冤枉的。”

曾老夫人探手摸了摸她的鬓发：“小牛儿他娘，我们曾家，数代单传，你给我们曾家生了儿子，留下了血脉，是我们曾家的大功臣。可国有国法，家有家规，哪怕是我和万山不追究，但如今人证物证俱全，族里是不会这么轻饶的。”

傅良歆身子一软，面色惨白地跌坐在地上。“通奸”之罪，历来是要被浸江沉湖的。

良久，曾老夫人才低低道：“小牛儿他娘，这件事横竖要有个交代的，对族里交代，对曾家交代，要堵众人的悠悠之口。”

傅良歆明白这个“交代”是什么意思。许久之后，她才找回了说话的力气：“娘，我明白的，只是求您几件事。”曾老夫人道：“你放心，我会好好照顾小牛儿的，把他的性命看顾得比自己还重。”

傅良歆轻轻道：“您替我转告将军，我从来没有做过对不起他的事。”曾老夫人点头。

傅良歆继续道：“还有，请娘看在小牛儿的面上，逢年过节照旧派人给我爹娘送送信，告诉他们，我与小牛儿一切安好，别让他们知道我早已经不在了，让他们有个念想，可以好好多活几年。”

听到傅良歆提到傅家两位老人，曾老夫人亦生出了兔死狐悲之感慨，浑浊的眼泪在眼眶里打了几转：“你放心，这些我都会做的。”

傅良歆最后缓缓道：“我死后，请娘开祠堂，当着族长的面把小牛儿过到她的名下。这样一来，小牛儿便是她的儿子，若以后她没有别的倚靠，或许不会轻易动小牛儿的。”

曾老夫人惊了惊：“你知道……”傅良歆露出凄惨一笑：“老夫人，我虽然不聪明，可是也不至于笨到这种程度。一直以来，我都只希望好好侍候将军，好好服侍娘，好好抚养小牛儿长大成人，别无他念。可是我这般想，不等于别人也这般想……卧榻之旁，岂容他人酣睡……古今都是这个理。是我见识浅，误了自己，也误了小牛儿！”

第二天一早，曾府的丫鬟给傅姨娘送饭时，发现傅姨娘在卧室里悬梁自尽了。

当然，其中的过程，曾连同亦是很多年后方知道的。而那天早晨他起床，只知道自己的脸上干干涩涩的一片，枕头上湿漉漉的。他由丫头们侍候着穿衣，想与往日一般跑到娘的屋子里，可是在门口被李嬷嬷拦住，抱到了祖母的院子。李嬷嬷直抹泪珠子，一路喃喃道：“小牛儿啊，小牛儿，你再没有娘了。”

事情到此并未结束，曾家族长当着族人的面怀疑曾连同的身份。正在那紧要关头，曾万山连日夜奔从驻地赶了回来。他将手里的火枪一把扔在祠堂的地上，抱起曾连同，撩开了曾连同的耳朵，告诉众人，小牛儿耳中的每一道褶子都与他一模一样，若有人不信，可上来亲自查验。

曾万山一脉虽然人丁单薄，但手握重兵，连朝中都顾忌他几分，族长自然不敢得罪，只好打着哈哈问族中各位年长之人：“既然如此，大家的意思呢？”

曾万山的目光比刀剑还锐利几分，似乎随时会出鞘割破众人的咽喉。众人心中大寒，都不敢有异议。

此后几年，虽有一些流言蜚语，但时日一长，加上曾家举家迁往鹿州，一切终究是慢慢地淡了下去。

曾连同缓缓地将一切道来：“这些事情隔了很多年，本来已经被人把蛛丝马迹都抹得干干净净了，我自然是被蒙在鼓里的。可是年岁渐长，我发现了一件很奇怪的事情，就是我爹从来不进我大娘的屋子。而我爹与祖母两人把我看得极紧，显然我爹心里头明白，跟我祖母一样，只是苦于没有实质证据而已。而那毒妇，确实是个八面玲珑之人，里里外外叫人挑不出一丝的错。加上她娘家兄妹众多，盘根错节……”

唐宁慧默然了许久，道：“那你外祖父外祖母呢？”曾连同道：“我娘去世后，逢年过节的信都由我来代笔，一直到两位老人家去世，他们都不知道我娘早已经去世多年了……”说到这里，曾连同顿了许久，“那一年，我十三岁。我外祖父外祖母去世后，我便被我爹送去了美利坚合众国。我回来那一年，便遇上了你。

“那时，曾方颐、曾静颐等人俱已成亲，周兆铭、汪季新、孙国璋等人能武能文，完全不容小觑。我爹想扶持我，可又怕底下的人不服，或者他也想探探我的底，看看我是不是那块料。我那时候去宁州，为的就是谋取柳宗亮的卖国情报，好做一个漂亮的出场……”

曾连同轻描淡写地一笑：“那些人想要，我就偏偏让他们得不到。再者，就算我不想争，他们也不会放过我。世事如棋，每个人都是局中人，太多时候，都是身不由己。”

第九章 玲珑心

从此，
我爱的人都像你

不几日，便又是曾家一月一聚的日子。

已近深秋，午后光景短得仿佛只是眨眼的刹那，随即便是夕阳西下的黄昏了。唐宁慧看了眼自鸣钟的时间，便替笑之换了身夹棉的大红织福字的唐装。笑之的皮肤白，穿了那大红的料子，真真是一团雪似的晶莹粉嫩，让人恨不得亲上几口。

而她只是略略整理了发髻。由于曾连同一个钟头前挂了电话回来，说会与他爹曾万山一起回来，她便带了笑之先去万福堂。

曾家三姐妹，曾方颐、曾静颐、曾和颐三朵花似的，姹紫嫣红，都早早到了。曾夫人有四女，但是曾盛颐她一直未曾见过。听曾连同说，他这位五姐一直待在国外，他已经许多年未见了。

曾家三姐妹本是围着曾夫人说说笑笑，见唐宁慧与笑之进来，亦知很多事情彼此心知肚明，也不再扯着笑脸装和气了。

唐宁慧带了笑之按惯例向曾夫人福了福身："夫人。"笑之则行礼唤了声："祖母大人。"曾夫人端着茶盏，若有似无地"嗯"了一声。

曾静颐瞅了瞅笑之和唐宁慧，皮笑肉不笑地道："娘，我们曾家如今也是越来越没规矩了。这不，妻不妻，妾不妾的，连身份都没有的人，也好意思来这家宴。娘，你说这成何体统啊？"

这话分明是针对她的。唐宁慧垂眼站着，没有言语，再说，她也不想搭理。

一瞬间，气氛冷然僵凝。

正当此时，年纪最轻、城府也浅一些的曾和颐用手绢捂着嘴扑哧一笑，笑盈盈地朝曾静颐横了一眼，似啧非啧地道：“三姐，你也真是会挑理儿，都是些有娘生没娘教的杂种，你让人家懂那些个长幼有序、明媒正娶的体统，还不如对着牛弹琴来得快些呢。”

唐宁慧不由得脸色一变。显然这些人把她的来历都打听得一清二楚了，否则不会这般说话。

曾夫人坐在太师椅上，端着茶盏，垂了眼帘，右手捏着茶杯盖子，正有一下没一下地在拨着茶末子。曾方颐则站在她身后替她轻轻捶肩。两人一直保持着自己的姿势，仿佛屋子里根本无人言语一般。

谁都不曾想到，下一秒响起的却是笑之清清脆脆的稚嫩声音：“娘，谁是有娘生没娘教的杂种？”

在宁州的时候，唐宁慧对外宣称自己是已婚妇人，因战乱与丈夫失散了，住的时日一久，左邻右里见她举止有礼，说话斯文，从来都是大门不出二门不迈，也知她是个庄重的女子。后来大家知道她在学校教书，平时得闲也愿意教他们的穷娃子识几个字，大伙都敬她是一位女先生，所以对她十分客气，从来不会恶语相向。

笑之的玩伴自然也是左右邻居四五岁光景的孩子，最多偶尔吵架之时，说一句“你这个从石头里蹦出来的”或是“你这个没爹的”，或者平日里问：“你爹呢？死了吗？”笑之自然从未听过“有娘生没娘教”之类的脏言恶语，一时好奇心起，便发了问。

这些话让孩子听了去，是污了他的耳朵。唐宁慧转身便吩咐王妈与巧荷等人，带笑之到院子里玩，自己身边只留了一个丫头。

自曾方颐家那死人事情后，曾连同关起门来，把自个儿小院子里的人又通通查了一遍，又赏又罚的，雷霆雨露俱施了一遍，牢牢地给仆妇下人们灌输这么一个思想：只要对主人忠心耿耿，自然亏待不了他们；若是不忠，有十个脑袋也不顶用，弄得一群下人个个心寒胆战、老老实实的。曾连同又再三叮嘱唐宁慧，哪怕是在自个儿府邸，身旁也须带几个人，任何情况下不得离开左右。

笑之走后，唐宁慧这才好整以暇地抬手压了压鬓角，淡淡微笑："六小姐，你说得确实在理。我呢，的确没名又没分，妻不妻，妾不妾的，可如今我偏偏最有资格站在这里，原因很简单，我不说大家心里也明白得很，因为我给曾家生下了儿子，连大帅都赞我为曾家立了功劳。而你们虽是曾家女儿……"唐宁慧说到这里，止了口，露出意味深长的一抹笑意。

在座的数人脸色相当不好看。曾家三姐妹俱知，没生下儿子是母亲心头的一根刺，这大半辈子，念一次疼一次。她们没想到唐宁慧居然也趁势撕破了脸，揭开了彼此的伤疤。

曾和颐已勃然大怒，一张俏脸气得通红："我们虽是曾家女儿怎么了？你的意思是我们没有资格站在这里？唐宁慧，你……你把话给我说清楚！"

唐宁慧依旧不温不火地道："我是什么身份，哪里敢说这些不知所谓的猖狂之词。"她顿了顿，方道，"我要名要分简单得很，我只要跟连同开口便是了，再不济也能做半个妾。只是我并不屑这些，不想要罢了。"

曾静颐甩了甩手绢，嗤声冷笑："说这些个大话，也不怕风大闪了舌头。我倒要好好坐着，看看此人能在曾家待到何时！"

既然话都说到这份儿上了，唐宁慧也不打算继续跟她们虚与委蛇了，累得慌。于是，她含笑道："你们可知道为何我不要名分？为何连同不给我？”

自然是没有人回答的。唐宁慧也不用她们回答，径直说了下去：“只因我若是有了名分，若是为曾家媳妇，曾夫人便是我婆婆，你们便是我姑子。历来，婆婆要怎么整治调教媳妇，都是天经地义的事情，一家宅门里头的是非，旁人不知内情，无法开口说话，历来都是恶毒的婆婆，难做的媳妇。可如今曾夫人不是我婆婆，我只是曾家一名客人，所以我上不用侍奉公婆，下不用招待你们这种恶姑，你们挑不出我的半个错处，亦无法奈何我半分。

“倘若我做了连同的小妾，亦不过是曾家一个高等些的仆妇。情形大约只会更为凄惨。

“你们说，要是易地而处，你们换了我的话，可会要这一妻半妾的名分？

“如今以我的身份，进可攻，退可守，想留便留，要走便走，怕是连大帅也挑不出半个理来。”

屋内的几个人俱是一怔，细思之下，亦觉得她的话不无道理。

曾方颐第一个回神，拍了拍手，满口赞道：“慧妹妹说得极好，打算得也极好。只是我家弟弟啊，已经不小了，这早晚都是得给他娶房媳妇的。到时候，我七弟妹进了府，你的算盘就不知能否打得这么响了。”

唐宁慧含笑点头：“大姐说得是。为了曾家能早日开枝散叶，合该如此，合该如此。只是这娶亲之事，若是连同肯点头的话，十房妻妾怕是都已经纳进来了，也不必等到今时今日了。大姐，不知我说得对不对，是不是这个理？”

那日曾连同把母亲傅良歆之事告知了唐宁慧，亦曾对她坦言：“我这些年来不想娶妻生子，其中一个原因，除了怕这毒婆子多了一招对付我之外，还怕她在我身边安插一些耳目。我若是对她找来的那些个所谓良家闺秀点了头，同意结婚，怕到时候怎么死的都不知道。可我若是不找那些她中意的，怕是曾家永无宁日了。既然如此，我索性也不害人害己了。

“至于我爹，我则说人生一世，短短数十年，我定要找个自己中意的人……我爹虽然急得跳脚，可他向来宠我，拿我半点儿法子也没有……”

此时，曾方颐被唐宁慧的话一堵，瞪着唐宁慧“你”了一声，一时间再无其他话语可以接下去。

此时，曾夫人搁下了茶杯，似斥非斥地开口道：“你们姐妹几个啊，这都多大的年纪了，还跟小时候一般吵吵闹闹，成何体统！旁的不说，不是白白叫外人看了笑话去？”

曾家姐妹见母亲大人出了声，便都噤声，不再言语。

不多时，便听见一阵踢踢踏踏的脚步声，接着便是曾家一家之主洪亮的声音传了过来：“我的宝贝金孙，可想死祖父我了……”

曾万山把笑之扛在肩头跨进了万福堂，后面则跟了曾连同、周兆铭、汪季新和孙国璋等人。后面这三人分别是大小姐曾方颐、三小姐曾静颐、六小姐曾和颐的夫婿，龙姿凤章，各有千秋。特别是六小姐的夫婿孙国璋，俊美如玉，风度翩翩。据说两人是在大学学堂里一见钟情的，后来曾六小姐便央求着曾夫人做主，成就了这么一桩姻缘。

曾夫人含笑着起身，已是一脸贤良淑德模样：“可算都回来了。”转头吩咐婆子，“让厨房上菜吧。”

各人按固定位置围绕着曾万山和曾夫人坐下。照例是曾万山边上坐了笑之、曾连同和唐宁慧。曾夫人边上坐了曾方颐、周兆铭、曾静颐、汪季新、曾和颐与孙国璋。

曾万山一直把笑之抱在腿上逗他玩。唐宁慧扯了扯曾连同的袖子，示意他让笑之端端正正坐好。

正在此时，扯着曾万山军装上金黄穗子玩耍的笑之歪着头好奇懵懂地开口："祖父，什么是有娘生没娘教的杂种？"

笑之似懂非懂的，方才被人抱出去后，还不停地问身边的王妈等人。王妈自然不敢胡言乱语，只好装糊涂，说自己蠢笨不懂。但笑之却是处在对事物最好奇、最爱刨根问底的年纪，又不懂事，童言无忌地在这一大家子的场合问出了口。

此话一出，屋子里顿时静了下来，真真是落针可闻。在座人尽管见惯场面，也不禁屏气凝神，不敢多发一言。曾连同则慢慢移动目光，扫了扫在座的曾夫人等人。

曾万山的脸色变得快，他若有所思了一秒，便已经恢复了常态，笑眯眯地捏了捏笑之粉嫩的脸："这是哪里听来的混账话呀？"

笑之清脆地道："方才六姑姑说的。我问娘什么意思，她说她不知。我想祖父是我们家最最厉害的，祖父肯定知道，对不对？"

唐宁慧只觉得饭厅里的每道目光都是一把淬了毒的刀。

那一顿饭，可想而知，吃成了什么样子。

据说当天晚上，六小姐是捂着脸跑出了曾万山的书房。

自从周璐从曾方颐府邸将她救出后，唐宁慧心里对她总是挂念得很，总想见她一面。

那天家宴后，唐宁慧便将万福堂里发生的事前前后后详细叙述了一遍，说到那为妻为妾之事，曾连同的视线便牢牢地盯着她："你当真是这般想的？"

唐宁慧迎上他的目光，一时也不知如何回答。她哪里能告诉他，她确实这般想过，但更多的却是因为她不知如何是好。所谓一朝被蛇咬，十年怕井绳，她大约便是如此，所以只好一味地逃避。

两人当年新婚燕尔，哪怕曾连同是做戏，两人亦如蜜里调油，恩爱甚笃。那个时候，她不知他显赫的身份，对家用精打细算，总是想省一些再节省一些，以后的日子便会宽裕一些。她对自己的吃穿用度一减再减。虽然如此，那时候她却是幸福的，哪怕是省吃俭用，却仍然憧憬着一片幸福的天地——属于他和她的幸福天地。那曾经是她最认真最执着的事情，却也是她这一生中最荒唐的一个梦。

若不是她有了笑之，他还会要她吗？

每每这般思量的时候，唐宁慧都会生生地打个冷战。

曾连同却不让她躲避，又问了一遍："你当真是这般想的，所以不愿为妻也不愿为妾？"唐宁慧只好别过脸不说话。

莹莹跃动的灯光中，只见她侧脸婉约，曾连同怔了好半晌，方道："前几日，你不是一直问我周璐怎么会在周兆铭的府邸出现吗？"

唐宁慧倏然抬头："到底发生了何事？"

曾连同道："事情是这样的。在你与笑之到鹿州后不久，我因事去过一趟宁州……"

曾连同当时居住在宁州一家大户的别院里，四周戒备森严。某一日，外头站岗的士兵来禀："七少爷，外头有一个叫周璐的女人求见。"

曾连同那天本来很是疲倦，正靠在丝绒沙发上闭目养神，若是旁人，他早挥手说一句"不见"了。但听了士兵禀告，他便睁开了眼，吩咐道："请她进来。"

曾连同用了个"请"字，他身边的人自然是不敢怠慢，忙赔着笑脸将周璐迎到了厅里头。

周璐一身丁香色的丝缎旗袍，紫色的修身呢大衣，一顶西式的黑纱小帽，电过的蓬松卷发娇娇媚媚地夹在耳后。她素来见了曾连同没什么好脸色，哪怕这日亲自上门亦是如此，也不待曾连同招呼，将手里的紫色小皮包一搁，径直在单人沙发上坐了下来。

听差们见状，忙端上了茶。周璐也不饮用，待人都退下去后，方开口：“宁慧和笑之都好吗？”

曾连同点了点头。周璐从皮包里取了一根烟，点燃后，送至唇边，姿态魅惑地吸了几口：“世上男子皆寡情薄幸之徒。曾连同，你也不例外，你也不是什么好东西。”

若是旁人，曾连同哪有这般好性子。但当年他与周璐接触过一段时日，知道周璐这人素来是“刀子嘴豆腐心”，加上这些年来，若不是她照应着宁慧母子，宁慧与笑之怕是更艰难百倍。更何况，他亦查知，周璐当年是为了救唐宁慧才委身于汪孝祥的。所以，他倒也心生敬重，想着她对宁慧与笑之的好，所以便没半句反驳之词。

周璐幽幽地道：“曾连同，哪怕你是因为笑之才回来找宁慧的……也请你好好待她。她对你痴心一片，旁人再好，这些年，她都不曾多看一眼。

“曾连同，这辈子，这个世上，怕是再没旁人会像宁慧这般傻了。这般傻傻地对你好，别无他求。”

周璐的语气极悲怆苍凉，曾连同也不知道是因为她的语气，还是念及唐宁慧，心中顿觉得一抽。

当年确实是他利用了唐宁慧，这是不争的事实。不过，那个时候，他从没想过骗她成亲的。

可是，当她大雨滂沱中一路跑来，哆哆嗦嗦地站在他面前，说：“连同，我大娘要把我送去给人做妾。”那一刻，他也不知道自己是怎么了，心头泛起针扎般的疼。

他缓缓地拥住了她，然后便一路骗了下去，连回鹿州的日期也一拖再拖，一直拖到了柳宗亮的人马发现了他的行踪，他才仓促地离开了宁州。临行前，他曾命宁州的人为她打点好一切，也算是对她做出一些补偿。可是这次才发现，那人根本未去打点。若不是周璐，她和笑之多半已经不在人间了。

事实上，他吩咐去打点的人是他姐夫周兆铭的人，连他在宁州的行程亦是他放出去的消息。当然，这事一直到他和宁慧再遇后他才知晓。

曾经，他以为放弃唐宁慧不过是放弃一个女人而已，更何况，比她漂亮的多了去了。哪怕是后来不止一次地念及她，可想着都过了这么久了，她或许早已经结婚，花开结果，浓荫满地了，再念及也回不去了，于是，他便一年又一年地这么过来了。

来宁州后，曾经有一次路过两人租住过的小院，他转头瞧了一眼，朱漆小门，门前一棵海棠树。这么多年了，她怎么可能还住在那里呢？于是只一眼，他便收回了视线。

可没料到，隔了几日，他在洋行门前居然看到了那个熟悉的身影。每每想起她，也总是一晃而过，一秒而已，他决不让自己去刻意回忆的。可那日，远远地，他居然一眼便把她认了出来。

她穿了件素格子的土布旗袍，手里牵了个小男孩。

那一瞬，他只觉得全身血液凝冻。她果然已经结婚成亲了，还生了个男孩。

可再看一眼那男孩，他便觉得莫名眼熟起来。他瞧见她也望向了他所在的方位，然后把孩子和自己隐在了柱子后。

她若是大大方方地自他面前经过，曾连同或许不作他想。可她这么一躲闪，他心里却有种莫名的感觉涌了上来，然后激荡开来。

猛然间忆及他与她成亲数月，她会不会……

他摆手招来程副官，低语吩咐了几声。数秒后，手下的人便兵分几路去打探。往唐府的一路很快便回来，说那户人家已经卖了房子搬离好几年了；跟着她的一路，得知她的具体住址后也很快回来禀告；而往市政府的一路，不久后也把消息打探了回来。

唐宁慧在他离开半年多后，产下一子。他离开后半年多！

他居然有了一个儿子！名字叫作笑之！

曾连同一时间僵硬成了一座石像。

以他今时今日之地位身份，也无须做一些拐弯抹角之事，于是，直截了当地派人送各种礼品过去，然后，便开始了这一系列的纠缠。

曾连同轻轻地答应了周璐："你放心，我会的。"

周璐似极烦躁，她猛吸了几口烟，按灭了烟头，而后，又取了一根出来，点燃后吸了几口，没几秒又按灭了。她面无表情地怔然了片刻，方开口道："曾连同，这次我来，是有事相求。"

曾连同的视线移到周璐身上，只说了寥寥数字："我定当竭尽全力。"

曾家客厅里，唐宁慧听着曾连同的叙述，不由得发问："周璐求你何事？"曾连同道："她让我想办法将她弄到周兆铭身边。"

哪怕已知周璐如今就在周兆铭身边，唐宁慧仍旧不免惊讶："她为何会求你这个？"曾连同摇头："我亦不知道，她说有机会的话，她会亲口告诉你的。但她让我不必细问，她只说她决计不会害你害笑之的，只问我愿不愿意帮她这个忙。"

当时，周璐是这般说的："我要你帮忙抹去我过去的一切，让我以一个新的身份出现在周兆铭身边。从今以后，你我从未认识过，彼此就算见面也是陌生人。你只要相信一点，我是决计不会害宁慧和笑之的，所以也不会害你，只因你是他们唯一的依靠！我会让周兆铭喜欢上我，若有机会，我还会助你一臂之力。"

曾连同沉吟片刻，便点头答应："好。"周璐听他这么一说，便起身告辞："我时刻准备着，随时等你通知。"

周璐离去后，曾连同便马上着手安排一切，不久后，便将周兆铭何日何时从宁州回鹿州的火车列次通知了周璐，并派人送上车票、细软等物。此时，汪孝祥早已经下台，周璐亦已变卖了小公馆，在宁州的高级饭店包了一个套房。她接过车票后，便跟来人说了一句："你跟你家七少爷说，从此以后，我与他两不相欠。"

周璐梳妆打扮了一番，淡扫蛾眉，唇色亦是浅浅的粉，又换上了一袭若草色的格子旗袍。她本来身段就极好，每每穿了旗袍，玲珑浮凸，令人移不开目光。但这日，她特地在旗袍外披了件西式的蕾丝披肩，流苏的穗子，一摆一款间，穗子便盈盈动动。

曾连同安排的火车包厢自然是离周兆铭最近的，亦是最豪华的。周璐与新买的丫头到得早，她把丫头打发到外面买东西，自己则留心外头的动静。一听到齐刷刷的脚步声，便知是周兆铭来了。她算准了时机，一把拉开了包厢的门，过道上的周兆铭显然被这突然的声响一惊，转过头来，便瞧见了周璐那张我见犹怜的俏脸。

四目相对，彼此许久都没有移开目光。周璐先回过神，忙拉了拉松开的穗子披肩，低头垂眸，做害羞不语状。

一身军服的周兆铭朝她欠了欠身："这位小姐，不好意思，是在下扰民了。"

周璐捏着手绢，轻轻地福了福："军爷，对不住。我丫头樱桃说去外头买点儿水果，可车子都快开了，那丫头还不见回来……我刚听见脚步声，以为是她回来了呢。"周璐的声音轻轻怯怯的，听在周兆铭耳中便如出谷黄莺，嘤嘤呖呖的，分外悦耳动听。

周兆铭一笑："这等小事，小姐又何须担心呢？"他转身吩咐，"来人，帮这位小姐找一下她的丫头。"旁边便有两人应声而去。

不过片刻，樱桃便提了一个竹篮子跟着两个护兵而来，神色惊惶：“小姐。”

周璐这才对周兆铭又福了福：“谢谢这位军爷。您可真是个大好人。”周兆铭欠了欠身：“区区小事，何足挂齿？”

这一番初遇后，火车才开动，周兆铭便遣人给她送来了一席酒菜。虽无地面酒馆的精致，但亦可口得很。她便命樱桃送了水果过去。

一来二去，到了下车前，周兆铭已经得知了她的身世，知道她无父无母，因父母是早些年从南方逃难过来的，在西部除了从小就为她订下的一个黄姓人家外，并无什么亲朋好友。她在家里等了几年，如今年岁渐大，都快成老姑娘了，却一直未见夫家遣媒人来提亲，于是她便想前去鹿州找未婚夫婿，问个究竟。

一下火车，周兆铭便派人协助她找未婚夫婿，曾连同早打点好了一切。周璐叩门后，现在的那家人只说他们已经搬走很多年了。周璐站在路边捂脸哭泣，做走投无路、不知如何是好的模样。

周兆铭得了信儿，便将她安置下来，款款道：“你且放心，只要他们家人还在鹿州，我掘地三尺也帮你找出来。”

一个男人是决计不会无缘无故对一个女人好的。他若是对你好，便是对你有所图。

而周兆铭便是此间的典型代表！

未婚夫自然是找不到的。且莫说没有这么一个人、这么一户人家，就算有，周兆铭也不会让她找到的。

不久后，“无路可走”的周璐便委身于周兆铭，极得周兆铭的欢心。

唐宁慧听到这里，不由得讶异：“那你大姐可否知道？”曾连同露出讥讽的一笑，一副吃了苍蝇的表情：“他们夫妻，人前恩爱得很，人后啊，各过各的，说出来令人恶心作呕。不过，我倒是佩服得很，他们在对付我的时候，那可真是一条心。”

唐宁慧面上一红，忆起那天在曾方颐房间的那个油光粉面的小白脸，便不再言语。

曾连同道：“周璐已经改了名，叫吕静如。如今周兆铭身边的人，无论大小，见了她都得喊一声吕三小姐。”

唐宁慧静静地道：“我想见周璐一面。”曾连同道：“那日从周府回来，我便暗中派人联系过她，你且耐心等候几日再说。”

唐宁慧自然明白周璐如今在周兆铭身边正得宠，出来一趟怕也是会与她一样，左右有人。周璐要避过周兆铭的耳目，也不是件容易的事。

因与大帅府只连了一个小门，白日里，曾连同派了几人轮班守门。晚上只要曾连同一回来，便关门落锁，自成一府。而唐宁慧在府里大门不出、小门不迈的，这样一来，倒也与曾夫人等人相安无事。

这一日，曾连同一早就怪怪的，临走的时候说了句：“晚上我订了围酒席，我让程副官来接你和笑之。”说罢，就起身出去了。

唐宁慧抬眼，只见他一身戎装，被程副官等护兵簇拥着往外走去。冬日的阳光淡淡，在门口散成一团光影，静静地照进厅堂。

下午的时候，程副官便来接他们了，只说：“七少爷让太太和小少爷先去逛逛街，他等下来与你们会合。”

唐宁慧便换了件珊瑚色的旗袍，外面套了件黑色呢料大衣，又给笑之换了套西式套装，方才出门。

连着护兵，一共有两辆车子，一前一后驶出。鹿州因是曾家军的根基所在，曾万山马壮兵强，军备充裕，这些年来无兵祸战乱，所以富庶一方。

此时街道四周商铺林立，人流如织，夹杂着电车“丁零丁零”之声，一片繁荣兴旺景象。

笑之欢喜雀跃得很，趴在车窗边，一路观看街景：“娘，你瞧，那里有杂耍。”“娘，你看，你看那里……”

正当此时，车子一个急刹车，唐宁慧只觉得整个人往前冲去，她条件反射地一把抱起身旁的笑之，才让他不至于跌撞。坐在车子前面的程副官忙转头，神色紧张：“七太太，小少爷没磕着碰着吧？”

唐宁慧抱着笑之正欲细细检查，只见笑之摇着头道：“娘，我没事。”程副官这才大大松了一口气，道：“七太太，前头不知发生了什么事，属下去瞧瞧。”

前头一辆车里的护兵，都是些个五大三粗从军队里摸爬滚打出来的，也曾在战场上杀过人放过火，过过在刀尖上舔血的日子，好不容易被曾连同看中，调拨到身边，除了不用上战场、月俸丰厚不说，曾连同隔三岔五的打赏就让他们死心塌地的了。他们也知道小少爷金贵，就怕有个万一，回去挨鞭子不说，这份好差事也会泡了汤。

此时为首的一人早已经在骂骂咧咧了：“奶奶的，你一个妇道人家带着孩子怎么走路的？不长眼睛，赶着去跟阎王投胎也不用这么着急啊，撞了你们事小，若是吓着了我们小少爷，拿你们十个抵也没用！”

那妇人揽着一个男童，一个劲儿地躬身赔不是：“对不住了，军爷，是小孩子不懂事……您大人有大量……”

本来唐宁慧在车子里头，外头又嘈杂，她是听不到什么的。可程副官一推开车门，那妇人的最后两句话便传入了她的耳中，竟如五雷轰顶。唐宁慧倏然抬头，从车窗玻璃望出去，见是一个穿了蓝衫黑裙、身量中等的妇人。

唐宁慧忙将笑之放至巧荷手中，推门下车，颤声唤道：“大嫂……”

那妇人的身子明显一顿，缓缓转身，果然是白如懿。

白如懿怔怔地望着面前这个华服贵妇，一时间竟不敢相认。唐宁慧上前颤抖着抓住她的双手："大嫂，你怎么在这里？大哥和大娘呢？"她的视线落在了白如懿右手所搂着的男孩身上，"这是瑞麟吗？都这么大了，我都认不出来了。"

白如懿也回过神，渐渐激动起来："四妹妹，四妹妹，我没眼花，真的是你啊。"唐宁慧泪光盈盈地连连点头："大嫂，真的是我，宁慧啊。"

在西式咖啡店入座后，唐宁慧唤了笑之过来给白如懿磕头行礼："笑之，这是你舅母大人，这是你瑞麟哥哥。"白如懿也让唐瑞麟见礼认了亲。

很快，店家就上了好些西式糕点，笑之便跟唐瑞麟在边上一桌边吃边玩耍。笑之来鹿州后便如笼子里的鸟，此时得了唐瑞麟这么个年龄相仿的玩伴自然很高兴。不过片刻，两人便已经自来熟了，嘻嘻哈哈地在包房里追来跑去。

唐宁慧便也不去拘着他，任他们在屋里玩。她则与白如懿面对面坐着，亲自夹了一块奶油小蛋糕搁在了白如懿面前的碟子里："大嫂，你吃点儿东西。"

白如懿口中"哎"了一声，手却没动。唐宁慧见大嫂白如懿和侄子唐瑞麟俱是一身布衫，虽然清爽洁净，但看得出日子过得并不富裕。

唐宁慧含泪微笑："大嫂，你给我说说这几年发生的事吧。大哥和大娘现在怎么样了？你们怎么会到鹿州的？何时来的鹿州？文环、文珠那几个孩子怎么样了？"

话音一落，白如懿的泪便落了下来："四妹妹，我也不瞒你，自你走后……"

原来，那晚唐宁慧从后门溜走后，第二天一早陆大娘便急匆匆地跑进了白如懿住的小院，急得直跺脚："哎呀，我的少奶奶呀，不好了！不好了！四小姐不见了！”

白如懿那晚本就没好好合眼，一听消息便知道唐宁慧已经离开唐家了，她便装作不解陆大娘话头的意思，淡淡道：“陆大娘，四妹妹这么大个人了，怎么会不见了？或许是有事情，一早出门了吧。”

陆大娘急道：“我的好少奶奶啊，四小姐哪里是有事出门啊，分明是收拾了衣物，跟人跑了。”白如懿猛地转头，表情吃惊得仿若见鬼：“跟人跑了？”随即正色道，“陆大娘，这种话可不能乱说，事关四妹妹和我们唐家的名声。”

陆大娘脸色尴尬，搓着双手，忙解释道：“少奶奶，事情是这样子的。老夫人一早醒来，就等着那丫头来侍候，可左等右等也不见人，便唤了我穿衣，直到厨房送了吃食上来，还是不见那丫头。我便去四小姐住的地方查看，结果一推门进去就呆了，那被褥都叠得好好的。我一瞧就觉得不对劲儿，一摸床褥俱是冰冷，分明是昨夜没人睡过。我便又打开衣柜，见衣柜里头的衣服少了好几件……我忙去门房找阿四，阿四说他一直守着门，没见四小姐出去。于是我跟阿四就去了后门，你猜怎么着……那后门虚掩着，根本就没关……”

白如懿听到此处，便眉头大皱：“此话当真？”陆大娘道：“少奶奶随我去一瞧便知了。”

其实瞧与不瞧也没什么差别，无论如何也改变不了唐宁慧已经出走的事实。

唐家派人去市政府那边堵了几天，也是毫无音讯。陆大娘自作聪明地教唆唐陆氏找上了周璐，周璐却只是冷冷一笑：“唐伯母，宁慧已经一个礼拜不来秘书室上班了。今儿我们主任还说起呢，若是她再不来上班，以后就不用来上班了。我们市政府还怕请不到人不成？唐伯母，你今儿要是不来，我还想到你们唐府去找宁慧呢。人怎么会不见了呢？这宁慧又不是三岁孩童，好端端的怎么会不见了？老话说得好，这活要见人，死要见尸，如今唐宁慧这不明不白地失踪了，我看我们还是去警察厅报案吧！”

见周璐心不虚、气不喘的，唐陆氏也拿捏不准。但唐宁慧出走的事情是唐家家丑，再怎么也不能外扬。她不为自己着想，也得为自己那三个孙女着想。宁州这地方，说大不大，说小不小，若是张扬了出去，她的几个孙女以后怎么可能找得到好婆家呢？于是赶忙推辞："劳烦周小姐了。我再遣人好好找找，若是再找不到啊，也得先把这件事情禀告族里头，让族长决定。”

唐陆氏无法子，只好塞钱让人去麻子军长家说唐宁慧得了急病，大夫说一时半会儿好不了。那麻子军长一听人病了，还是重病，也觉得晦气。唐陆氏这边竹篮打水一场空，白白损失了一笔大洋。此事慢慢也就这么不了了之了。

谁知大半个月后，那麻子军长不知怎么听说唐家小姐得病是假的，实情是唐家小姐嫌弃他是个麻子，不肯委身于他做妾。麻子军长一怒之下，便带了一群护兵来找唐家的麻烦。

唐陆氏和唐少丞见得罪了这么一尊大菩萨，只好花钱消灾。可那麻子军长如今手里有权有钱，他争的不过是一口气，唐家自然摆不平。地痞流氓三天两头往当铺和唐家闹事，唐陆氏和唐少丞亦觉得鹿州实在是待不下去了，母子两人一合计，便决定贱卖了家业去外地避一避。

一家老小仓皇地离开了宁州，暂时落脚在了鹿州，准备去海川投靠嫁到那里的大姐。谁知才离开宁州数月，便传来了柳宗亮倒台的消息。柳宗亮完蛋了，那个麻子军长自然也威风不起来了。可仅有的家业已经卖了，是怎么也赎不回来了，一家人正懊悔得很，哪知屋漏偏逢连夜雨，他们存钱的那家银行是靠着柳宗亮起家的，柳宗亮拿了一半的干股，自然也一路照应着。柳宗亮一倒台，股东们便宣布破产，总行、分行在一夜间全部倒闭关了门。

白如懿道："原本我娘家那边也还是可以依靠一二的。可我们白家也在那银行里头存了不少银钱，结果也受了连累。我爹的身子本就不好，伯伯叔叔们又纷纷闹着分家……"

白家的事在肃州闹得沸沸扬扬，后来还闹得打官司见报，唐宁慧当时在宁州亦有所闻。

而这厢的唐陆氏听到消息后，越想越伤心，既气愤又后悔，急怒攻心之下，就吐血晕倒，一病不起了。

如此一来，宁州回不去，海川也去不了，唐家一门老小就在鹿州住了下来。唐少丞也争气了，再不出去赌博喝酒，他去应聘了小科员。虽然没有以前的富贵日子，但白如懿倒也觉得平平淡淡长相厮守足矣。

说到此处，白如懿长长地叹了一口气，视线落在儿子唐瑞麟的身上，苦涩一笑："四妹妹，富贵真如草上霜啊，日出一晒转瞬即无。如今我们唐家虽然落败了，不过一家人平平安安的，倒也应了'财散人安乐'这句老话。我也别无他求，只愿这几个孩子能健健康康地长大成人。"

唐宁慧宽慰道："是啊，大嫂，钱财乃身外物，最要紧的是一家人平安就好。"

白如懿点了点头。她见唐宁慧如今衣着光鲜，身边又有这么多护兵侍从，便知她如今是富贵得很。只是唐宁慧不提，她也不好贸然开口相询。

聊了半晌，程副官拿着挂表敲门而进，行了一礼道："七太太，七少爷怕是等……要不，我先遣人过去回七少爷一下，说太太有事耽搁了。"

白如懿闻言，忙起身道："四妹妹既然有事，我就不耽搁你了。天色也不早了，我也该回家给孩子们准备吃的了。"

估摸着让曾连同等太久的话，必定不耐烦，唐宁慧也就不再挽留：“大嫂，那我顺道送你们回去，拜见一下大娘。”

于是，两辆小汽车一路行驶，驶进了城西的一个弄堂。那些个在弄堂里玩耍的娃儿一见之下，便好奇地拥了上来。结果前头的护兵一推开车门，那些娃儿们便叫“啊”“当兵的”“都是些长官”，惊呼之下，又作鸟兽散。

唐家买了一个小院落，在白如懿的巧手打理下，倒也干净整洁。唐宁慧随着白如懿先去拜访了唐陆氏。

白如懿推门而进：“娘，你看，谁来看你了？”屋内的唐陆氏正靠在躺椅上，腿上搁了一套素色薄被，听白如懿如此一说，缓缓转过了头，看到唐宁慧的刹那，似乎不能置信地怔了怔，然后眯了眼，仔细端详。

没想到才几年不见，唐陆氏竟然一头白发了，唐宁慧忙上前行礼：“大娘，我是宁慧。”

唐陆氏上上下下地打量着她，冷冷讥笑：“原来是四姑娘啊。瞧你如今的模样，显然是过上好日子了。可惜啊，我们唐家就毁了。老爷肯定没想到，唐家竟然会毁在你的手里。”

唐宁慧垂下眼，嗫嚅着道：“大娘，我……”唐陆氏咬牙切齿，咄咄逼人：“要不是你与人私奔，唐家又怎会落到如此地步？！那麻子军长不来找我们麻烦，我们怎么可能变卖铺子、宅子逃难？你这个害人精！害人不浅！”

白如懿见唐陆氏越说越离谱过分，唐宁慧白着一张脸、泫然欲泣的模样，便想插话进去打圆场：“娘……”

结果圆场没打成，反倒被唐陆氏怒气冲冲地指着鼻子骂：“你还不把她赶出去？！这种扫把星，你眼睛瞎了不成？居然让她进门！”

唐宁慧任她破口大骂，只轻轻道：“大娘，您别生气，我这就回去，过几天再来看您。”唐陆氏一张老脸涨成茄子色：“滚！给我滚！我不想看到你！”

白如懿拉着唐宁慧退了出来：“四妹妹，你千万别往心里去。婆婆她如今身体不好，再加上……”白如懿环顾四周，叹了口气，“她是如意惯了的人，本该享享清福的年岁，如今却连个随身丫头婆子都没有。唉！她心里头不好过……”

当年大嫂在大娘手里吃过不少苦头，如今居然还能这般想，可见是个心地良善之人。唐宁慧拍了拍她的手：“大嫂，你放心，我晓得的。”

她见程副官在门口来回走动，便道：“大嫂，我今天先回去了，等后天大哥休息，我再过来。”

白如懿知她有事，也不留她，送她和笑之至门口：“四妹妹，你保重。”

谁知程副官拉开后车门，唐宁慧便怔住了，曾连同居然坐在后头。

第十章 美人劫

从此，
我爱的人都像你

车子停在一家酒楼前，曾连同带着她与笑之七拐八拐地，绕过了后院，穿过一道小门，进了一间屋子。

门一推开，便见布置精致的房间里已经摆好了一围酒席，一个身着貂皮大衣的美人缓缓转过身来，不是周璐是谁？

唐宁慧愣住了，反倒是笑之先回过了神，撒开腿跑了上去，一把扑进周璐怀里，搂着她的脖子，亲热地唤："璐姨！璐姨！"

周璐抱起他，在笑之脸上一连香了数口，眼里水光点点，语音亦有哽咽："笑之，笑之，想不想姨？可想死璐姨了！想死璐姨了！你娘对你如何？可有抽你手心？告诉璐姨，璐姨给你撑腰，给你出气。"

笑之大大的眼眨了眨，一颗泪珠滚了下来："我想璐姨了，好想好想！"周璐紧紧地抱着笑之："璐姨也想笑之，可想可想了！"

场面感人得直叫人热泪盈眶。幸得无旁人瞧见，否则还以为这厢在母子相认呢！

任周璐与笑之亲昵了一阵，曾连同才开口："笑之，来爹这边，爹带你出去转转。"他将视线移到唐宁慧身上，"你们二人许久未见，好好聊聊。"

周璐抬起头时，唐宁慧见她眼底莹润闪烁，两人一时相对无言，感慨万千。

周璐倒了两杯红酒："来，宁慧，我们好久没有一起喝酒了，你陪我喝几杯。”

周璐执起高脚的水晶酒杯与她轻轻一碰，一饮而尽，然后又倒了满满一杯，再度喝完。在她准备倒第三杯时，唐宁慧拦住了她：“我们难得一见，你尽喝酒做什么？别喝了，我有话想问你。”

周璐水汪汪的一对眸子幽幽地扫过来，了然地自嘲微笑：“你想问我为何在周兆铭身边，是不是？”

唐宁慧叹了口气：“你这是何苦来哉！好不容易离开了汪孝祥。”周璐从包里摸出了一包烟，取了一根，颤颤地点燃，吸了一口，良久才道：“你就当我犯贱，离不开男人。”

“周璐，你若是这般说话，我便走了。当初你若不是为了救我……是我害了你。”说到此处，唐宁慧索性来个打破砂锅问到底，“你到底有何苦衷？我绝不信你好端端的会委身于周兆铭。”

周璐连吸了几口烟，望着指间那一点明明灭灭的微红，凄然一笑：“傻宁慧，你把我想得太崇高伟大了。我当日早跟你说过，我早非完璧之身。我委身汪孝祥，确实有你的一些原因，但另一方面，我也是想在这乱世找一个靠山，努力活下去罢了。你是不知的，我……”

周璐猛然拧灭了烟头，把脸转向一侧，轻轻地道：“我曾经做过几个月娼妓，虽不能算是一双玉臂千人枕，可也接过好几个客人，我早已经是残花败柳了！”

一旁的唐宁慧被周璐的话惊着了，一下子呆了。

那天，周璐抽着烟，喝着酒，在白烟袅袅中给她讲了一个故事。

碧溪镇，是江南的千年古镇，水乡人家。那里民风淳朴，富庶一方。镇上有一个吕姓员外，祖上一代曾经中过状元，是碧溪镇历史上前无古人后无来者的唯一一个状元。

吕员外有一子两女。长子长女早已成亲，生儿育女，衣食无忧。而吕家最小的女儿吕静如，从小就长得眉目如画，粉嫩可爱。由于是老幺，所以吕家上上下下都对她甚为宠爱。

在吕静如八岁那年，由吕员外做主，将她许配给了隔壁镇——流水镇的孙家。孙家和吕家一样，都是各自镇上的富庶乡绅之家，所以素有交情。孙家小儿极聪慧，据传八岁就将《四书》《五经》《史记》《左传》等倒背如流。吕员外对他极为赏识，常常称赞："此儿日后定大有作为。"而孙家那边也知吕家的小小姐从小就是个美人坯子，孙吕两家又门当户对，早也存了结亲的想法。

于是，某次宴请饮酒时，两位员外得了旁人亲上加亲的提议，兴致一高，便给两个孩子定下了娃娃亲。

孙家那边极为重视，不日便请了县长仁翁保媒，向吕家提亲。吕家欣然应允。一时间，郎才女貌、门第相当的两家联姻之事成了当地传诵一时的美谈。

但这美谈过了八年却成了当地最大的笑谈。原因是孙家少爷去了外地读书后不久，就遣人送信回来说要破除封建陋习，反对包办婚姻，他本人坚决不同意与那吕家小姐的亲事。若家中不解除这门亲事，他就永不回流水镇云云。

起先孙家还是想瞒着的，孙员外当即启程去找儿子。可是数月后，孙员外容色憔悴地回来了，一进家门就卧病不起，只说再不认这个不孝儿子了。

渐渐地，镇上的人开始传出孙家少爷悔婚一说。传到吕家耳中时，已经是第二年春天了。吕员外便带了儿子上孙家求证此事。孙员外知道纸终是包不住火的，便给吕员外连连作揖赔不是："吕兄放心，请吕兄放心，这个不肖儿子，我会好好教训他的，哪怕打断他的腿，我也会抬着他回来，让他拜堂成亲的。我们孙家只认吕家一个媳妇。"

吕员外见孙员外姿态摆得如此之低，一味地认错，加上一时也没什么好法子，便也只好同意下来。

吕员外怏怏而回后，便把事情告知了自己的夫人。谁承想被门外经过的吕静如听了去。那吕静如从小被吕家娇惯长大，平素亦心高气傲得很，听闻后怒火中烧，心道："孙家小子有什么了不起的，不过就是进了大学学堂而已，我也去念个大学让你瞧瞧。"

她原先就曾听姐姐提及过，说孙家少爷在安阳大学念书。当晚，吕静如便收拾了首饰细软，女扮男装偷偷进了县城，又从县城一路乘船来到了安阳。

她在碧溪镇亦曾进学堂念过几年书，到了安阳后刻意求学，先是到大学旁听。数日后，她便发现自己学习程度实在不及。因在旁听时认识了一个安阳的女同学，那女同学见吕静如求学若渴，十分钦佩，便央亲友介绍，让吕静如进了低一级的师范女校读书。

吕静如进了师范女校后，托人辗转给家人送了封信回去，说自己现在很平安，怕家人找到她，便扯了谎说在清德念书，等他日念完了大学便回碧溪镇云云。吕家收到信后，吕员外和儿子等人便连夜出发赶往清德，在清德城掘地三尺找寻了一番，自然也没找到吕静如的下落。

而吕静如在安阳，一有空隙便去大学旁听。某日，竟真的被她遇见了孙家少爷。两人其实从未见过，只是十二岁那年，孙家少爷陪同孙员外来给吕父拜年，大姐拉着她在门缝中偷瞧过一眼。但那时害羞得很，虚虚一眼扫过，只知是个身材纤瘦的少年。

那年后，孙家少爷便北上求学，一直未回过家乡。

可一听教授点那孙家少爷的名字，那人喊了声"到"，吕静如便知此人就是那孙家少爷。

从前的吕静如养在深闺，因知那孙家少爷是她一辈子的良人，自然是跟普天下所有待嫁女子一样，很想瞧一眼自己未来的夫婿。大嫂进门后曾不止一次地赞过她，说我那小姑子的长相，在碧溪镇方圆百里那可是挑不出第二个的。虽然有夸张之嫌，但她知道，自己长得绝对不难看。可孙家少爷居然这般嫌弃她，竟不分青红皂白，坚决要与她退婚。

吕静如自然很想瞧瞧这个要跟自己退婚的人到底是什么模样，是圆还是扁。

那一声“到”后，吕静如直愣愣地瞧着那孙家少爷，第一次知道大姐对她说的，那孙少爷眉清目秀，仪表堂堂，并没有骗她，居然是真的。

孙家少爷并不认识她，见她在一旁怔怔相望，便对她颔首一笑。吕静如的反应则是狠狠地白了他一眼，然后迅速地别过头。

后来的每一次相见，吕静如都没给过他任何好脸色。

可哪怕如此，那孙家少爷某日还是含着笑文质彬彬地上来搭话：“听说你也是荷县人士？”吕静如只冷冷地答了一个字：“是。”幸亏她事先有所准备，改了名字，才不至于被识破。

虽然她对他冷若冰霜，可那孙家少爷偏偏极有兴致，三天两头以同乡名义与几个同学去女子师范学校找她，约她和几个要好的女同学吃茶看戏，还看电影。

也不知是不是好女怕郎缠，抑或如同那个时候所有的旧式女子一样，在吕静如的内心深处，这么多年来一直把他当作自己的夫婿，难免有几分说不出的情愫。

一来二去，日复一日，吕静如面对着那张神采飞扬的笑脸，不知不觉地就原谅了那孙家少爷。

第二年的夏天，那孙家少爷无意中发现了她脖子上戴的一块宝玉，呆了呆后，竟然识穿了她的身份：“你……你是碧溪镇吕家的女儿？”

知道是他认出了他家下聘的那一块鸳鸯玉，也再瞒不过去，吕静如便坦然承认："是啊，我就是你孙少爷千方百计想退婚的那个吕三小姐，吕静如。"

那孙家少爷的脸顿时变得时白时红，花猫似的。半晌后，他上前给她作揖赔罪："我原本以为那吕家姑娘是大门不出小门不迈，只认数个大字的旧式女子，现在好生懊悔。"

吕静如冷哼一声，转身便想走。可那孙家少爷一把握住了她的手，怎么也不放："吕家妹妹，原谅则个。"

这是戏文里常说的戏词，亏他还学得像模像样。吕静如丝毫不假言辞，冷着声道："你放手。谁是你吕家妹妹！见过不要脸的，没见过像你这样不要脸的。"他退婚的事情闹得沸沸扬扬，叫她与吕家成了荷县最大的笑话。

孙家少爷只一味地赔不是："吕家妹妹，是我不对，令你白白受了那么多委屈，吃了那么多的苦。你放心，等今年冬天学校放假，我们便一同返乡，我亲自向岳父岳母磕头请罪，得了他们原谅后我们便成亲完婚，好不好？"

吕静如的神色渐渐软了下来。这大半年相处下来，她发觉孙家少爷确实学识渊博，为人端正平和，彬彬有礼，在同龄人中出类拔萃，身旁的其他女同学也不乏爱慕者，她自然……自然……

吕静如挣扎了良久，最后轻叹了口气，再不言语。

她想，这是她与他最好的结局，此后夫妻恩爱，子孙满堂。

不久，孙家少爷在外头租了一个小院落，两人便同住在了一起，一个东厢，一个西厢。

那年的夏天，当真是云蒸霞蔚，一片花开锦绣。

可是，她竟然没有等到那个冬天。

那年秋天开学，大学里来了一个权贵门第出来的女子，貌美如花，趾高气扬，她对孙家少爷一见钟情。

流言蜚语渐渐传到了吕静如的耳中。起初，她也只是当笑话一般听。可后来，孙家少爷一日比一日晚归，吕静如方觉得不对劲儿起来。

终于有一日，外头下了皑皑白雪，吕静如得了风寒，卧病在床，咳嗽不已。她等了一夜，可是他一直到第二天下午方回来。

吕静如到了那时方知自己一直都在自欺欺人。她问："你去哪里了？"他支支吾吾地说不出个所以然来。这般情况下，还有什么可说的呢？

吕静如只觉得天地霎时黑暗，眼前金星乱冒。她竟然把自己弄到这般田地。哀莫大于心死，她居然连哭的力气都没有了。

吕静如一把拿起榻边的茶杯，狠狠地朝他砸了过去："你走！你走！别再让我瞧见你。我这就回碧溪镇，我与你，永生不会再见。"

吕静如大哭了一场，而后，她拖着病身收拾了包裹，准备回碧溪镇。

"那时的她从未想过，她这辈子再回不了碧溪镇了。"周璐点了根烟，手指颤抖着送到红唇边，狠狠地吸了几口。

收拾好包裹的吕静如从小院落的门口拦了辆黄包车，准备先乘火车，再换船只回家。

但她连火车站也未能到达。她拦的黄包车半路上抄小道，来到了人烟偏僻之处。那里早有几个五大三粗的男人等着，见了黄包车，便淫笑着上来……

等她醒来，却是躺在妓院里。原来，他们不只奸污了她，还把她卖进了妓院。吕静如求生无门，求死不能，只好装作屈服，强颜欢笑地接客。几个月后，老鸨以为她认命了，渐渐对她松懈。不久后，吕静如趁某次叫局，终于逃了出来，慌忙之中逃上了火车，然后来到了宁州。

听完后，唐宁慧整个人便如浸在了冰窖之中。这竟然就是周璐的过往，怪不得对于这段过往，周璐从不提及，唐宁慧一直以为她是个孤儿。

好半晌，唐宁慧方轻声问道："那……那位孙家少爷呢？"周璐缓缓一笑，说不出的嘲讽："自然是成亲了，听说夫妻恩爱，荣华富贵，一团锦绣。"

唐宁慧问："你后来见过他吗？"周璐咬牙切齿地吐了两个字："见过。"

周璐的脸上有一种爱恨交织的茫然，唐宁慧没再问下去，只是轻轻地道："那以后呢？你就打算一直跟着周兆铭？"

周璐一笑："宁慧，我能怎么办？像我这样的女人，哪有什么人会正正经经地娶我做妻？再说，哪怕他们敢娶，我也不会成亲。我……我当年早被老鸨灌了绝育的汤药了……再说了，这世上的男人啊，哪里有什么好东西！

"你总是说我疼笑之，宠笑之，那只是因为我把笑之当作了自己的孩子。

"宁慧，我的人生已经没有任何盼头了。"

那晚临走前，周璐取了一个鸳鸯坠子塞到她手里："我从碧溪镇老家带出来的物件，如今只剩下了这个。宁慧，你收着吧。"

唐宁慧隐约有种不好的预感，她面色端凝地推回给了她："好端端的给我这个做什么？"周璐见唐宁慧不肯收，便弯腰挂在了笑之的脖子上，含笑拧了拧笑之柔嫩的脸："这是璐姨的宝贝，笑之挂着，见这块玉便如见到璐姨，好不好？"

唐宁慧那个时候并不知道，从那时起，她与周璐见面的次数已经开始倒数了。

每天早上，唐宁慧照例带着笑之陪曾连同用早点。这日，曾连同却一直不起身，等笑之用完了最后一口粥，方道：“走吧。”

待车子停下，唐宁慧不觉一愣，竟到了唐家小院落的门口。曾连同瞧着她道：“还不下车？”

唐宁慧静静地垂下眸光。

那个上午，城西的弄堂里驶入了几辆小汽车，把小小的弄堂挤得水泄不通。

唐少丞和白如懿得了信儿，忙出来迎接。两人见曾连同一身西式便服，牵着笑之与唐宁慧双双出现时，不由得惊住了。他们对视一眼，均在彼此的眼中看到了不可置信之色。

当年，他们只知唐宁慧与人私奔，可与何人私奔，他们却是半点儿不知。前几日，唐少丞下班回家，白如懿便将遇见唐宁慧的事情细细告知，但亦只说四妹妹如今通身的派头，一瞧便是个贵太太，却不知竟如此矜贵，竟嫁与了曾连同。

两人不约而同地想起今年鹿州城最火热的流言蜚语，说曾家平白无故地冒出了个小少爷，乐得曾大帅开祠堂认祖归宗，连开一个月的筵席。难不成那传言里的女子与小少爷竟然就是自家的四妹妹和外甥？

好在唐少丞也算是见过世面的，怔了数秒后，便赶忙请了曾连同上座。曾连同微笑着欠了身，执礼甚恭：“大哥、大嫂请上座。”一旁的唐宁慧不由得目瞪口呆。

唐少丞自然是推辞了一番，这才入了座。

程副官等人随即捧上了各式礼物。曾连同依旧淡淡含笑，客气得很：“宁慧第一次带我来见家人，我亦不晓得准备些什么，若有什么失礼之处，还请大哥大嫂看在宁慧和笑之的面上，务必多多担待。”

唐少丞忙谦让不已：“不敢不敢。”赶忙用手肘碰了碰白如懿，示意她上茶。

一时间，曾连同便见了唐少丞的子女们，回了神的唐宁慧一一送上见面礼后，便由着笑之乐颠颠地和表姐表哥几人在小院子里玩耍。

曾连同又道："宁慧说大娘旧疾复发，本不便打扰，可我第一次来，按礼数，怎么也得拜见一下大娘这位长辈。大哥，你看……"

唐少丞知母亲如今的脾气古怪，怕是见了，万一没个轻重，惹了曾连同那就麻烦了，只得委婉地道："娘她如今病得糊里糊涂的，要不，等过些日子病好些再见不迟。"

曾连同也知是他的托词，刚欲答应，只听有个苍老的声音传出："谁说我病了？"唐少丞闻言，诧异转头："娘！"

只见门口站了一位拄着拐杖的白发苍苍的老妇人，虽然容颜憔悴，但一双眼睛精明锐利。

唐少丞、曾连同、唐宁慧、白如懿等纷纷起身。唐少丞和白如懿扶着母亲唐陆氏坐了下来。唐宁慧唤了声："大娘。"

曾连同站在一旁，只见那老妇人的目光咄咄逼人地打量着自己。半晌，唐陆氏冷哼了一声："我以为是谁来了，这么大的阵仗，原来又是我们唐家私奔出去的四小姐。"

白如懿暗暗拉了拉唐陆氏的衣袖。唐陆氏却装作不知："四小姐，有道是无媒苟合。你当年私奔一事，被宁州传为笑柄，令我们唐家上下蒙羞。就算是你爹在世，也断不会轻饶你。所以，无论如今你有多富贵多荣华，你这门亲我们唐家却不敢高攀。"唐陆氏的目光冷冷地扫过唐少丞和白如懿，"你们还不给我送客？！"

唐少丞急道："娘！"唐陆氏猛地一挥手，只听"咣当"一声，那盏热茶跌碎在了唐宁慧的脚边："送客！"

曾连同扶着唐宁慧后退两步，一张脸黑得可以，也不叫边上候着的丫头帮忙，亲自弯腰替她拂去旗袍下摆处沾着的茶叶末子："可烫着没有？碍不碍事？”

幸亏是冬日，穿了夹棉的旗袍和厚皮鞋，并没有被热茶给烫着。唐宁慧见大哥大嫂急得脸色泛白，知道他们怕惹火了曾连同，其实她也有些拿不准，于是拉了拉曾连同的袖子：“我没事。”

曾连同招来了程副官：“派车去府里，叫人取一身太太的衣服过来。”

唐宁慧大觉不好意思：“哪里要这般麻烦？我换上大嫂的衣服便成了。”

唐少丞和白如懿见曾连同的动作，早惊愕地双双对视了一眼。听唐宁慧这般一说，方回了神，白如懿点头道：“正是。让四妹妹换上我的衣服便成了，不用一来一去这么麻烦。”

曾连同抬头，望进了唐宁慧隐隐乞求的眼里，知道唐宁慧不想把事情闹大。这是这些年来，她第一次有求于他。曾连同别开了脸，当作默认。

唐宁慧得了他的准信儿，便放下了心，她“扑通”一声跪在了唐陆氏面前：“大娘，当年是宁慧的错，是宁慧害得大娘大哥脸面无光，被人耻笑，请大娘责罚，宁慧心甘情愿领受。”

唐陆氏锐利的目光牢牢地盯着她半晌，脸上神情莫测，好半晌，才长叹了一口气：“罢了，都是过去的事情了，如今木已成舟，生米已煮成了熟饭，我再责罚你，也无半点儿用了。你起来吧。我老了，不中用了，我这就回屋歇着去了。”

唐宁慧道：“大娘！”白如懿忙在一旁劝道：“娘，您素来是个刀子嘴豆腐心的人，如今这乱世，三天两头打仗，能遇见四妹妹，一家人能平平安安团团圆圆的，已经是莫大的福分。娘，您就别再生四妹妹的气了。您看，今日四妹夫和您外孙也来了，您不看僧面也看佛面啊。”

唐少丞见母亲唐陆氏神色渐软，忙捧了一盏茶递给了曾连同：“贤弟，来，给母亲敬杯茶，让母亲消消气。”

在唐宁慧默默无声的眼神下，曾连同接过了茶盏：“大娘，请喝茶。”

唐陆氏垂了眼，最后到底还是接过了那杯茶。

唐陆氏吃过茶后，便推说身体倦乏，由婆子搀扶着回房休息了。过了唐陆氏这一关，后来，唐宁慧便随大嫂白如懿进去换衣服。

进了房，白如懿也没有多问，只是拍了拍唐宁慧的手背："四妹妹好眼光，给自己挑了一个良人。大嫂见他方才紧张的样子，就知道他对你绝对错不了。"

唐宁慧也不想多讲这几年里发生在自己身上的事，如今这样的光景，讲了不过是让大嫂担心，于是淡淡微笑，扯开了话头："大嫂，大哥如今对你可好？"

白如懿抚了抚鬓角，抿嘴苦笑："如今虽然家业不顺，可你大哥倒是长进了。再说了，如今这么薄薄一袋子的薪水，家里这么多张嘴巴，吃用都紧张，哪有多余的钱让他去胡同里挥霍。"

如此说来，大嫂白如懿也算是因祸得福了。

唐宁慧轻轻道："大嫂且宽心，只要大哥好好做事，日后想来会有一番好前程的。"

白如懿眼眶一红："四妹妹，有你这句话，大嫂我就放心了。你大哥不争气，我也不指望你照应他，只是求你看在唐家就瑞麟、文环这几根血脉的分儿上，有机会帮我照看照看孩子们。"唐宁慧握着她的双手，道："大嫂放心，我晓得的。"

白如懿想到前尘往事，一时眼圈也红了："你大哥如今也定了心了，又得四妹妹相助……想不到啊，我还有这个福气……"唐宁慧拉着她的手，真心诚意地道："大嫂，有道是过去种种譬如昨日死，今日种种譬如今日生。我们唐家能娶到大嫂是大哥的福气，也是我们唐家的福气。"

唐宁慧这么一说，白如懿倒是忍不住了，睫毛一颤，泪珠子便滚了下来："四妹妹，有你这句话，我当真是死也值得了。"

午饭后，四人坐着吃茶闲聊，曾连同问起了唐少丞部门里的差事情况，唐少丞亦对答如流。一时间，倒也其乐融融。唐少丞和白如懿殷勤得很，又留了他们用晚饭。

白如懿心灵手巧，准备了两个红泥小火炉吃火锅。天寒地冻的，倒也别有一番风味。唐宁慧在白如懿的劝说下，饮了几小杯，便红晕生颊，只说再不能饮了。

回家的路上，笑之因与表哥表姐们玩耍了一天，累得窝在曾连同的怀里睡着了。唐宁慧也觉得乏，便支着手，侧着身子，昏昏欲睡。在迷迷糊糊间，感觉有人轻轻地扳过她的身子，让她靠在一个稳妥之处，令她沉沉地入眠。

哪怕是这样睡着，唐宁慧那好看的柳叶眉也会微微蹙起，仿佛总有轻愁缭绕。曾连同缓缓探出了手，温柔地轻抚她的眉间。

夜幕黝黑，车子难免行驶到街面的坑洼之处，每每一颠簸，唐宁慧便会难受得将眉头皱得更紧。

于是，曾连同轻轻地吩咐司机："把车子停下来。"程副官打开车窗，瞧了瞧四周，出声道："七少爷，这里的街道有些太过偏僻，怕是不大安全。"曾连同道："今天的行程不是预定的，他们就算想要动作也不会这么快。你们去外头守着便是。"

程副官应了声"是"，便带着司机下车，又命前后车的侍从警戒守卫。

唐宁慧醒来也不知道是什么时候了，只觉得手脚酸软，抚着头慢慢睁眼，这才意识到她竟然还在车子里。

抬头便看见曾连同深深沉沉的眼，坐在她的身旁，怀里还有熟睡的笑之，小小的脸蛋红扑扑的，像是秋日枝头的柿子。曾连同的手触碰到了她的额头："头还晕吗？"

唐宁慧愣在那里，眼睁睁地看着他的手碰触到自己，额头上传来他温热的体温。她本是要往后缩，可不知怎么，便想起他在大哥大嫂面前蹲下替她清理茶叶末子的那一幕，一时间，便怔着没有动。

曾连同道："你没喝惯而已。你喝得少，只会有些小小的头晕反胃，不碍事。"

他身上亦有薄薄的酒味，唐宁慧抚着胸口不语。曾连同见状，问："要不，下车走几步？"唐宁慧觉得胸口实在难受，便点了点头。

大冷的夜晚，汽车在他们身后缓缓地行驶着。

唐宁慧外头不过是罩了一件珠灰色羊绒披肩，曾连同便将自己的呢大衣拢在她身上，又默默无言地替她扣上了衣扣。

此时长长的街上，行人全无，清冷得很，只有寒风呼呼而过。

两人肩并肩，徐徐前行。

侍从护兵前的前，后的后，各自离了他们一段距离。

曾连同忽然开口："唐宁慧，我是不会放你走的，这辈子也不会！你死了这条心吧。"

怎么也没料到曾连同会莫名其妙地说出这一番话，唐宁慧猛地止住了脚步，转头用一双水汪汪的眸子瞧着他，面上则没有任何表情。

他最近越来越奇怪了，就像今日在唐家，他伏低做小的，给足了她面子。可他为何要这般做，唐宁慧却是不知。

曾连同探手握住了唐宁慧的手，也不管她小小的挣扎，牢牢地固定在自己的掌心："唐宁慧，曾经我以为，你跟别人没什么不同，我没有了唐宁慧，会有另外一个李宁慧、王宁慧，总会有另外一个人。可是，我错了。

"唐宁慧，我不会放你走的。

"如果你恨我，生我的气，你更加不应该走。

"你想问为什么，是不是？"

曾连同的嘴角缓缓上挑，露出一笑："因为你不走的话，你有一辈子的时间可以百般折磨我。可你若这么轻易走了的话，不是太便宜我了吗？"

唐宁慧别过了脸，视线停顿在远方黑暗的凝结处。

曾连同也不迫她，拉着她的手缓缓往前走。在十字街口处，看见了一家还在营业的面店，店门前一口大锅，也不知煮了什么，诱人的食物香味随着热气袅袅升腾。

曾连同停下脚步，侧过身子含笑着问唐宁慧："想不想吃面？"唐宁慧愕然，不是才用好晚饭从大哥家出来吗？曾连同道："第一次与你大哥大嫂吃饭，你大哥敬我酒我不敢不喝，其实一顿饭下来我只顾喝酒了……"他清了清喉咙，轻轻地补了一句，"我没吃饱。"

那小店里头的面条不过是鹿州最出名的刀削面而已，汤头倒是用骨头熬的上汤，白白的仿若牛乳一般，配了葱花和自制的辣椒酱，倒也令人食欲大振。

不过左看右看，曾连同也不像是在这里用餐的人。老板战战兢兢地捧上两碗面后，便急急地退了出去。不大的店铺里，便只有曾连同与唐宁慧两人而已。

曾连同挑了几筷子，尝了后，说："我爹曾说过，我娘最拿手的便是擀面，做各式面条。他说我小时候最爱吃我娘做的面条。可惜，我娘去世的时候我太小了，我都已经不大记得我娘的样子了。"

唐宁慧挑了一根面条，心想，曾连同现在的言语和行动越来越古怪了。

这也是唐宁慧的遗憾。她父亲唐秋冯倒是有西式照相机拍的照片，也有其他的画像。可是她娘，却是连一张像也没有留下。

唐宁慧是会做些小菜的，不过却不会做面条。当年两人新婚，还没有请老妈子的时候，便是唐宁慧负责小家里的所有吃食。可不过数日，曾连同便以不想她劳累为由，请了阿金嫂来帮忙，以后，她便鲜少动手了。

唐宁慧只吃了几口便搁了筷子，曾连同则吃了足足一碗。两人出门口的时候，唐宁慧“呀”了一声：“我的手绢！”曾连同道：“我去取。”刚转身走了两步，只听“砰”的一声枪响，仿佛是鞭炮炸响在了耳边，身边的曼妙人儿身子应声晃了晃，缓缓往后倒去……

曾连同猛地转身扶住了她，惊恐地叫她：“宁慧……宁慧……”

程副官是曾万山拨给曾连同的，当年是跟着曾万山上过战场的，炮里枪里都闯过，一惊之后，立马镇定下来，在惊乱的环境下有条不紊地安排人手：“快！快！快！一组人马保护七少爷和小少爷；二组人马去马路对面，把那个店铺给我围了，把里头的人统统给我抓起来……”一群人蚂蚁般地拥上，将曾连同围在了中间，退进了面店里。

一时间，枪声如雨，噼里啪啦地响彻整个街道。面店的老板伙计等人抖着身体抱头缩在角落里，只怕枪子儿不长眼，射中了自己。

鲜血汩汩地从唐宁慧的胸口涌了出来，曾连同满手的触目惊心。他一把抱起她，急喝：“快命司机开车！送医院！”程副官急道：“七少爷，不行！这些人是冲着你来的，如今外头情况不明……你不能出去……”

红着双眼的曾连同却似未闻，抱着唐宁慧已然冲了出去……程副官一跺脚，忙挥手与侍从冲上前，挡在他前面……

—第十一章—

命中注定的那个人

从此，
我爱的人都像你

宁州教会医院，深夜。

几辆车子发出长长的几声急刹车声，在医院门口停了下来。有人抱了一个满身鲜血的女子满脸惶急，厉声道："快叫你们这里所有的医生给我出来！"

又有带枪的侍从抓着护士的肩头，推嚷着道："快！快！医生……把所有的医生都给我集合起来……"

只片刻，医院所有的值班医生都被侍从找了出来，在急救室前被团团围了起来。

曾连同野兽一般红着双目，揪着其中一个医生的白色大褂，如疯魔了一般："医生，快！快救她……快把她救醒……"那值班医生王主任此时已知曾连同的身份，本就战战兢兢，手足无措，如今这么被曾连同揪着，真真是肝胆俱颤，他点头如捣蒜："曾先生，你放心，我们肯定尽力，我们医院一定会竭尽全力救治的……"

曾连同目送着满身鲜血的唐宁慧被推进了急救房，语调沙哑如同被活活撕裂开来："她若是有个万一，你们一个个都别想活着出这医院的大门！"

此时，倒有个最后来到的年轻医生，他一来不知晓曾连同的身份；二来年轻气盛，听曾连同这般威胁他们，不由得上前一步，初生牛犊不怕虎地与曾连同对峙道："这位先生，你这到底是想救伤者还是想害她？

你威胁我们是没有用的，医者父母心，每个患者对我们来说都是我们的孩子，我们自当全力救治。你要是想救她，就请你闭嘴。另外，请放开我们的主任，少安毋躁，在外头等候。你这么拦着，再不让我们进去救治的话，每过去一秒，把病人救醒的希望就少一分。”

曾连同此生从未有任何人当他的面叫他闭嘴，真可谓是生平头一遭！若是平时，他身旁的程副官等人早不客气了。可此时，曾连同却仿佛被当头棒喝一般，倏然冷静下来。他一把放开了那王医生，颤着手道：“是，是我不对……是我不对，你们快去救人。请你们一定要把她救醒，把她救醒。”

那王医生见状，赶忙安排：“章医生，徐医生，快准备手术……”又吩咐那年轻医生，“顾医生，病人送来的时候已经大量失血，你做好给病人输血的一切准备。”医生们应声后，忙而不乱地快步进入急救室。

医生护士们杂乱急促的脚步声后，被侍从护兵们把守着的通道便渐渐安静下来，到后来便声息全无。

程副官见曾连同定定地站着，仿佛石塑一般，他上前道：“七少爷，小少爷还在车子里，是不是先把小少爷送回府里去？”

曾连同恍了数秒才反应过来，木然地点头：“你把笑之安全地送到我爹那里。若我爹问起，你不用藏着掖着，如实跟他汇报。”

程副官应了声“是”，便出去安排了。好半晌回来，只见曾连同还是保持着他离去时的姿势，僵立如柱子，一动不动地瞧着急救室那两扇闭合着的门。

后面的整整三个小时里，曾连同一直保持着这样的姿势，直到满脸疲惫的两位医生出来。

为首的医生满头大汗：“伤者胸口的子弹已经取出来了。不幸中的大幸是子弹射偏了一点儿，没射中心脏部位。但是到目前为止，伤者还未脱离危险，情况还是不容乐观……”

曾连同黝黑的眸子犹如深潭，似利剑一般牢牢地锁着那个开口的医生。那医生在这种无形而强大的压力下，默默地咽了下口水，才继续说下去：“至于伤者能不能脱离危险，要看伤者的求生意志和术后的恢复情况了。”

因唐宁慧在急救室里情况凶险，医生护士忙着救人都来不及，所以也未将曾连同的真实身份告知那位年轻的顾医生。所谓无知者无畏，他见曾连同面色沉沉，依旧不善，竟仍旧不以为意、从容不惊地道：“这位先生，我们所有的医生都已经尽了全力。里头的那位伤者，你们若是再晚几步送来，那真是神仙下凡也难救了。”

曾连同还是站着不言不语不动，只是把锐利的视线移到了他身上。从急救室里出来的医生护士们你看我，我看你，又瞧着不明就里的顾医生，想起先前曾连同撂下的那一番话，心下惶惶，一时俱不知该怎么办。

那顾医生其实也不是傻子，他说的时候已经有其他医生在边上偷偷地拉他的衣服，说完后见同事个个神色惊惶，又留心了四周便装带枪的随从和没有一个闲杂人等的通道，便也明白这是个不好惹的主，但事到如今自己也是骑虎难下，只好硬着头皮淡淡地朝曾连同欠了欠身：“这位先生，病人接下来会转入特殊病房给予特殊照顾。如果没其他事情，那么容我们先告退了。”说罢，便率先转身。其他医生面面相觑了几秒，也大着胆子转身跟着他渐行渐远。

顾医生走了几步，想到了一事，忽地停住脚步，转身又面向曾连同：“哦，对了，方才我们给病人做手术时，那位病人一直在叫一个人的名字。你最好把那个人找来，可能对病人的苏醒有很大帮助……”

曾连同到了此时方张唇开口，只觉喉咙处火辣辣的，犹如刀割一般，声音吐出来亦嘶哑如沙：“她叫了什么名字？”

顾医生道："连同。她一直在叫一个叫连同的人。"

曾连同的身子晃了晃，本就毫无血色的脸更是惨白。

顾医生道："这位先生，你没事吧？"曾连同缓缓地抬头："我没事，谢谢。"

冬日的午后，薄如蝉翼的阳光浅浅幽幽地照进宁州教会医院二楼最西侧的病房里。因在四个角落都支了暖炉，专人负责通风照看，所以偌大的病房里温暖如春。

程副官轻轻地推开门，只见曾连同依旧坐在病床前的椅子上，双手执着唐宁慧的手。

病房内毫无声息，偶尔有炭块发出的爆裂之声。程副官隐约听见唐宁慧迷糊低嚷了一句，曾连同便噌地起身唤她的名："宁慧，宁慧，你说什么？

"宁慧……"

唐宁慧昏睡中似乎极不安稳，眉头紧锁，喃喃道："连同，连同……"曾连同用力握紧了她的手，仿佛想让她感应到："宁慧，我在这里，我就在你身旁。"

"连同，连同……你去哪里了？"

曾连同不由得一怔："宁慧，我在，我在这里，我陪着你，我哪儿也不去。"

闻言，唐宁慧嘴角似溢出了一丝笑意，头一歪，便又沉沉地睡去。

第二天，依旧如此。唐宁慧迷迷糊糊的，甚至还睁开了眼，茫然地瞧着他问："连同……你去哪里了？"

曾连同以为她醒转了，一边摆手示意丫头去请旁边房间候着的医生，一边应她："是。宁慧，宁慧，我是连同，我是连同，你醒了吗？"

却见她怔怔地看着他，眼神全然没有焦距，手吃力地往上，一点点地触碰到了他的脸，痴痴地呓语呢喃："连同，你去哪里了……我找了你好久，好久……可是总找不到你……你去哪里了？你……你怎么不来找我和笑之？"说罢，唐宁慧的手便颓然垂下，似再无半点力气，"连同……你回来，回来，好不好？"

曾连同小心翼翼地握着她的手，整个人因她这几句无意识的话疼得直颤，恨当年怎么会就那么离她而去了呢？

"宁慧，对不起，对不起……过去都是我不对，是我的错，是我太轻易地放开了你的手。

"宁慧，你醒过来好不好？只要你醒过来，你想怎么样都行，哪怕，哪怕是带笑之离开我……哪怕你们一辈子再也不想见我！

"宁慧，醒过来，好不好？"

可是唐宁慧已经无力地合上了眼，头微微一侧，昏迷了过去。

医生进来详详细细地检查了一番，只说她还处于无意识状态。

唐宁慧半梦半醒间又会因为伤口疼而喃喃地唤他："连同，我好痛好难受。"每每到了这个时候，曾连同与她一样冷汗淋漓，按着她的身子不让她挣扎乱动："小心扯到伤口。"

不多时，唐宁慧便又会昏迷过去，喃喃地叫他的名字："连同，连同……"

某一次，唐宁慧疼得把身子蜷缩成了虾米，低低地唤他："连同，连同……你快回来，你快回来……"声音犹如蚊吟，只是泪水沿着眼角线一般滑落。曾连同替她擦拭，可是怎么也止不住，晶莹的泪珠仿佛要把他的掌心灼伤。

唐宁慧是在昏迷了大半个月后才醒过来的。

她蒙眬睁眼的第一秒，只瞧见白白的房顶，一盏电灯。她的头仿佛有千钧重，晕晕沉沉的，仿佛被灌满了水银，可她方要蹙眉深思，那水银又仿佛变成了一团棉花。她似在云端向下望，却什么也瞧不见。

唐宁慧再度闭眼，身体的知觉也在慢慢苏醒。她整个人很不舒服，腰酸背僵……她试图伸展一下手臂，胸口某处被扯到了，撕裂般地疼。她发出“呃”的一声呼痛声……

下一秒，有个高大的身影猛地出现在她眼前，那人凝望着她，嘴角颤动：“宁慧，宁慧，你看着我，你醒了是不是？”

唐宁慧呆怔了半晌，才发觉眼前这个人是曾连同。他依旧是一身军服，可是眉目憔悴，似生了一场重病一般。

曾连同拉着她的手，转头急急吩咐道：“快把顾医生找来……快！”其实不用他吩咐，边上候着的丫头已经一溜烟地跑了出去。

几个穿着白袍的医生脚步匆匆而来，万分紧张地给唐宁慧做了详详细细的一番检查，又问了数个问题，最后终于如释重负：“曾先生，病人已经脱离危险了，但还需要好好养伤。”

闲杂人等退出去后，曾连同牢牢地握着唐宁慧的手：“你醒来就好，醒来就好！”

一段时间后，在医生的精心治疗下，唐宁慧的伤口一日好过一日，因靠近年关加上曾大帅的寿辰，曾连同便安排唐宁慧出院。

胸口的伤已经恢复得差不多了，只是伤筋动骨都需一百天，这又是枪伤，曾连同越发小心谨慎，平日里最多是让巧荷等几个丫头扶着在院子里稍稍走动。但因外头天寒地冻，走动的时间他规定只能是用过午膳后。

这日，从清早开始，便下起了纷纷扬扬的鹅毛大雪。到了午后，院子里已经积了厚厚的一层。

午后的散步显然被这不速之雪给破坏了。曾连同也没有出去，在边上与笑之玩耍，见大雪一直下个不停，便含笑着拧了一把笑之的脸：“要是雪一直这般下，明儿一早爹陪你堆雪人。”乐得笑之直拍手：“好，堆雪人！笑之最喜欢堆雪人了！”

曾连同又说起了曾万山的大寿，道：“爹的寿辰，按旧例是在寿辰前一日晚上，全家人聚在一起吃顿饭，提前为父亲大人祝寿。正日那天，则是亲朋好友上门……”

既然要祝寿，是否要备一份寿礼？唐宁慧还在沉吟，只见曾连同含笑对她道：“来，你跟笑之陪我去一下书房。”

进了曾府后，曾连同的书房她倒是从未踏入过，跟着他进去后，这才发现书房里另有乾坤。最外头，显然是平日晚上处理公事的，再推门而进，便是个内书房，里头摆满了书籍、词典之物。

靠窗的位置有一排西式沙发，对面则有一个黄花梨木的条桌，上面笔墨纸砚皆齐备。

曾连同站在条桌边，有条不紊地铺开了宣纸。

瞧这阵仗，显然是要画画。唐宁慧狐疑地瞧了曾连同一眼，这厮一身军装，腰间还别了把枪，举手投足间，威风凛凛，气度非凡，这左看右看，哪里像个会舞文弄墨的人啊！

只见曾连同把笑之抱起，放在黄花梨的木椅上，微笑着拍了拍儿子的头：“笑之，来，爹要画画，你在边上帮爹研墨。”

笑之拍着手，乐颠颠地连声应下。唐宁慧上前替他挽起了衣袖，笑之便道：“娘跟我一起研墨。”唐宁慧便执着他的小手，慢慢在砚台里画圈研磨。

四下里搁了炭炉，书房里温暖如春，母子二人笑吟吟地在一旁，此情此景，当真如画中美景一般，叫人舍不得移开目光，而心里亦是静静的，满满的平和与欢喜。

若不是他回宁州，再次遇到她，他一辈子都不会知道自己失去了什么。

一直到笑之研墨完毕，唤他："爹，我们好了。"曾连同才回过神，取了湖笔，蘸了墨汁，凝神静气，开始下笔。

只寥寥数笔，一个活灵活现的小人儿已经在他笔下勾勒了出来。笑之眼睛瞪得圆溜溜的，拍着手："爹，我瞧出来了，你画的是个小孩童。"

曾连同回以一笑，继续下笔。笑之惊叹连连："爹，你好厉害！"

半晌后，一大一小合作的一幅画便已完成。翠竹林中，几个孩童正在放烟花爆竹，神情憨态可掬，惟妙惟肖，最右面的小童手里拿着竹竿，竹竿顶部有蝙蝠、灵芝、梅花鹿。

这是一幅祝寿画，蝙蝠、灵芝、梅花鹿，寓意"三多"——多福，多寿，多禄。

唐宁慧垂眸，讶异之余，只觉心头那幽微的酸涩又泛了上来。当日他到底隐瞒了她多少？是他藏得深呢，还是自己的一对眼珠子是画上去的，竟昏头至此，什么也瞧不出来？

曾连同搁下笔，对笑之道："后天是祖父的生日，笑之在画上写几个字可好？"唐宁慧道："笑之才练字不久，平时只是涂鸦而已。写在画上让旁人看了去，岂不叫人贻笑大方？"

曾连同摇头："错。只因是笑之的字，才金贵着呢。我爹大寿，周兆铭等人早半年就已经去张罗寿礼了，论心思，论揣摩功夫，我哪里及得上他们分毫啊。我唯一强过他们的，不过是我投胎投得好，是我爹的种而已。"

曾连同对着唐宁慧淡淡微笑："以我爹今时今日之地位，想要什么皆唾手可得。他戎马半生，心思啊，其实与每个老人一样，不过是想含饴弄孙，享受天伦之乐而已。"

曾连同这般一说，唐宁慧才知道这寿礼里还有这般花样，便也不拦着，在旁看着笑之用稚嫩的笔迹写了“福如东海，寿比南山”八个字。虽然与画不相衬，但至少也端端正正，一眼看去便知是用心写就。

曾连同完成了寿礼，心情极好，便对笑之道：“要不爹也给我们笑之画一幅肖像，怎么样？”笑之乐颠颠地拍手：“好啊，好啊，娘也要！”

曾连同的视线移到唐宁慧的侧脸上，笑吟吟地道：“好，还有你娘的。不过，这次爹用另一种画法，洋人叫素描……是爹以前在留洋的时候学的，你若是喜欢的话，爹今天便开始教你怎么画，这个比我们老祖宗传下来的国画要简单容易许多……”

过了好半晌，最后，笑之双手抱着个长本子撒着小腿欢快地跑过来：“娘，你看，爹画的，像不像？”

唐宁慧抬头，只见纸上寥寥数笔，却勾画出一个女子温婉的侧脸线条，不是她是谁？

那个下午，唐宁慧披着羊毛厚毯，窝在窗边又松又软的沙发里，欣赏着漫天飞雪，饮着丫头送上来的桂圆红枣茶，看着曾连同手把手、一笔一画地教笑之，认真严谨得竟如教书先生。

这样的日子似乎也别有一番味道。

到了寿辰前一日，照例是在万福堂用膳。那一日，亦是下雪，曾连同带着笑之与唐宁慧沿着抄手游廊绕过院子去万福堂。

此时已是深冬，走廊外荷花池里碧波犹在，但只剩了残叶枯枝在寒风中瑟瑟发颤。

才走了一段路，隐约听到一个极尖锐的女子声。曾连同和唐宁慧对视了一眼，停下了脚步。

唐宁慧听那咄咄逼人的语调，分明就是六小姐曾和颐。

“是，我曾和颐就这般不讲理，那姓吕的狐狸精就千好万好，是不是？

“你现在是看我嫌烦了，看到那狐狸精，眼睛就发直，怎么也移不开。”

孙国璋显然也怒极：“你说的是什么话！也忒不讲理了！”

曾和颐却得理不饶人：“我不讲理……昨儿在宴会上，我看你跟她说话，后来……后来还偷偷地跟着她去了后院……可恨我只在门口堵到你，没有抓到现行……”

曾和颐显然是撒泼了：“孙国璋，你瞪着我做什么？！我就骂她！狐狸精！贱人！死不要脸……你好好看着，等我姐夫的新鲜劲儿一过，看我大姐怎么把她的皮给剥了！”

孙国璋显然正在极力控制自己的情绪。

“孙国璋，你这么恶狠狠地瞪我做什么……我知道你与她本有婚约。当年住在一起，便已经不清不白了……那贱货的那些功夫你自然最清楚不过……”

只听“啪”的一声，手掌着肉的声音传来，显然是有人动手了。

下一秒，果然听得曾和颐拔高了音调“哇”的一声哭出来：“好啊，孙国璋，你竟然打我……你竟然为了那个贱货打我……”显然是气急败坏，“我去找我娘，看她怎么收拾那个贱人！”

一阵杂乱踢踏的脚步声远去，数秒后，又有脚步声追随而去。

唐宁慧脸色苍白地抬头望进了曾连同的眼里，只见他的眸底也有不小的涟漪。她悄声道：“姓吕的？六小姐说的那个人难不成就是周璐？”曾连同道：“瞧这情形，估计八九不离十。”

唐宁慧得了这话，身子不由得晃了晃，脸色越发白了几分，喃喃道：“原来那孙家少爷竟是六姑爷孙国璋？！”曾连同赶忙扶住了她，不解其意，浓眉一皱：“什么孙家少爷？”

唐宁慧便压低了声音把周璐告诉她的往事拣了重要的说与曾连同，

又问："周璐让你帮忙安排，只说把她安插在周兆铭的身边吗？可曾有一字半句提过六姑爷孙国璋？"

曾连同神色凝重地摇了摇头："我与她联系得极少，每次都是她在暗中给联络人留下口讯与我。你住院昏迷的时候，她曾去接头的地方询问你的情况，后来你好转出院，这么大的事情，她自然会得到消息，我也就没特地派人留口讯给她。"

唐宁慧中枪昏迷的时候，周璐得讯后急得团团转，只是无法抽身去医院。只是这些事情，唐宁慧自是不知。而曾连同虽然找不到一点儿线索可以指向周兆铭等人，但他也没闲着。

两人沿着走廊慢走慢行，穿过了花园的月亮门。此时，曾静颐的声音似笑非笑地传来："哟，七弟和慧妹妹真是恩爱啊，到哪里都是出双入对的，真是羡煞姐姐我了！"

两人抬头，见曾静颐身着华丽的紫貂大衣，正笑吟吟地站在不远的转弯处。原来两人说话间不知不觉已到了万福堂附近。

由于丫头婆子们抱着笑之走在后头，虽然落了一些距离，但因所说之事极隐秘，所以两人交头接耳，凑得极近，那画面在曾静颐眼里却是说不出的味道。

曾家四位小姐，除了五妹曾盛颐与夫君热衷于美术绘画之艺术，留在国外，一直不愿回来外，其他三位，大姐曾方颐，还有她，在挑选夫婿、结婚成亲时俱是母亲一手操办。虽然自己的夫君与姐夫周兆铭年轻时也算仪表堂堂，文韬武略方面也算各有所长，家世也都不错，但终归是旧时婚姻，始终了解得不够，台面上夫妻和睦，私底下却总有些不为人道之事。

姐夫周兆铭极好女色，起初几年也算循规蹈矩，但在大姐产下儿子后便按捺不住，开始露出了狐狸尾巴。周兆铭虽然留学俄国，骨子里却是一介武夫，大姐曾方颐本就不喜，嫌他是个粗人，见他如此，更是嫌恶。但周兆铭带兵自有一套，颇得父亲重用，这十多年下来，在军队里也笼络了不小的势力，如今倒成了母亲最大的依仗。正因为如此，母亲再三叮嘱大姐，说什么男人好色那是人之常情，就跟猫改不了偷腥、狗改不了吃屎一样。你不如做得大方点儿，睁一只眼，闭一只眼，看见也当作没看见，知道了也要装作不知。

大姐虽然咽不下那口气，但也无法子，还要用母亲教的法子笼络周兆铭，加上时日一长，大姐也想通了。

而自己的夫君，在这方面则更是难以启齿，喜欢女子倒也罢了，偏偏好的是男色。外头的人总以为是她肚子不争气，生不出孩子，可她能怎么着？难道跟一块石头生孩子不成？不过汪季新倒是个八面玲珑之人，在外人面前做得滴水不漏，在家里也事事哄她，顺着她的意，给足她各种面子，所以她只好打落牙齿和血吞。

也因如此，后来小妹曾和颐在大学学堂里，一见钟情喜欢上了孙国璋，来央求她与大姐："大姐，三姐，我就是喜欢他，就是喜欢他，旁的人再好我也不要。母亲若是不肯答应，我便离家出走，再也不回这个家了。"

小妹那么决绝，一时间，倒触动了她与大姐。于是，她跟大姐便帮着小妹在母亲面前说了一箩筐的好话："娘，您一直最宠小妹，难得她这么喜欢这个姓孙的，您就点个头吧。

"孙家虽然与我们家不能相提并论，但好歹也算书香门第，那姓孙的不只有才，还长得玉树临风，可俊了。小妹跟他站在一起，当真如一对金童玉女一般登对……"

后来小妹曾和颐又哭又闹，嚷嚷着绝食，终是说动了母亲大人点了头："罢了，儿大不由娘，你们爱怎么着就怎么着吧！"

有了母亲大人这一句，她和大姐便安排了所有的事情。

不久后，小妹便与六妹夫成了亲。可没料到六妹夫却是个长情的人，这么多年对自己的未婚妻一直念念不忘……如今还闹出了这么一出。

如今这个叫吕静如的小娼妇，再也不是当年那个可以让她们随意摆布的女学生了，仗着姐夫周兆铭撑腰，在外头公然弄了个小公馆，竟把见惯花色的周兆铭迷得丢了三魂不见了五魄，晚晚夜宿在小公馆，竟头一次连大姐在外头的脸面也不顾了。

想不到，她们曾家姐妹被这么一个小娼妇弄得灰头土脸，一时还无半点儿法子。

而自己这里，汪季新前些日子竟然为了柳玉官这个戏子公然与她叫嚣："曾静颐，你别以为我不知道你的手段。玉官这一身伤，绝对与你脱不了干系！"

不过是一个唱戏的下三烂，也不知怎么叫人打了一顿，伤了那张脸。汪季新竟心疼得丢了三魂不见了七魄，还跑来找她吵架。她气不过，指着他的鼻子骂了一通："汪季新，你也算是个男人，有种你跟我去见我爹我娘，让他们评评理去！"

汪季新气鼓鼓地瞪着她，第一次当着她的面甩袖而去。

若不是今日乃爹的寿辰，汪季新怕是过年也不一定会踏进家门。

所以，曾静颐看到曾连同与唐宁慧十指紧扣、絮絮低语而来的画面，当真是万般滋味涌上心头。

曾连同和唐宁慧与她打了招呼，曾连同便道："三姐请见谅，宁慧身子未痊愈，外头冷得很，我先扶她进去了。"

曾静颐亦随他们进了万福堂，接过丫头呈上的热茶盏，微笑道："慧妹妹身子可好些？这几日因过年事多繁杂，未能亲自上门看望慧妹妹，还望慧妹妹别往心里去。"

唐宁慧浅浅含笑，回道："三姐姐太客气了。三姐姐有心，日日遣人送来滋补汤品，宁慧感激在心，一直未有机会跟三姐姐道谢，今日在此谢过了。”说罢，她朝曾静颐盈盈一福。其实大家都心知肚明，但因未撕破脸，每每见面都要做一番戏。唐宁慧真真觉着累得慌。

曾静颐笑吟吟地摆手，一副敦和可亲的模样：“你我都是自家人，哪里要这般客套！”又说，“我那里还有一些上等的血燕，我们女人吃了最是滋补，明儿我让人给慧妹妹送去。”

她送来的那些参茸燕窝，一进曾连同的院落，便被他命人销毁了，怎敢让唐宁慧碰上一星半点儿？可这般光景，曾连同也做足了戏份：“你看，三姐姐和大姐、六姐一样这般疼你，把我都挤对出去了。”

曾静颐啧笑道：“七弟这是吃醋了呢！”又道，“姐姐自然因为疼你，爱屋及乌，才会这般喜欢慧妹妹。你这一吃醋啊，姐姐手里藏着掖着的好物又得拿出来了……前些日子啊，有人送了我一些冬虫夏草，说是很补身子的，明日姐姐让人一起送去。”曾连同自然是迭声道谢。

又说了一会儿话，曾方颐、曾和颐与孙国璋前来。曾和颐则是重新梳妆打扮过了，粉面红腮，若不是眼圈微微泛红，唐宁慧已瞧不出异样了。倒是旁边站着的孙国璋，神色颇有些不自然。

来得最晚的是周兆铭和汪季新，都到齐后，才派了婆子去把曾万山和曾夫人请了出来。

接下来便是子女们按旧式礼节给寿星祝寿。曾连同携着唐宁慧向曾万山下跪磕头，唱贺词：“祝爹日月昌明、松鹤长春。”

曾方颐和周兆铭亦下跪磕头：“祝爹（岳父大人）福如东海、寿比南山。”

曾静颐和汪季新一对：“祝爹（岳父大人）笑口常开、天伦永享。”

最后是曾和颐与孙国璋：“祝爹（岳父大人）笑口常开、身体安康。”

再接下来便是曾笑之、曾方颐的儿子周泰宪等孙辈磕头。

一时间，万福堂里欢声笑语，其乐融融，不见半点儿刀光剑影。

到了献贺礼的时候，曾连同是最晚呈上的，果真是最最不起眼。曾方颐是千年的长白山人参，可遇不可求的佳品；曾静颐是按曾万山属羊的生肖，命人雕刻了一只通体都是寿字的和田寿羊。寿字有九十九个，以寓阳寿久久之意，可见是花足了心思。哪怕最不济的曾和颐，也献上了一块请了高僧祈福开光的玉佩。

曾夫人含笑在一旁款款道："和颐的玉佩虽然不起眼，却是当年宫中旧物，据说是乾隆爷随身佩戴的物件。不只如此，和颐她还用足了心思，特地去福禄寺求了一念大师护法加持过，戴在身上，菩萨必定保佑老爷身体康健，平安如意。"

鹿州城福禄寺的一念大师据说佛法了得，信徒众多，因喜闭关参禅，最厌应酬，平日里达官显贵都难求见一面。

数月前，曾和颐因对笑之与唐宁慧出言不逊，被曾万山得知后，教训过一通，这段日子以来，哪怕是见了面亦是神色淡淡。此时，曾万山听了曾夫人的一番话，脸上露出了些许笑意，从曾夫人手里接过玉佩，摩挲起来，好半晌才道："是块好玉。"

曾和颐赶忙赔笑道："爹喜欢就好。"

最后便是曾连同的画，笑之双手捧上前："祖父大人，这是我与爹一起画的。"曾万山高兴地道："哦，那祖父得好好瞧瞧哪些是我们笑之画的。"说罢，便把祝寿图展开来，笑之伸着细白的小手指点了点那几个字："这八个字是笑之写的，是笑之对祖父的一份心意。"

曾万山自然是迭声叫好。一旁的曾夫人垂着眼暗恨不已："你那孙子只怕呈上一盏毒药，你都连声称赞，眼也不眨地喝下去。"

话说先前那曾和颐哭着跑进曾夫人院落的时候，曾方颐正与曾夫人在说吕静如之事。曾夫人听了后，磨着牙道："你们到底是年轻手软，当年就该把这个祸害给除了。"

曾方颐道："我与三妹以为把那小娼妇卖进妓院，这辈子便已经无法超生了，谁料到隔了这么几年，她居然又出现了。那个时候她还是一副女学生打扮，跟如今的狐媚样完全是两个人，加上时间又久远，我与三妹竟都没把她认出来。"

那个时候的吕静如蓝衣黑布裙，两条麻花辫子，虽是个美人坯子，但到底还稚嫩，与如今一头波浪长发、浮凸身段、举手投足风情万种的妖娆模样完完全全是两个人。哪怕她一身军装跟在周兆铭身边，与她打了照面，曾方颐也只以为周兆铭又多了一个女人而已，根本没有想到，眼前这个女人，竟然就是几年前被她派人奸淫并转手卖入妓院的吕静如。

曾夫人咬牙道："都是些人贱命硬的货！"沉思了片刻，方缓缓说一句，"这个脓疮，早挖晚挖都得挖去，那不如趁没溃烂至全身……"曾方颐目光微闪："娘的意思是？"

曾夫人在曾方颐耳边嘀咕了几句。曾方颐有些迟疑："这？"

曾夫人道："这什么这！不过是叫你好好给我物色一个人，让周兆铭得了手去。所谓的新开茅坑三日香，如此一来，周兆铭必定会对那贱货冷淡下来，到时候就按我刚才说的办。记住了，办得严密些，叫人神不知鬼不觉，哪怕公馆里都是她的人，但这年头儿，哪里会有人跟钱过不去！总归会有路子可找的。"

屋外传来了杂乱的脚步声，两人便停止了交谈，下一秒，曾和颐梨花带雨地推开门，一头扑进了曾夫人怀里："娘，你要给我做主啊……你可要给我做主啊……"

曾夫人蹙着眉，双手捧起了小女儿的脸："这是怎么了？又跟国璋使小性子了？"曾和颐哭得凶，整个人一抽一抽的："娘，哪里是我使小性子，他……成亲这几年，他心里头想的念的都是那个贱女人。现在……现在他居然还为那个贱货打我！"

曾方颐猛地扬声："什么，还打你？！"曾夫人抬手按了按眉心，只觉得头疼。这三个女儿，就没一个让她省心的。

她正欲说话，只见孙国璋已经走进了屋子："娘……"

曾夫人用手绢替女儿擦拭眼泪，把孙国璋晾了片刻，才缓声道："国璋，你们这是怎么了？我知道和颐的脾气不大好，平日里你也总是让着她。我这个做娘的看在眼里，记在心里，也时常训她，让她好生改改。有道是夫妻两个人，床头吵架床尾和，娘我不像你们两个，没有读过什么书，不懂什么大道理，但吵架动手总归是不对的，更何况你是男人。"

一番话款款说来，让孙国璋低下了头。

曾夫人见好就收，又对曾和颐道："好了，好了，今日是你爹的寿辰，别哭哭啼啼的，弄得他不开心。方颐，你带和颐去里头梳洗梳洗。"待曾方颐进盥洗室后，曾夫人则口气极淡地道："国璋，我生下和颐不容易，从小到大，都宠着她，哪怕是一根手指也舍不得动她一下。"

这么不咸不淡的一句话后，曾夫人便取了盖碗，不疾不徐地饮茶。孙国璋只好道："是，娘，是我不对，我不该动手的。"曾夫人这才搁下茶碗，微微一笑，只当不知吕静如之事："好了，娘知道你是个好孩子，定是和颐无理取闹把你逼急了。娘是个帮理不帮亲的人，但是你打人，怎么也是你理亏。这样好了，等下回府，你跟和颐好好认个错，两个人和和睦睦地过日子，娘就心满意足了，知道吗？"

孙国璋面色隐忍，垂手答了一个"是"。

曾夫人满意地道："这就好。那这件小事就到此为止，可千万别惊动亲家公亲家母。"

孙国璋脸上的肌肉不着痕迹地一抽："是，娘。"

曾和颐一边任大姐梳洗，一边静听母亲的话。见娘低声软语的，竟句句都是好话，她有些着恼地道："大姐，娘怎么也不帮我好好出这口气？"

曾方颐点了点她的额头，啧道："你这个傻丫头，娘这才叫本事，你好生学着点儿。你们家孙国璋是个犟脾气，吃软不吃硬。这些年，娘早就摸准了，平日里不是一直让你好好哄着？可是你倒好，三天两头跟他赌气……"

曾和颐依旧不忿："姐，我是咽不下这口气，我哪里比不上那个贱人了？"曾方颐凑到她耳边低低道："你放心，娘已经想了办法了。"曾和颐抬头："什么办法？"

曾方颐道："你别多问，好生看着就是。还有，别再为那个贱货跟妹夫吵架了，值得吗？"曾和颐道："姐，就你能忍这口气！若按我的话，我定叫人砸了她的小公馆。"

曾方颐冷冷一笑："傻丫头，你以为砸了就有用？那贱货是有备而来，又对周兆铭这个色鬼下足了迷药，现在我们说什么、做什么都没用，只会让周兆铭那个粗人更反感，反而为那贱货铺桥修路……只有……"她哼哼了两声，没有继续说下去，只是抬头帮曾和颐细细拢好了碎发，"好了，我们该去万福堂了。"

第二日，便是曾大帅的寿辰。曾府大门外，真真是车如流水马如龙，府邸内亦是一片喜庆喧闹之声。

因是独子，这几年来都是曾连同负责招呼贵客，今年亦是如此。因唐宁慧体弱，曾连同叮嘱她在自己院落休息，一直到快开宴时才遣人请她与笑之出来。

唐宁慧特地穿了一件海棠红的织锦旗袍，外套了一件曾连同叮嘱巧荷必须给她穿上的白色貂毛外套，便领着笑之进了厅里。

那大厅里燃了好些个暖炉，倒也暖和得很。唐宁慧一进去，曾连同便含笑着过来，亲自为她脱下了貂毛外套："吃了酒席，你就回去休息，可千万别累着。爹这里不打紧的，他知道你身体还未康复，不会怪罪你的。”

因给曾家生下了曾笑之这个孙子，曾大帅第一次见唐宁慧便十分满意，后来见她把自己的宝贝金孙教导得懂事孝顺，曾大帅爱屋及乌之余，对知书达理的唐宁慧更是百分百的中意，暗中甚至叮嘱过曾连同：“笑之他娘，我看着好，你把这事早日办了，我们曾家也好多年没热热闹闹地办过喜事了。”

曾连同笑道：“爹，这事儿子无法做主。”曾大帅摸着自己的光头，诧异道：“怎么着，你还听笑之他娘的？”

曾连同道：“她爱怎么着就怎么着，留在我身边就成。”曾大帅猛地抬头：“她……难道想走不成？”曾连同苦笑：“爹，当年确实是你儿子我不对，是我自作自受。”

这话里无不透着宠溺味道，曾大帅看了看儿子苦恼却又欢喜的表情，不由得想起了那个温柔贤淑的傅良歆。他当年也是如此，每日练兵一结束，便翻身上马，急驰回家，只为了快些见到心头的那个人，哪怕知道傅良歆不是心甘情愿地跟着自己，对着自己从来不多说一字半句，自己却也心甘如饴地领受。

古人有“鬼迷心窍”四个字，只要遇见了命里注定的那个人，大约每个人都会有“鬼迷心窍”的时候。

在众目睽睽下，曾连同做出如此亲昵的动作，唐宁慧大觉不好意思。曾连同的视线落在不远处，她跟随他的目光，看到了曾方颐和曾静颐带领了一个穿了西式蕾丝裙的美丽女子，正施施然地朝她这边走来。

曾方颐未语先笑：“慧妹妹，我有个朋友介绍给你。但我相信不用我介绍，慧妹妹也应该认识她。”

确实不用介绍，那女子便是鼎鼎大名的电影皇后周明珠。

周明珠大方地微笑，向唐宁慧伸出了戴着蕾丝手套的纤纤玉手：“你好，曾太太，我是周明珠。”唐宁慧回以微笑：“你好，周小姐，久仰你的大名。”

周明珠的视线移到了唐宁慧身边的曾连同身上，灼灼的笑容越发动人了几分：“七爷，好久不见。”曾连同嘴角微勾：“周小姐，你好，确实是许久不见了。”

此时，又有一对军部的夫妇上前：“七爷，恭喜恭喜。大帅呢？我们要给寿星拜寿。”

唐宁慧微微侧头，便可瞧见那周明珠艳丽动人的身影。这位电影皇后据说当年曾得曾连同力捧，两人在各种舞会上翩然起舞的照片，都曾刊登在宁州的各类报纸上。

所以，她并不陌生。

寿宴上，按旧时规矩，女子与男子分厅而坐。唐宁慧与曾方颐、曾静颐、曾和颐几人本是在万福堂的主桌，却没料到周明珠被安排坐在曾方颐下方。

周明珠一再推迟：“大小姐，三小姐，我怎么能坐主桌呢？于礼不合。”

曾静颐按着她，极热情地道：“你我都是新式人，不必拘那些个旧礼。再说了，我们曾家向来没那么大规矩的。慧妹妹，你说是不是？”

谁也没料到这句话被外头进来的曾连同听了个正着，他不疾不徐地接了口：“三姐说得是。”顿了顿，曾连同不动声色地扫了一圈，淡淡地开口，“我也正纳闷．自三位姐姐出嫁后，咱们曾家确实是越来越没规矩了。宁慧年轻不懂事，平日里还望三位姐姐能多多提点提点她一些曾家的规矩。”

轻描淡写的一番话，那“曾家”二字的咬音却极重，在场的人都是点头醒尾的聪明人，一听俱明白其中真意。曾家三位小姐都是嫁出门的女儿，犹如泼出去的水，都是别家媳妇了，早不是曾家的人了，她们哪里还有资格在娘家指手画脚。

说罢，曾连同还装模作样地训诫唐宁慧："宁慧，你还不快谢谢姐姐们？"到了这个地步，唐宁慧只好顺着他的剧本演下去，起身福了福："谢谢三位姐姐。"

曾连同则若无其事地取了羊毛披肩覆盖于唐宁慧的肩头："你身子未痊愈，把这个披上，若是着凉发热，可大可小；要是觉着疲累，就回房去小憩一下，别强撑着，身子要紧。"话音方落，又想起一事，含笑道，"不过，等下有玉玲珑的《玉簪记》。你向来最喜欢看这出戏了。"

那玉玲珑几年前曾经红极一时，不过她是个极聪明之人，在最当红之际委身下嫁于一个富商，早早地收山，过起了富太太的日子。

在座的众位女眷几乎都是玉玲珑的戏迷，一听到她今日居然会破例登台演出，都是又惊又喜。

曾连同到了此时才抬头，微笑着对众人道："各位，今天还请了红遍西北的柳玉官，他演的《贵妃醉酒》想必大家都看过不下数十回了，不过，今日他为了大帅的寿辰，特地新排了一出《麻姑献寿》，等会儿大家务必要好好捧场。"

柳玉官扮演的杨贵妃，身段婀娜，花容月貌，一举手一投足皆风华绝代，是时下鹿州城里最红最受人追捧的角儿。

唐宁慧不经意抬头，却看到对面端坐着的曾静颐脸色微变。

曾连同临走前，又客套地说了一句："各位，宁慧最近身子欠佳，若有什么招呼不周的地方，还请大家多担待。我还有事，先告辞了。"众人纷纷道："哪里的话！七太太可亲可敬，我等如在家中，七爷您忙！七爷您忙。"

曾方颐和曾静颐等人对周明珠极其亲热，点戏的时候都一再推让。看在众夫人眼里，不由得令人窃窃私语。

这人说："莫非那周明珠即将进曾府？"那人道："我看未必。七爷进来后，连正眼也懒得瞧她一眼。"边上一人狐疑不定地道："可曾家三位小姐这样抬举这位周明珠……不会是毫无原因的。"

最后大家都暗暗地把目光转向了一位朱夫人："朱夫人，你与曾大小姐素来走得近，你看？"那朱夫人盯着戏台，漫不经心地笑："快看戏，都开锣了……"

那柳玉官唱完戏，下来向众夫人一一谢赏时，唐宁慧再一次瞧见曾静颐脸上那极力掩饰的一丝不自然。唐宁慧心里不知怎么涌起了一个模糊不堪的念头：难不成……

玉玲珑是第一轮压轴登台，几年未曾开唱，但嗓音依旧清丽如玉，一曲唱罢，依旧教人欲罢不能。

唐宁慧不由得想起那一年她与连同一起听戏，他坐在她边上，咫尺的距离。中途的时候，他偷偷地握住了她的手，一直到结束都未放开。那时候的她，小鹿乱撞般的欢喜雀跃，整颗心竟没几分是放在那戏文上头。

如今想来，恍如昨日。

玉玲珑下了台卸妆后，特地过来与唐宁慧寒暄："七太太，我已经许久未登台唱戏了，若是有什么唱得不好之处，请七太太务必多多担待。"唐宁慧微笑："玉老板真是太谦虚了。余音绕梁，三日不绝，与当年一般精彩绝伦。"

玉玲珑又谦虚了一番，道："听七爷说，当年与七太太在宁州曾经听过我唱这一曲，难为七太太不嫌弃，记了这么多年。本来是不好意思献丑的，可七爷几次遣人上门，盛意拳拳，让人难以拒绝……"

在座的众人这才知道原来玉玲珑的《玉簪记》里头，还有这么一出故事，一时间，朝唐宁慧投来的目光不免诧异嫉羡。

至于那柳玉官之事，唐宁慧很快便解了惑。那一晚，曾连同吃酒吃得多了，拉着她的手，笑道："你可知那柳玉官是何人？"唐宁慧不理他的胡言乱语，只觉得他酒意熏人，难闻得很，遂推着他："快去洗漱！满身的酒气。"

曾连同却哧哧地笑，在她唇边落了一吻，呃了一声，迷糊不清地道："那柳玉官是我那三姐夫在外头养的小官人。"

唐宁慧一惊，猛地抬头，眼里满满的不可置信之色。曾连同只是笑："瞧你吃惊的小模样。这在鹿州城里早已不是什么秘密了。我那三姐夫捧的角儿那可多了去了，早几年的白小双、风流云，这几年的陈如荣、柳玉官，当然，为了掩饰他好龙阳，也捧过小金花、金靓红。但大家都心知肚明，只是藏着掖着，不敢在我三姐等人面前露出来罢了。"

原来如此。她原先因曾方颐的事，以为那柳玉官与曾静颐不清不白，哪料到居然是错的，与柳玉官不清不白的竟然是汪季新。

当然，很久以后，唐宁慧才知道这里头还有内情：这柳玉官，根本就是曾连同安插在汪季新身边的。而在她受伤这段时间，曾连同也对周兆铭等人实施了一系列的报复动作。只是周兆铭命大，逃过了一劫，而汪季新与曾静颐等人之间也并不太平。

第二天一早，唐宁慧醒来时，冬日的阳光已经在房间满满地铺散开来。

曾连同的脸近在咫尺，正怔怔地瞧着她。他拉过她的手，缓缓地搁在自己心脏的位置。这里，与她一样，都有一个枪伤。

"当年柳宗亮被刺后，周兆铭等人把我的行踪泄露了出去，好来个借刀杀人……那时候，我本以为可以再多留几天的，可那天一早你走后，我得到消息，全城封锁，正准备搜捕我……这伤便是在搜捕中留下的，差一点儿要了我的命，我在床上躺了足足半年才恢复。

“所以，不管他们使用什么招数，你都不要轻易相信，他们不过是想离间我们的感情而已……”

唐宁慧任他握着手，慢吞吞地道：“你说的是那个电影皇后……”

曾连同眼里闪过几丝狼狈之色：“那是过去的事情。我……我以后决不再犯。”

唐宁慧垂下睫毛，依旧慢吞吞地道：“我知道了，我不会轻易相信他们的，我……我信你。”曾连同如被点了穴一般：“你说什么？再说一遍！”

他一直望着唐宁慧，终于看见她红唇轻启，缓缓地道：“我信你。”

曾连同慢慢地将她拥在怀中。

她是这么缓这么慢地原谅了他！

—第十二章— 白首不相离

从此，
我爱的人都像你

花开两朵，各表一枝。

话说人就是一犯“贱”的动物，特别是男人，周兆铭自己也这般觉得。他自觉玩过的女人也不少了，但就是没见过吕静如这般的。

在床上的时候娇媚动人，婉转娇啼，让人恨不得把她整个人都吞下去。可偏偏下了床，捧一本书在沙发上凝神细读时，那温柔贤淑、静如处子的模样又仿佛是世家闺阁里的女子。含泪哭泣时，梨花带雨，呜呜咽咽，我见犹怜；与他撒娇斗气时，又娇嗔薄怒，别有一番风味。

真真正正的千面美人，每一面都教人欢喜不已。

且这吕静如还有一个极其特别之处，就是从不挽留他，仿佛他爱来便来，不来便不来，一点儿也不稀罕。周兆铭起先还以为她与别的女子一样对他拿乔，遂试探了一下，一月未至她的住所。可某天进去后，却发现她穿了一件月牙白的绣花旗袍，安安静静地在阳台上喝咖啡看书，怡然自得得很，抬头见了他，不过是如常嫣然一笑：“来了啊。”

也不知道怎么地，倒让周兆铭上了心，天天往她住的地方跑。时日一长，竟发觉少了她仿佛少了什么似的，竟离她不得。到了后来，便让她做了自己的随身秘书，时时带在身边。

周兆铭的祖上跟曾夫人家有些渊源，其父又跟着曾大帅出生入死，手上有一些子弟兵。在周兆铭留俄归国那年，曾夫人将自己的大女儿曾方颐许配给了他。曾方颐容貌美丽，但身为曾家大小姐，脾气自然骄纵。她又嫌弃他是个粗人，对他素来都是颐指气使不说，管得又严。周兆铭这个人，却是个不爱财爱色的，加上成亲前习惯了拈花惹草，时日一久，自然耐不住寂寞。

在周兆铭的思想中，男人花天酒地、三妻四妾真是太正常不过了。他因碍于曾家的权势，一直没纳妾，自以为也算是给足了曾方颐的面子。可周兆铭万万没料到，曾方颐居然敢给他戴绿帽子。自他发现那日起，夫妻两个在人前不过是面上功夫了。可他又少她不得，再怎么说她也是曾万山的女儿。于是，两个人便各过各的，倒有些互不相干的味道。

这日，外头雨雪霏霏。周兆铭回小公馆的时候，见屋子里静悄悄的，便知道吕静如在午寐。

上了楼，推开卧室门，见吕静如靠坐在床头，表情恹恹地闭目养神。周兆铭笑："好好的，怎么不躺下歇息？"

吕静如抚着胸口，斜了眼过来，似嗔非嗔："你还笑，我胸口难受得很。"周兆铭忙上前："怎么不舒服了？"吕静如道："这里闷得很。"

见她的手搁在那柔软的高耸处，周兆铭嘿嘿笑着，凑近道："那我替你揉揉。"吕静如狠狠地剜了他一眼，"啪"的一声，重重地打在他那不怀好意的手上："我难受得都快死了，你还欺负人家。"说着，便发出"呃"的一声，推开他，奔进了洗漱间。

周兆铭倒也悬了心，敲了敲门："怎么了？可是吃坏肚子了？"吕静如只顾着呕吐。

正在此时，有仆妇在卧室门上轻轻叩了叩，禀报道："三小姐的燕窝炖好了。"周兆铭道："进来。"仆妇轻手轻脚地进来，把托盘搁下，正欲退出去。

周兆铭唤住了她："去，让人挂个电话给钱医生，让他来一趟。"仆妇应了声“是”，关上门而出。

好半晌，吕静如才脸色惨白地出来。周兆铭扶着她在沙发上坐下：“好些没？”吕静如呆坐着，神色有些僵滞。

周兆铭见那托盘上的燕窝盅，便端给她：“正好，厨房送了燕窝上来，你吐成这样，胃铁定已经空了，吃几口暖暖胃。”抬头却见吕静如古里古怪地瞧着他，遂道，“怎么了？”

吕静如转了视线：“还是难受……”周兆铭把吹凉了的瓷盅递给了她：“来，吃一口。”

吕静如忽然一把推开了他的手，捂着嘴打着嗝：“腥……腥死人了！拿开……快拿开……”竟又朝盥洗室奔去。

周兆铭大为奇怪，闻了闻燕窝，随手搁下：“哪有什么腥味，看来真是病了。”

吕静如把自个儿反锁在盥洗室里，怎么也不让周兆铭进去。

半晌后，仆妇在外头敲门：“先生，钱医生来了。”周兆铭急道：“快让他进来。”

钱医生检查了一番，又严肃地问了好些个问题，忽然微笑着对周兆铭道：“周先生，恭喜你了，吕小姐怀了身孕。”

周兆铭一时倒有些呆若木鸡，数秒后方反应过来：“什么？”那钱医生扶了扶鼻尖上的金框眼镜：“吕小姐怀孕了。这些日子要小心照料。”

钱医生每说一句，周兆铭便应一声“哦”。钱医生叮嘱完注意事宜，便收拾医药箱：“周先生，那我先告退了。”

周兆铭吩咐道：“来人，送钱医生回府。”那仆妇领着钱医生出去，周兆铭叫住了她：“把燕窝端下去，吩咐厨房炖些别的补品送上来。”

吕静如侧身躺在床上，一直不作声。周兆铭挨着她靠坐在床头，拉着她的手，温柔款款：“也不知是儿子还是女儿……”曾方颐自打给他生下个儿子后，就再无音讯。后来两人各过各的，自然是石头也生不下来的，更何况孩子。

吕静如不答。周兆铭心情甚好，不以为意，径直自言自语："给我生个女儿吧。"

吕静如还是不说话。周兆铭这才察觉出不对，俯下身："怎么了？"吕静如恹恹地瞪了他一眼："我难受着呢，你坐远点儿，别烦我。"

娇嗔薄怒，所谓打是情骂是爱，别有一番滋味，更何况，如今这个妙人儿肚子里正怀着他的骨肉呢，周兆铭自然是赔尽小心地哄："好，好，好，我不来烦你，我不来烦你，我就在这儿坐着，坐着。"

吕静如没好气地推他："坐远点儿，再远点儿。我胸口闷得喘不过气来……你们男人就没有一个是有良心的，就知道关心肚子里的孩子。"

周兆铭忙往边上挪了挪屁股："好好好！我坐远点儿，坐远点儿。"又迭声地哄她，"我是关心孩子，那不一样是关心你？如今我们的孩子可正在你肚子里……"

好半晌后，门口有人道："周爷，有事，你出来瞧瞧。"这人是周兆铭的心腹侍从骆应鸣，跟着周兆铭出生入死，此时说话的语气严峻急促，显然是发生了重要之事。

周兆铭快步开门，骆应鸣附在他耳边说了几句。周兆铭忙道："带我去看看。"

原来有个仆妇死在了后头的花园里。周兆铭定睛一瞧，正是方才领钱医生上来的那个仆妇，此刻正嘴唇乌黑，七窍流血，显然是中了毒，刚刚气绝而亡。

周兆铭冷声吩咐："让人把厨房里的相关人等都绑起来，给我一个一个地审，审到说出实话为止，特别是那几个经手过燕窝的人。"

骆应鸣道："回周爷，都已经绑了。"正说话间，又有手下前来：

“报告，发现厨师金三也死了，死在下人房里。”

骆应鸣跟着手下匆匆而去，半晌后，回来禀报：“周爷，搜查了所有的人，在死者金三的床头砖缝里找到了一根金条。表面证供来看，这个金三是被人收买了下了毒。不过，螳螂捕蝉，黄雀在后，却没想自己会被人杀人灭口。”

骆应鸣戴了手套的手摊开来，赫然便是一根金灿灿的金条。

周兆铭沉着一张脸，来回踱步。骆应鸣琢磨着道：“周爷，这事看来跟前次不一样，好像不是冲着您来的。”周兆铭则一直没说话。

周兆铭上楼的时候，却见吕静如已经从床上起来了，整个人猫一样缩在沙发里。见他进来，吕静如粉脸煞白地抬头，显然已经知道刚刚所发生的事情：“是不是有人想害我？”

周兆铭揽着她的肩膀：“你好好休息，别多想。”吕静如道：“你叫我怎么能不多想呢？今天我跟孩子算是逃过一劫了，那明天呢？后天呢？大后天呢……”

周兆铭沉声道：“你放心，我会把这件事查个水落石出的。”吕静如却“呵呵呵”地望着他笑，片刻后，收敛了笑容，眼神里渐渐透着凉意：“我在鹿州一个相熟的人也没有，更何况仇人了，你又何必揣着明白装糊涂呢？”

吕静如微微颤颤地扶着沙发站了起来，侧着脸，一副哀莫大于心死的木然模样：“周兆铭，我吕静如是不大聪明，可也不笨！我不是那种不要脸的女人，会死缠着你不放。你放心，我懂得你的意思，我这就走，走得远远的，再不来烦你……”

周兆铭霍地站了起来：“说什么混账话呢！你怀着孩子，离开鹿州去哪里？”吕静如冷着一张俏脸：“你管我去哪里，你又不是我的什么人。”她拉开衣柜，开始取柜子里的各式衣服。

周兆铭上前拦阻她：“别闹了。”吕静如不理他，依旧我行我素：“你放开我。我走，我走得远远的……”

周兆铭放开她，也不拦她：“好，我去找她对质。”吕静如忽然静了下来，隔了半晌，捂着脸“哇”的一声哭了起来：“你若是跟她撕破脸，那她对付我和孩子就更肆无忌惮了。”

周兆铭一声不吭地来回踱步，知道她所言不假。

“呜呜呜，我死了倒是一了百了，可我肚子里的孩子……”

周兆铭被激得怒气上来了，转身就大步往外走：“我怕她？那光头最不待见的就是她们母女，特别是那个老太婆。我这就去找曾方颐对质。”

这回反倒是吕静如拉住了他，她落着泪，呜呜咽咽地抱着他的手臂：“别……别去。我跟你说气话来着呢。”

她委委屈屈地道：“兆铭，我不应该逼你的，我知道你的难处。我又算什么东西，连个妾的名分也没有。她再怎么着也是曾家的大小姐，是你明媒正娶的妻子。如果曾大帅和曾夫人发了怒，那还不是为难了你？我明白的，我不怪你！”

梨花带雨、我见犹怜的一张脸，熨熨帖帖、事事为他着想的一番话，把向来铁石心肠、不重儿女情长的周兆铭说得心头软了起来。

“只怪我跟肚子里的孩子命苦。你还是让我们离开鹿州吧，也算给我和孩子一条活路走……”

周兆铭第一次用一种从未有过的珍视目光看着吕静如，替她擦拭了泪水，又缓缓地把她揽到怀里，指天起誓：“你放心，从此以后，我周兆铭心里只你一人。如果不能护你跟孩子周全，我还有何面目活在世上？”

吕静如在他怀里抽泣着道：“有你这一番话，哪怕是叫我和肚子里的孩子立刻没命，我也心甘情愿。我和孩子不要什么名分，只要一辈子跟着你，就心满意足了。只是，你千万不要因为我而跟她生了嫌隙。再怎么说，她也给你生了个儿子，给你们周家留下了血脉。哪怕看在孩子面上，你也不能怠慢了她。二来，说句不好听的，你免不了有仰仗她、用得着她的时候。”

周兆铭觉得吕静如说的这些句句在理，每一字都让他心疼。他迭声道：“我明白，我晓得。”又说，“静如，你这么识大体，为我着想，你放心，事成之后，我绝对不会亏待你和孩子的。”

吕静如在他怀里软成了一摊水：“兆铭，我信你。”

从此以后，周兆铭对吕静如更是疼爱有加，言听计从。

而曾夫人那边听到吕静如这头的消息后，则重重地搁下茶盏：“什么？！我不是让你别轻举妄动的吗？你怎么这么沉不住气？！”曾方颐道：“娘，不是我们下的毒。”

曾夫人抬头，目光极锐利，如刀锋一般盯着曾方颐：“不是你们？”曾方颐急道：“娘，真不是我。一来，时间仓促，我们都还未来得及收买人；二来，我们未得你吩咐，怎么敢乱动手？”

曾夫人听着确实在理，便眉头微拧地凝神思索：“那会是何人？”

曾静颐揣测道：“会不会是小妹？她如今对那贱人可是恨之入骨的……”曾夫人打断了她的话：“不可能。且不说你那妹子从小我们宠她宠得很，不懂这些个算计心思，就算现在年岁渐长，懂些人情世故，但她素来就是个缺心眼的，就算有，她哪里有这个能力把这件事情办得这般滴水不漏。”

曾方颐觉得有道理：“娘说得是。那会是何人？”

两人想了许久也想不出个头绪。曾夫人端了茶盏，饮了口茶，才缓声说了一句：“贱人就是命硬。”顿了顿，又道，“且不去管是谁，只是一击不中，这个法子就不能再用了。”

曾静颐道："娘，那还有其他什么法子整治那贱人？"曾夫人道："既然有人走在我们前头，打了草惊了蛇，如今什么法子也不管用了，你们就先给我老老实实待着吧，这件事等过些日子再说。"

唐宁慧这边却是其乐融融。

年十八那日下午，曾连同又在家教笑之学画画。书房里通了德国的暖气管子，丫头们巧手地在瓷瓶里插上了新折的红梅，花香幽幽淡淡地飘散，在温暖如春的书房内若隐若现。

唐宁慧随手翻着曾连同书房里的古籍画本，偶尔不经意地抬头，便瞧见曾连同侧着身子，细心地指点笑之，或者手把着手亲自教导，挺拔的身形一如当年，还有那乌黑的发……她心头一动，便想起那一年的雨天，他蹲下来替她脱鞋，她低下头的那一眼，心柔软得仿若云团。

温软细碎的阳光透过玻璃窗口静静倾洒进来，房间里流水静深，只有那爷儿俩的窃窃低语声："笑之，手的姿势是这样的。""是，爹。"

"爹，这里呢？""对，线条就这样……这里要有些许阴影……"

也不知是不是暖气的缘故，任外头北风呼呼地拍打窗子，她却只觉温温热热的，心头一丝寒意也没有。

笑之完成了一幅六角大花瓶的素描，便喜滋滋地捧着过来："娘，你看，是我画的，像不像？"唐宁慧连连点头称赞。虽然西洋的画风与国画完全不一样，但像模像样地将六角大花瓶的形状描了出来，对年幼的笑之来说已经不易了。

曾连同见唐宁慧观赏着笑之的画，一副凝神静息、津津有味的模样，便拿过笔，饶有兴致地描了起来。

笑之见状，也不打扰他，自得其乐地在房内玩耍。

好半晌，唐宁慧只听笑之忽然叫道："娘，这张纸上有你和爹的名字。"笑之最早识得的几个字，便是他自己和唐宁慧的名字。

笑之跑了过来，手里也不知道从哪里找出了一张赭黄色的纸。曾连同此时瞧见，情不自禁地“呀”了一声，对笑之道：“怎么找到这个了？快去放好。”

可唐宁慧已经瞧得清清楚楚了：繁复的云纹，红梅喜鹊，喜庆吉祥。上面手书：喜今日赤绳系定，珠联璧合。卜他年白头永偕，桂馥兰馨。此证。最下边是两人的签名：曾连同，唐宁慧。

不知何时，他补了一个“曾”字上去。

唐宁慧怔了许久，缓缓地抬眸，望进了曾连同幽深若潭的眼底。

第十三章 患难与共

从此，

我爱的人都像你

第二日，曾连同一早有事，便出去了一趟。临走时，到了门口，又折返回来，在她唇边流连了许久："我尽快回来。"

唐宁慧困倦得很，嗯了一声。曾连同含笑又落了一吻，方依依不舍地离开。

唐宁慧起床的时候已经快晌午了。因天色放晴，午后的阳光暖和，唐宁慧也不拘着笑之，任他在院子里玩雪。而她则在阳光下坐了片刻，只觉整个人懒懒的，困倦得很，便吩咐王妈和巧荷好好看着笑之，她回房小憩一会儿。

也不知道睡了多久，唐宁慧被王妈等人焦急的声音给唤醒了："太太，不好了！小少爷不见了！"唐宁慧脑袋空白了数秒才反应过来，猛地拥被而起："什么？！"

王妈哭丧着脸道："方才小少爷说想吃糯米鸡，因巧荷她们与小少爷玩得正起劲，我便去了厨房吩咐他们做。按着规矩，要看着厨房做好，然后亲手端给小少爷。可我一回院子，却找不见巧荷和小少爷，问了其他丫头，只说是小少爷方才跑到那头院子去了，巧荷跟了过去，转眼就不见了人影……

"我一听，先头也只以为小少爷和巧荷是去那院子里玩，便叫了几个丫头去找，找了好半天，却怎么也找不见巧荷与小少爷……后来，我们一群人把那头的院子翻了个遍，可……”

唐宁慧只觉得天旋地转，她抓着椅子努力稳住自己：“快！再去找！再去找……一定要找到笑之……一定要找到笑之……”

曾连同得了消息后，火烧火燎地赶回来，问明情况后，立刻吩咐下去：“马上派人封锁周围各个街道，拦截各种来往车辆！快去！

“另外，派人在府里上下再好好搜查一遍。”

曾万山、周兆铭、汪季新、曾夫人、曾方颐、曾静颐等人得知消息后，纷纷赶来。

曾万山大发雷霆：“奶奶的！你们这么大群人，都瞎了眼不成？连一个孩子都看不住。给我找！若是找不到我那宝贝孙子，你们都吃不了兜着走！”

曾夫人则道：“都怪我，今儿让方颐她们陪着去城外礼佛还愿，若是早些回来，或许……”

所有人都出动了，几乎把曾府掘地三尺，但巧荷与曾笑之却仿佛凭空消失了一般。

唐宁慧支撑不住，听了管家回报后，当场便晕厥了过去。曾连同搀扶着她，连声吼道：“快请大夫！快！”

一时间，曾府上下真真是乱成了一锅粥。

幸亏，大夫很快便请了过来。那大夫替唐宁慧一把脉，问了侍候唐宁慧的丫头等人几个问题，又凝神静息把了一会儿脉，便撩了袍子起身，对曾连同连连作揖：“恭喜七少爷！恭喜七少爷！七太太这是有喜了。”

曾连同本是急怒攻心，找不到笑之后，便决定扩大搜查范围，刚挂了电话吩咐人关了城门，全城戒严，任何人不得随意进出。因唐宁慧晕厥，他便留下来等大夫的诊断结果，也好安心带人去找寻笑之的下落。

此时，曾连同一听那大夫的话，大急之下，一时无法接受，竟愣住了，缓了缓才错愕惊喜地反应过来：“你说什么？这是真的？”

那大夫行医几十年，也见惯了此等反应，便又道了声“恭喜”，又把方才的话复述了一遍，说罢，又道：“有道是喜过伤心，怒过伤肝，忧过伤肺，思过伤脾，恐过伤肾，五情相胜，调衡情绪。七太太是一时急火攻心，以至于晕厥。你们要注意她的起居膳食，让她自己调理心情，为了腹中胎儿，要保持心情舒畅为好，千万不可让她劳心劳力，为琐事忧心。”

曾连同连声应“是”。大夫道：“我去开个安胎的方子，你们按时煎给七太太服用。”

谁也没料到，曾家在这时居然会有这样的喜讯。曾万山得知后，竟一屁股坐在太师椅上，哭笑不得地摸着自己的光头：“他奶奶的，老天爷这开的是什么玩笑？！本来好好的一件大喜事，却遇到笑之失踪……”曾夫人则劝慰他道：“虽然找笑之的事情为重，但这怎么着也是个好消息。”

曾连同亲自带人查城，但一连两日，竟全无半点儿线索。

而曾家那两日，用“愁云惨雾”都无法形容其万分之一。

曾连同的小院更是如此。这日傍晚，曾连同回来的时候，廊下的仆妇照例要躬身行礼：“七少爷。”曾连同忙做了个噤声的动作，压低声音问道：“今日太太可吃了什么？”

仆妇见曾连同眉头紧锁，脸色沉沉，知道小少爷依旧没有消息，曾连同的心情十分差，回话的时候也打起了十二分的精神，很是小心谨慎：“太太只说想喝白粥，小的吩咐厨房去熬了，可太太连一碗也没用完，便搁着说吃不下了。”

曾连同问：“可有喝药？”仆妇回：“喝了，可不一会儿就吐了个干净。”

曾连同静静地在门口站了许久，见房内没有半分动静，怕吵到唐宁慧难得的休息，便转身朝灶房走去。

灶房里这时候已经在准备晚上的吃食了，见曾连同进来，里头的人纷纷停了手上的活儿，躬身行礼：“七少爷。”

厨房的负责人金六水亦步亦趋地跟在曾连同身后，小心翼翼地问：“七少爷，可是要亲自做上次那一道素炒三丝？食材和高汤都新鲜的，备着呢。”

曾连同“嗯”了一声，又问：“有什么开胃些的爽口小菜？”金六水道：“厨房里备着酱瓜、酱菜。”曾连同皱眉：“这些太太都不喜欢。”

金六水等人也已经得知了曾太太怀有身孕的事。金六水偷瞧了一眼曾连同的脸色，搓着手探询：“要不，小的吩咐他们今儿凉拌两道小菜，弄得酸爽可口些，给太太换个口味？”曾连同点了点头：“好，就这么办。若是太太喜欢的话，必有重赏。”

金六水应了声“是”，赶忙吩咐人准备起来。

曾连同做好了那道素三丝，其他两道冷菜也备好了，便亲自端了托盘，进了卧室。

唐宁慧靠在床头，侧着头，仿佛失了魂一般，痴痴地瞧着窗外。大约因曾连同进来的声音吵到了她，所以呆滞迟缓地转过了头。见是曾连同，唐宁慧的眸子顿时注入了几丝光彩，颤着唇问道：“可找到笑之了吗？”

曾连同轻轻地搁下托盘，挨着她坐下，强忍心中悲痛，宽慰她：“你放心，城门都关了，各路都设置了关卡，很快就会找到笑之的。”

唐宁慧突然想到一事，伸手紧抓着曾连同的手臂，目光闪动：“周璐！你联系过周璐没有？她那边可有笑之的消息……”曾连同道：“有，不过，她也没有任何线索。”笑之失踪后，他第一时间暗中派人联系周璐，请她查探。

闻言，唐宁慧怔怔地松开了手，睫毛一低，一颗泪便无声无息地坠了下来。唐宁慧的身子本就在休养中，因笑之一事，这几日急剧消瘦下来。此时泪珠子不停坠落，每一颗都似尖针，针针扎在曾连同的心头。

他缓缓地将她揽在胸前："宁慧，别哭了，再这么哭下去，要把身子哭坏的。

"厨房今日准备了爽口的凉拌小菜，你多少吃一些。别忘记你肚子里如今有笑之的弟弟妹妹呢。"

他见唐宁慧神色略缓，便端了一碗白粥，亲自喂她："还有素三丝。我记得以前在宁州，你最喜欢吃阿金嫂的素三丝了……我特意吩咐厨房做的。"这回唐宁慧倒是听了话，乖乖地张了口，在他的喂食下，总算是吃下了一小碗。

那晚，曾连同被曾万山叫去了书房，父子两人关了门密谈。

"都叫人查过了？"

"是的，爹，周兆铭府里、汪季新府里，都叫人暗地里仔细地查探过了。六姐、六姐夫虽然平日不管事，但也叫隐在他们府里的人暗中查了。都说，笑之失踪那几日前后，府里都没有异样。"

"可是，除了他们和那婆娘，不可能会有人在这个府里不惊动任何人地来去。"

曾连同道："如今，笑之一事，没有消息便是好消息。现阶段，除了盯紧他们的一举一动外，一时也无半点儿法子。"

"奶奶的！等笑之找回来后，看我怎么收拾他们！都怪我，因无实质证据，一直心慈手软，早该收拾他们了！"

"爹，还有一事。这都年关了，老百姓都要进城赶集采办年货，城门一直关闭下去，不准进出的话，老百姓都要闹腾起来了……总不能这样一直关到年三十呀！"

曾万山无奈地长叹道："能关一日是一日，现在笑之最重要。"沉默了数秒，他又道，“我已经下令把蛟河那边的部队调回鹿州布防。”蛟河那里的展正雄是曾万山一手带出来的，素来信得过。

曾连同疑惑：“爹，你的意思是？”曾万山道：“事到如今，不得不防。”

第三日，在各种揪心煎熬中，总算是有了笑之的消息。绑匪来了电话：“喂，给我叫曾连同听电话。”接电话的听差听他言语粗鲁，便皱眉问道：“是何人找我们七少爷？”

电话那头儿发出一阵夜枭般的粗粝怪笑，道：“你只要告诉他，他儿子曾笑之在我们手上，他就会立刻来听这个电话了。”听差顿时倒吸了一口气，撒开腿跑去请曾连同：“七少爷，绑……绑匪！是绑匪挂了电话过来……说小少爷在他们手上……”

曾连同那时候正在给唐宁慧喂药，一听此话，忙搁下药碗，疾奔而出，到了厅里，一把接了电话：“喂？喂？”只听电话那头儿一阵桀骜笑声：“曾七少，我等兄弟久闻你的大名，如今世道艰难，兄弟们活不下去了，想跟你借点儿银子花花。你给我听好了，你儿子曾笑之在我们手上，你准备两百条大黄鱼……”

曾连同脑中迅速盘算一圈，故作失声拖延时间，以套取通话之人的更多信息：“两百根……这一时半会儿的，你叫我去哪里凑去？”

那头儿哈哈一阵大笑：“曾少，别说两百条大黄鱼，以你们曾家的本事，一两千条也不过是眨眼间的事。你给我听好了，明天午后四时，你一个人送到鹿州城外的仙鹿山仙鹿庙。”说到这里，那人在电话里转了话锋，沉声警告曾连同，“曾少，我们知道你不好惹，但我们既然已经惹了，就说明我们这些亡命江湖的兄弟并不怕你。听好了，若是你胆敢有什么轻举妄动，第一个死的便是你儿子，这可是你们曾家唯一的血脉，几代单传，金贵得很啊！”

曾连同沉声问道："你怎么证明笑之在你们手上？"那头儿道："你儿子失踪那天穿了宝蓝缎面的小褂子，是用白玉葫芦做的扣子，脖子上还挂了一个鸳鸯坠子，是与不是？不过我等空口白牙的，曾七少，你信就来；不信的话，就当没接过我这通电话。"

笑之的衣着与配饰，那人形容得丝毫不差，曾连同绷着的脸瞬间铁青。显然，笑之确实落在了此人手中！

那人听曾连同不语，便哈哈大笑道："曾七少，你不说话我就当你信了。那明日午后四时，我们不见不散！哈哈哈哈……"

唐宁慧在房间里听到那听差说了绑匪几字，便再也待不住了，六神无主地吩咐仆妇扶她到了厅里，确认了笑之确实在绑匪的手里，她便再也支撑不住，晕了过去。

片刻，曾万山得了消息，匆匆来到书房与曾连同商议，说出了自己的忧虑："若真是绑匪，倒还是好消息，怕就怕那些人假装绑匪，用这一招引你出去，对你下毒手……"曾连同本在来回踱步思虑，闻言便止了步："就算如此，也没有其他办法，笑之在他们手里，生死不明。"

曾万山沉吟道："要不这样，派人把那座山给团团围了，一寸一寸地搜，我就不信他们长了翅膀会飞走。他们若是肯言而有信放了笑之，别说两百根金条，再翻几倍我也不眨一下眼睛，我甚至亲自护送他们出我的地盘亦无妨。但若不是，我把他们五马分尸还嫌不够！"

曾连同道："爹，万万不可，笑之的命在他们手里。"曾万山也一筹莫展，狠狠地捶了一下桌子："他奶奶的！这群王八羔子……我曾万山也算称雄一地，居然栽在这群王八羔子手里！"

不多时，就与笑之失踪那日一般，周兆铭和曾方颐、汪季新和曾静颐、孙国璋和曾和颐等人得知了绑匪来电话一事，都纷纷赶来。

听了绑匪的要求后，曾方颐苦口婆心地劝："七弟，这事非同小可，你是爹娘唯一的指望，也是我们曾家唯一的指望，可千万不能亲自前去。送赎金不过是小事，让兆铭去，或者让三妹夫和六妹夫去都一样。要不等绑匪再打电话过来时，跟他们商议一下，反正他们要的只是金条而已，定不会管是谁送去的。”

周兆铭也接了话茬，诚意拳拳：“是啊，七弟，你姐说得在理。万一那绑匪拿了金条，既不肯放笑之，还打上你的主意可如何是好？”

曾静颐恨得简直咬碎了一口贝齿：“也不知是哪个山头的绑匪，活腻歪了，竟敢绑我们曾家的人！”

汪季新皱着一张脸，连连搓手：“如今这世道，赤脚的不怕穿鞋的，什么都不怕，就怕那些不要命的。”

曾夫人亦捏着帕子急得团团转：“是啊，老爷，你可不能让连同去啊，我们就他这么一个儿子，我怎么也不能让他去冒这个险。”

周兆铭等人纷纷上前，自告奋勇：“爹，我们都愿意代替七弟前往那仙鹿庙。”

曾万山面色沉沉地端坐着，不发一言。曾连同道：“绑匪说得很清楚，要我独自前往，若是换了人或者有其他安排，怕他们对笑之不利。谢谢大姐夫、三姐夫了，明天我一个人去仙鹿山，就这样决定了，此事不用再商议。”

众人七嘴八舌，只说：“七弟，万万使不得啊。”“爹，这事须得再商议商议。”“就怕绑匪使诈……”

正在此时，侍候唐宁慧的王妈又来报：“七少爷，大夫请你过去一趟。”曾连同一听，便知道唐宁慧恐有不妥。

果然，一进偏厅，那大夫行礼问好后便道：“七少爷，方才在下替七太太把了脉，发现七太太的脉象极不稳，还有落红滑胎的现象，务必要好好静养，万事不能操劳费心，否则这一胎……怕是要保不住啊！”

曾连同忙道：“大夫，你想想办法，务必要让母子平安。”大夫叹了一口气，无奈地道：“七少爷，太太是忧思过重，不是金石药丸能起作用的。我且开一服凝神安睡的保胎药，让太太服了试试。”

曾连同连声道谢，命人把大夫送出了门，转身进了房，只见唐宁慧侧身躺着，肩头一抽一动的，便知她又在默默落泪了。曾连同揽着她的肩，宽慰道：“你放心，那些人只是求财，不会动笑之一根汗毛的。

“明日付了赎金就可以看到笑之了，你应当高兴才是，哭什么。”

唐宁慧本是咬着下唇，默默淌泪，闻言眼泪却流得更汹涌起来：“你不过是哄我罢了。你独个儿去交赎金，凶多吉少，你叫我怎么能不着急？”

曾连同道：“你放心，就算那群绑匪胆大包天，也谅他们不敢动我。”唐宁慧哽咽道：“我当年是傻，被你骗得团团转。可如今我就算傻也知道，他们既然敢动笑之，就不是什么等闲之辈，我不怕他们是绑匪，就怕他们不是绑匪。”

确实如此，就怕那些人不是绑匪。

第二日，唐宁慧强撑着身子，亲自送曾连同到了门口。因是深冬，寒风瑟瑟，刮得街道上尘土飞扬。

曾连同轻声道：“你放心，我已有万全之策。我一定带着笑之平平安安地回来。”他紧紧地握着唐宁慧的手，嘴角含笑，“我记得以前你做的宁州百味鸡比那家百年老字号还好吃几分，明儿你吩咐厨房做这道菜，我和笑之回来好好尝尝你的手艺。”

唐宁慧用力点头，努力微笑，但眸子却仿佛被风沙侵了眼，渐渐凄迷：“好，我等你们回来一起吃晚饭，你速去速回。”

曾连同猛地将她拥入怀中，搂得这般紧，好似再没有明天了，而后缓缓地放开了她，毅然决然地转身走向了小汽车，一路上再没有回头。

天色阴沉，乌云低垂，一股风雪欲来之势。

唐宁慧怔在那里，怔怔地望着车子消失在视线尽头。

近身侍候的王妈上前：“太太，这里风大，您这几日身子弱，不能吹风，我扶您回房吧。”抬头，却见唐宁慧默默地淌着眼泪。

唐宁慧拿手绢抹了抹眼泪，微笑：“不碍事，去灶房吧。连同想吃百味鸡，我要给他做呢。”王妈劝道：“七少爷想吃，吩咐灶房就是了。如今您身子虚，不能操劳。”

唐宁慧嘴角浮起一抹淡淡笑意：“那可不成，他的嘴最是挑剔了，旁人做的，他一尝就尝出来了。走吧。”说罢，便移步朝灶房走去。

还未到灶房，金六水便得到消息，说太太要亲自来做一道百味鸡，他赶忙到菱花门处迎唐宁慧：“太太想吃什么，吩咐小的就成了，怎敢劳烦您跑一趟呢！”

唐宁慧吩咐道：“金师傅，麻烦你帮忙准备一只处理好的鸡，不用太大，公母皆可。另外帮忙准备各式调料……”

她一口气报了十几种调料，金六水在一旁垂手听着，不觉一愣。看七太太这架势，显然是个熟手，不像七爷那般完全没有半点儿经验，不是让油溅着了衣服便是烫了手。金六水忙应了声“是”，安排了下去。

金六水又亲自搬了椅子，铺上了缎面垫褥，请唐宁慧坐着稍后。唐宁慧道：“你叫下面的人把鸡处理得好些，别毛毛躁躁的，毛都未褪尽。”金六水连连点头：“小的明白，小的明白。”又亲自去叮嘱了一遍。

等了半个钟头左右，鸡处理好了，唐宁慧便吩咐煮水。片刻，锅里的水便已经沸腾了，唐宁慧正准备下鸡氽去血水，只听一旁的金六水笑道：“太太仔细烫伤手。前些日子，七少爷头一次做素三丝的时候，便烫到了手，幸好没什么大碍……”

金六水说到这里，便看到唐宁慧倏然抬头，用一种极其古怪的眼神瞧着他，然后轻声问道："你说七少爷做什么？"

金六水浑然不觉，脱口而出道："七少爷做素三丝啊……"他抬手往自己嘴上打了几下，"哎呀，该死！该死！七少爷不让我们说的。"

唐宁慧怔在那里，好一会儿方回了神，缓缓地绽出了一丝笑，道："不过是做一道素三丝罢了，这有什么不能说的。"说罢，便把鸡下锅，汆去血水后又捞了出来，用清水洗干净。

金六水等人簇拥着要帮忙，唐宁慧只是不准："不用。若是要帮忙的话，我会开口的。"她说话虽然轻声细语，语气却是极坚决。金六水只好在一旁瞧着，只觉七太太手不忙脚不乱，每道工序都有条不紊地进行，显然厨艺娴熟得很。

这厢的帮厨已经将锅洗干净了，唐宁慧又在锅里放了清水，待水将沸未沸时，把鸡放了进去，与葱、姜、花椒、料酒、精盐同煮。不久后，一股诱人的香味渐渐在厨房里弥漫开来……

正当此时，只听灶房门口处传来了笑之清脆的呼唤声："娘……娘……"

灶台前热气袅袅，唐宁慧摸着额头，有片刻的晕眩，以为这几日对笑之日思夜想，产生了幻听。直到身旁的王妈颤着嗓子扯着她的袖子："太太……太太……是小少爷！真的是小少爷！小少爷回来了！"

唐宁慧依旧不能置信，她缓缓地转过僵硬的脖子……是真的！她没有听错，真的是笑之。程副官下面的一个侍从抱着笑之站在不远处。

手里的锅铲立时掉了下去，唐宁慧冲上前去，一把将笑之揽在怀里："笑之！真的，真的是笑之！"她颤着手摸着笑之的小脸，只有真真切切地感受笑之那暖暖的体温，她才能确定笑之真的平安归来了。

笑之"哇"的一声哭了出来："娘，娘——"

唐宁慧这几日不吃不喝，整个人呆呆的，此时，心中狂喜，嘴一动，明明是想笑的，那泪却扑簌簌地落了下来："笑之，你去哪里了？到底是去哪里了？”王妈也在旁陪着掉眼泪。

唐宁慧左右不见曾连同的身影，便问：“笑之，你爹呢？爹怎么没有跟你一起回来？”

笑之一片茫然之色：“爹？笑之没瞧见爹。”唐宁慧大惊失色，对着那侍从迭声发问：“是在哪里找到笑之的？七少爷呢？七少爷人呢？”

那侍从双脚一并，回道：“回太太，小的这几日奉了七少爷的命令，在城中各处查找小少爷的踪迹，今日正在城北四贤街检查，却在大街上瞧见了小少爷……小的赶忙将小少爷带回府中。”

唐宁慧急道：“七少爷可知此事？快去通知七少爷，千万别让他到仙鹿山。快！快去！”

“回太太，小的已经吩咐人去通知七少爷和程副官了。”

唐宁慧这才松了口气。她携笑之回了客厅，仔细询问：“笑之，你把记得的事情跟娘好好说一遍。你怎么会被人抱走，又怎么会一个人在街头呢？还有，巧荷呢？”

笑之只说那日巧荷带着他在大园子里玩，只记得有难闻的东西捂住了他的鼻子，然后他就什么都不知道了。等醒过来的时候，他被蒙了眼，嘴巴里塞了东西，关在一个房子里。他不知道有什么人，唯一知道的是巧荷也在。

巧荷见他挣扎，便知道他醒了，轻手轻脚地取出了他嘴巴里的布条：“小少爷，你醒了吗？我把布条给你取出来一会儿，你千万别大喊大叫。”

笑之懵懵懂懂的，也不知害怕，只是问：“巧荷，我娘呢？我娘在哪里？我要娘。”谁知这么一问，巧荷便哭着给他磕头，把头磕得砰砰响：“小少爷，是巧荷对不起你。巧荷也是没法子，巧荷的妹妹巧琴落在他们手里，若是不听他们的话，巧琴的命就难保了。小少爷，是巧荷对不起你，不过你放心，巧荷会一直伺候你的。哪怕到了阴曹地府，巧荷也是你的丫头。”

就这样被关着，吃喝拉撒还是由巧荷一手伺候。曾笑之总归是个小孩子，时间一久，便要吵闹：“巧荷，我要爹！我要娘！我要爹……”

每每此时，巧荷便会惊恐万分地捂住他的嘴巴：“小少爷，别嚷嚷，别嚷嚷，你嚷嚷被人听见的话，他们就要来塞住你的嘴巴……说不定还会打你……小少爷，你乖乖的，千万别喊，别喊！”然后又跟往常一样唱童谣哄他睡觉，“摇啊摇，摇到外婆桥，外婆叫我好宝宝……”

“有的时候，我好像听到有人进来，可是他们都不说话……后来，有人进来，巧荷说了‘你是谁’，接着便‘哎呀’一声，有个人就把我抱走了……”

笑之时断时续又含混不清的描述，唐宁慧却拼出了个大概。

那康侍从道：“小少爷是被人蒙了眼，放在大街上的。显然那人熟知我等巡查的方位和时间，刻意将小少爷放在那里，让我们遇到。方才路上，小的也问过小少爷了，可是到底是谁放了他，小少爷说不知道。”

笑之揉着眼，道：“娘，我真的不知道。那个人跟我说，你站在这里不要动，很快便会有人来救你，把你带到你娘那里。然后……我就乖乖地站着，一动也不敢动……”

蒙了眼，定是熟人所为。唐宁慧懂得那康侍从的意思，但此刻她只是紧紧地抱着失而复得的笑之，再不肯松开一下。

不过片刻，曾万山得了信儿，急急地从外头赶了过来，一把将笑之打横抱起，扛在肩头：“哎哟……我的宝贝金孙！我的宝贝金孙啊！你可算回来了！这几日想死祖父了！想死祖父了！”

曾夫人用帕子直抹眼泪：“祖先有灵，祖先有灵啊！”又连连合掌，“老爷，这次一定要好好酬神，谢谢各位菩萨、各路神仙搭救。”

不多时，就与笑之失踪那日一般，其他人又一次不约而同前来，俱是友爱情深的模样，连声念佛：“菩萨保佑。”“笑之总算是吉人天相。”

可是左等右等，就是一直不见曾连同回来。一直等到了天幕拉黑，门口背枪的护兵撒腿跑进来：“报告大帅，七少爷回来了……只是……”

曾万山眉头一皱：“只是什么？吞吞吐吐的，像个娘儿们！”那护兵才一口气把话说完：“只是七少爷受了伤！”

唐宁慧和曾万山噌地在同一时间站了起来。曾万山大步朝门口去，还未走出大厅，便看到侍从扶着曾连同从院子里过来。

众人纷纷拥了上去，七嘴八舌：“七弟，你哪里受伤了？”“严不严重？”“快，快让人去请洋大夫。”“还是去医院好些。”“是啊，让医生好好检查一下，也好放心。”

曾连同手臂上缠了一圈白纱布，身上有些血迹，但瞧上去并不严重。他一进来，便瞧见唐宁慧拉着笑之的手，站在那群叽叽喳喳的人身后，眼圈通红。

曾连同知道她担心，忙对众人道：“不碍事，只是手臂上被流弹擦伤了，流了一点儿血，已经止住了。程副官已经让人去请医生了，估摸着就快到了。”

他也不顾自己的手臂受伤，弯腰抱起笑之，哑着嗓子，迭声唤了几声“笑之”。舐犊情深，溢于言表。

笑之摸着他的白纱问：“爹，疼不疼？”曾连同微笑摇头，只说：“不疼。爹爹见了我们笑之啊，就什么伤都不疼了。”

请的医生很快就来了，给曾连同做了一番详细检查，给他的伤口消毒包扎，也说没有什么大碍。唐宁慧方才真真安下心来。

曾万山这时才沉声发问：“这到底怎么回事？”

曾连同简略地描述了一下。原来曾连同还未到仙鹿山，那康侍从派去的人便已经追上了他们。曾连同一听笑之获救了，心中大定，思虑了一番，决定一方面派人去紧急调拨大量人手，而另一方面自己和程副官等人则按原计划继续前往仙鹿山。

在分派好人手和任务后，曾连同先派一个侍从换上了自己的衣服，带了金条进入仙鹿庙的大门。

果不其然，那些绑匪根本就不准备放他与笑之离开，见了那打扮成曾连同的侍从，二话不说，便拔枪射击。曾连同等人见状，拔枪而上，一番恶战后，他们终于将绑匪全部击毙。

当着曾夫人、周兆铭等人的面，曾万山忍不住斥责他："有道是穷寇莫追。既然笑之已经救了出来，你哪里还用得着去涉这个险？派一个团把仙鹿山围了，慢慢收拾他们就是，难不成他们还会飞不成！幸亏无碍，下次万万不可！"

曾连同应声："是，爹。"

那晚，众人走后，曾连同才与父亲曾万山在书房密谈："这件事绝不简单！那些所谓的绑匪，一色的精良俄式装备，一点儿也不比我们的加强团逊色。"

曾万山瞪眼："知道不简单，你怎么也没留下个活口好好审问？"曾连同露出狡黠的一笑："爹，你儿子我有这么蠢吗？放心吧，还有两个没死成。再说了，敢绑我曾连同的儿子，能这么便宜他们吗？"

曾万山失笑："奶奶的，你这小子！"顿了顿，又问，"招了没？"闻言，曾连同浓眉一皱："用了重刑，招是招了，不过没有半点儿线索是指向周兆铭等人。那两人只说他们是青娥山的土匪，是他们老大收了别人的重金来办这件事的，还说他们连笑之的名也未曾听过。"

青娥山位于南北交界之地，那里青山连绵，层峦叠嶂，地势高陡，因处于南北三不管地带，所以很多亡命之徒在那里占山为王，是出了名的土匪窝。

曾万山问：“土匪头呢？”曾连同叹气道：“子弹不长眼，中了七八枪，早死了。”

曾万山摸了一把光头，恨恨道：“奶奶的！便宜他了！给我好好招呼剩下的那两个家伙，敢动我曾万山的孙子，我要让他们后悔来这世上走一遭！”想到笑之被救一事，曾万山依旧百思不得其解，“你说，笑之到底是被谁救出来的？谁会在暗中帮我们呢？”

别说曾连同想不出个所以然，连用计把曾笑之抓走的那一方人马也想不出来到底是谁！

曾夫人那边连连拍桌子骂垂头不语的曾和颐：“就藏个人这么一点儿小事，你居然也能办成这样！幸亏那小子被蒙了眼，一直没见你们几个的真容。不然的话，今儿我们一群人都死在你手里了！”说到这里，曾夫人忽然问，“国璋呢？昨晚可有跟你在一起？”

曾和颐没好气地道：“娘，你这么问是什么意思？难道你怀疑国璋？他昨儿自然一整个晚上都跟我在一起，不然还能去哪里！”说到这里，她不忿地嘟囔，“先头你们说让我看着那小子的时候，我就说我不行的。可你们说我平时只知道吃喝玩乐逛街打扮，是个只会花钱享乐的主儿，说什么爹他们也不会疑心我的……非得让我……”

曾夫人“啪”地又拍了一下桌子，怒喝道：“把好好一件事办成这样，你还有脸在这里放马后炮？！”

见情形不对，向来圆滑的汪季新在一旁开口打圆场：“娘，算了，小妹也不想的，你也不用担心，其实不管那群土匪有没有被击毙，矛头也都不会指向我们。”

周兆铭却缓声道：“话虽如此，可这件事情，要说爹和曾连同没有一点儿怀疑是不可能的。只怕要行事的话……我们手头的时间更紧迫了。”

汪季新点头道：“不错，我跟姐夫的看法一致。爹和曾连同肯定在怀疑我们，接下来肯定会有所动作。”

曾夫人按了按发涨的眉心，极是疲累：“你们好好谋划谋划，接下来到底应该怎么办。其实我已经是半个身子入土的人了，争这些东西也没有用处。我一片苦心，操劳了一辈子，还不是为了你们这一群孩子？”

周兆铭和汪季新道：“娘，请放心，我们会好好安排的。”

话说曾和颐一回到自己家，推门便进了书房，扬手“啪”的一声狠狠地甩在孙国璋脸上。孙国璋一时蒙了，回了神才喝道：“曾和颐，你发什么疯？”

曾和颐从未有过的心灰意冷：“我发疯？你以为我不知道这件事是谁做的？曾笑之是谁救的？孙国璋，我跟你同床共枕这么些年，你真认为我是傻子不成？”

孙国璋别开眼：“我不明白你胡说八道些什么。”曾和颐道：“人是昨天夜里被救的，那人极熟悉别院的情况，能避过那里的岗哨。若不是你救的，你说你昨晚一夜不在家，到底去哪里了？”

孙国璋道：“你怎么知道我一夜不在家？”曾和颐一副气苦至极的表情，终是忍不住，“哇”的一声哭了出来，委屈万分：“孙国璋，你这个没良心的！你不知道我每晚都等你的书房熄灯了才睡下的吗？人家说一日夫妻百日恩，我都跟你做夫妻几年了，你却总是欺负人家……”

孙国璋虽然不说话，但是面色渐软。

曾和颐抽泣着道：“你知不知道，若是我姐夫等人知道这件事，他们定是饶不了你的。”

孙国璋默然了许久，道：“虽然胜者为王败者寇，可笑之不过是一个五岁的孩子，你们这么做也太残忍了，你们根本没有想过给他一条活路。人确实是我救的，你去跟你娘、你姐姐、姐夫他们如实汇报吧，我实在是看不过去。”

曾和颐哽咽道：“你又不是不了解我们家的情况，不是曾连同死，就是我们死。娘他们这么做，还不是为了我们姐妹几个？”孙国璋默然了许久，才道：“我从来没想过要曾连同死，要夺什么权，我根本不稀罕这些东西。

“你看看我们这个社会，贫苦的人千千万，有些人甚至衣衫褴褛、食不果腹，为了能吃一口饱饭，把儿女都卖了。你们一群人，已经是生活在这个社会顶峰的顶峰了，为什么就不能满足呢？人在做，天在看，你们继续这样做下去，迟早是会有报应的。”

孙国璋救曾笑之，除了觉得曾夫人、周兆铭一群人的行事实在可恶外，还有一个原因是，某一次，他在院子里偶尔遇到笑之，不经意间瞧见了笑之脖子上的玉佩。

他当时便愣住了，因为他一眼便认出了那玉佩是他们孙家的祖传之物，当年作为聘礼送去了吕家。后来在大学的时候，他也是因为这个玉佩才认出了眼前自己爱慕的人，竟然是自小与他定亲的吕静如。

后来吕静如无故失踪，他怎么也找不到她的踪迹。他虽被迫与曾和颐成亲，可这么多年来，他从未有过片刻的忘却。

他一直想着某一天可以再见到吕静如，可他从未想过，那个场景会突如其来。

再遇的那一天，是他陪着曾和颐去洋行购物。曾和颐向来是鹿州城各大洋行的老主顾，一到门口，经理伙计便点头哈腰地迎上来热情招呼，生怕有一丝一毫的怠慢。曾和颐一坐下挑选，素来没有半天是不会走的。孙国璋不耐烦，便说去隔壁咖啡店里等她。

他照例在老位置坐下，点了一杯咖啡。服务生殷勤客气地为他端上热气腾腾的咖啡："孙先生，请您慢用。"

孙国璋抽出一张小票递给了服务生做小费，可一抬头，却透过玻璃窗瞧见一个女子。那女子穿了一件淡芙蓉色的丝缎旗袍，手里拎着个小包，款款地从对面街道过来。

刹那间，仿佛天地重归混沌，孙国璋脑中空如一张白纸。等他反应过来，跑出咖啡店的时候，那女子已经上了一辆黑色小汽车，缓缓而去了。

孙国璋连想都没想，拔腿就追。可那小汽车开始加速，很快便把他甩在了后面，再一个转弯，便消失在了路的尽头。等孙国璋追到十字路口的时候，那辆车子早已经连影子也不见了。

后来几日，他一直浑浑噩噩的，一会儿觉得是自己眼花看错了，一会儿又觉得自己绝对没看错。

一直到两个月后的一次慈善拍卖筹款晚宴，他再一次见到了她——吕静如。

那日，她一身明媚华贵的宝蓝西式蕾丝长裙，带了黑色蕾丝小纱帽，手上亦是黑色的同款蕾丝手套，含笑着对他伸过手来时，隐约可见那比玉还莹润的肌肤。

她露着妩媚如丝的笑容，像问候旁人一样问候他："孙先生，你好，久仰大名。"

他哪里来的大名，唯一有名的大约就是曾万山的六女婿吧！

她笑得那般明丽灿烂，似四月枝头的百花盛开，可是他却瞧见她眼底深处冷冷的讽刺。

她恨他！

当年的孙国璋品学兼优，深得教授们的喜爱，是北地安阳大学里的风云人物。曾和颐进学校的第一日，孙国璋作为学生代表欢迎新生入学。曾和颐在台下，见他一袭白色长袍，玉面俊美，器宇不凡。

只一眼，曾和颐便爱上了他。

当时的孙国璋在台上引经据典、侃侃而谈，他并不知道，他即将遇上自己生命中最大的劫数。

曾和颐从小得父母宠爱，行事向来大胆霸道，对孙国璋一见钟情后，便想方设法接近他，主动示爱。那个时候，孙国璋已经与吕静如两情相悦了，自然是严词拒绝。

可曾和颐看中的东西，素来不会轻易放手。她三天两头地缠着孙国璋，时日一长，在校园里便疯传了起来。吕静如自然是听闻了消息，一来二去后，竟也被她碰到了曾和颐与孙国璋在一起的画面。

吕静如也是个烈性子的人，便对孙国璋说："好，孙国璋，既然如此，我也不挡着你的富贵路，我回我的荷县，你去找你的曾家小姐。"孙国璋无奈地再三解释："静如，我与那曾和颐真的没有半点儿关系。我已经千万百计地避着她了。可她在学校里头，总是有本事找到我。一来，她是个姑娘家，我总不好意思把话说得太过直白难听；二来，我也不好轻易得罪她……"

一番话下来，确实在理，吕静如倒也信了几分："真的？"孙国璋指天发誓："静如，我只爱你，我对你的心日月可表。你若是不信……"他随手拿了搁在藤篮里的一把剪刀，塞到她手里，"你把我的心挖出来瞧瞧便知。"

吕静如仿佛握了通红的炭块一般，"啪"的一声，急急地掷掉了那把剪刀，横了他一个白眼，啧道："血淋淋的，恶心死了，谁要看。"孙国璋见她语气已缓，便郑重地握住她的双手："总之，你要信我。你是我的妻子，十岁那年就订下了的。这辈子，我只要你吕静如一个人做我的妻。"

吕静如许久不吭声。孙国璋的脸缓缓地凑了过去……

吕静如伸手推他："我还没消气呢……"孙国璋低笑："那你打我吧，也好消消气。"吕静如抡起拳头，"砰"地打在他的胸口。孙国璋闷哼一声，手却紧搂着她不肯放松："静如，不要再生气了，好不好？"

两人一番吵架后，比往日更甜蜜了几分。

孙国璋依旧想方设法躲开曾和颐。过了一些时日，曾和颐大约也察觉到了，她找到了孙国璋，鞠躬道歉："孙学长，以前都是我不对，造成了你的困扰，我想请你吃顿饭赔罪。"孙国璋自然拒绝："不用，不用，我接受你的道歉便是。"

曾和颐装出一副楚楚可怜的模样："孙学长，你若是不答应我，就说明你还在怪我。你放心，我答应你，吃过这顿赔罪饭后，我再也不来纠缠你。"

孙国璋哪里知道，这是一个早已经布好的陷阱。见曾和颐低眉顺目，俱是哀求之色，他不免心软，便点了头。

曾和颐也不知道在酒里下了什么药，抑或在菜里做过什么手脚，等孙国璋第二天醒来的时候，就发觉自己赤身裸体地躺在床上，身旁有一个同样赤身裸体的曾和颐。

曾和颐只说他昨晚喝醉了，对她做了不规矩的事情。孙国璋犹如五雷轰顶，完完全全不知所措。

吕静如那几日受了凉，在家休息。他失魂落魄地回家，那年的冬天冷彻骨髓，在院子里静站了片刻，整个院落除了呼呼而过的凌厉风声外，便是吕静如不时传来的咳嗽声。

最后，他进了屋，吕静如的脸灰白得犹如外头的天色，沙哑地问他："你去哪里了？"孙国璋本就心虚，自然说不出个所以然来。

吕静如咳嗽着追问："你是不是跟曾家小姐在一起？"孙国璋明明可以撒谎的，可是面对着自己心爱的人，他却无法说谎。

吕静如向来是个聪明人，见他一直躲避着自己的视线，突然间便明白过来。她捂着胸口喘息：“原来昨夜你一直跟曾和颐在一起。”

说罢，她许久不语，仿佛成了木雕。孙国璋道：“我……我……”突然间，吕静如一把拿起榻边的茶杯狠狠地朝他砸去：“孙国璋，你走！你滚！滚出去！别让我再看见你，我这就回碧溪。我吕静如与你，永生不会再见！”

她生着病，手脚无力，杯子踉跄地跌碎在孙国璋脚前。当时，孙国璋也乱成一团，见吕静如这般生气，赶忙道：“静如，你先别生气……你听我说，你听我说。”

吕静如木然得如同一座雕像，只见她两片嘴唇轻合轻闭：“孙国璋，我与你，已经没什么好说的了，你走，你出去。”

孙国璋怕她气坏了身子，便轻手轻脚地退了出来。因无计可施，他便去找好友商量曾和颐之事。

可是谁也没料到，两个时辰后他回来，吕静如已经不见了踪影。

之后，孙国璋再也找不到她了。先头他见少了衣物，以为吕静如真的赌气回荷县的碧溪老家了，他便也买了火车票，辗转回了老家。

一到家，他便跟家人打听吕静如的情况。谁知孙母一听吕家小姐，便道：“那吕家小姐已经失踪两年了，只辗转来过几封信。吕家到现在还没找到人，大约觉得对不住咱们，一个多月前主动跟咱们退婚了，还退回了聘礼，只是我们那家传玉佩不见了……”

孙国璋不由得失声惊呼：“什么？退婚了？！”孙母道：“这桩事情这般了掉，也算了却了你的心愿。你爹前些日子特地为了这件事写了封信给你，你没收到？”

显然那封信到达的时候，他正在赶回荷县的途中，因此正好错过了。

孙母慈爱地拉着他的手道：“璋官，以后我们跟那吕家便再无瓜葛了，你想娶新式的女子，爹娘也由你，可别再动不动就说不回家。璋官啊，你可是娘的心肝啊！”

孙母这一番话，顿时让孙国璋觉得如冰水当头浇下：“那吕家小姐难道一直杳无音讯不成？”孙母点了点头，长叹一声：“我们原以为吕家书香门第，教出来的小姐必定是知书达理、贤良贞静的……谁知那吕家小姐竟留书一封，不知所终，说是进学堂念书，可流言满天飞，说什么的都有……如今啊，这桩婚事退了也好！”

这么说来，吕静如竟未曾回家。那个晚上，孙国璋彻夜未眠，第二天一早，特地带了仆人去碧溪镇详细打听。结果还是一样，吕家根本没有任何吕静如的消息。

心急如焚的孙国璋在父母的极力挽留下，无奈地多住了几日。谁知在第六天的时候，曾家居然派了人找上了孙家。曾家来人把曾和颐与孙国璋同床共枕的事告知了孙父，先是示软，请孙家一定要为此事负责，后见孙父踌躇不定，来人便又婉转地威逼利诱。

孙父把孙国璋叫到跟前，问明情况后，连连顿足：“璋官，你真是糊涂啊，居然去招惹那曾万山的女儿！真是糊涂啊！”

最后，孙父无可奈何，只说了几句：“既然你与这位曾家小姐米已成炊，事到如今，你娶也得娶，不娶也得娶。这个曾家哪里是我们能惹的？”

在这样迫不得已的情况下，孙国璋终是与曾和颐成了亲。

这些年来，终究是意难平。

可谁曾想到，竟会和吕静如在舞会上这般不期而遇。

后来，有人过来寒暄，孙国璋便再没机会与吕静如说上话。一个晚上，他一直暗暗观察吕静如，只觉得她妩媚风流、长袖善舞，与记忆中的她似乎完完全全是两个人。

这些年，她到底去了哪里？在做些什么？为什么一直未回荷县？也为什么一直没有跟吕家的人联系呢？

孙国璋很想问个明白。见吕静如提着裙摆去了院子，他便抬步跟了上去："静如。"吕静如面色平静地转头："哦，原来是孙先生啊，请问有何事？"

她装作根本不认识他！

孙国璋本欲再开口，谁知曾和颐已瞧见了他，隔了花丛唤住他："国璋！"吕静如冷哼一声，头也不回地走掉了。

当晚，曾和颐便与他大吵了一架。

他曾几次三番地想不顾一切去找吕静如，可曾夫人的话言犹在耳，想到孙家的一门老小，还是按捺了下来。

隔了不久，在曾家花园里，孙国璋无意中瞧见了曾笑之脖子上的鸳鸯玉，便含笑着走近："笑之，在玩什么？"

他陪笑之玩了片刻，近距离地端详了那块玉佩。他清清楚楚地瞧见了两个鸳鸯衔接处有一条细丝。这确实是他们孙家的家传玉佩无疑。他从小挂在脖子上，直到与吕静如定亲，这块玉方作为聘礼送去了吕家。正因为如此，所以当年在安阳，他一眼便认出了吕静如。

从那日开始，孙国璋便开始怀疑曾连同、唐宁慧等人与吕静如之间有关系，否则这个玉佩也不会这么巧地辗转落到笑之脖子上。且别说看不惯周兆铭等人的行事作风，单单是为了吕静如，孙国璋也无法将聪慧可爱的笑之弃之不顾。

至于曾连同，那晚的百味鸡自然是没吃上。

那天晚上，卧室里只在角落亮了一盏西式的落地灯，晕晕黄黄的一团昏暗光线。

笑之安详地睡在他与唐宁慧中间，粉扑扑的脸，让人想起五月春光里的繁花盛开。

曾连同只觉万事足矣、人生无憾了。他与唐宁慧十指相扣："宁慧，快过年了，这是你和笑之第一次陪我过年，我觉得心里好快活。词汇太贫乏了，不足以描绘其万一！"

因临近过年，外头偶尔响起几声鞭炮声，倒越发显得屋子里静寂无声。唐宁慧只觉心里安宁如许。

唐宁慧凝视着他，好半天，才轻轻道："连同，我也是。"

来不及说爱你

—第十四章—

从此，
我爱的人都像你

不日，便到了年三十，曾家上下吃了一顿团团圆圆的年夜饭。

大年初二那日，唐宁慧在曾连同的陪同下，到了唐家拜年。唐少丞与白如懿已经早早地候着了，见三辆黑色小汽车在门口停下，双双迎了上去。

平日里穿惯军服的曾连同这日穿着一身黑色西服，外披了黑呢长大衣，越发显得俊美逼人。唐宁慧则穿了一袭海棠色的旗袍，与笑之的蓝色织锦唐装一样，在袖子、领口、下摆处都缀了白色的狐狸毛，端的是好看又贵气。

唐少丞见曾连同小心翼翼地弯身扶着唐宁慧与笑之下车，一家三口赏心悦目得犹如画中人物，忙携着白如懿笑吟吟地上前，说着“新年吉祥喜庆”的话语，把他们请进了厅里：“七爷，四妹妹，请进，请进。”

唐瑞麟亲亲热热地上前拉着曾笑之的手往小院里走：“笑之弟弟，来，我有好东西给你瞧。”

唐宁慧左右不见唐陆氏，便问：“大娘呢？”

白如懿捧过茶盏递给了她：“婆婆这几日身子不舒服，连前晚的年夜饭也只吃了几筷子的菜。”唐宁慧忙搁下茶杯，起身道：“那我先去瞧瞧大娘。”

一路上，唐宁慧问：“可有延医用药？”白如懿道：“年前请了大夫把过脉，大夫只说什么气血郁结于胸，是心病。开了几服药，说让婆婆凡事想开些，方能药到病除。

“四妹妹，你是知道婆婆心思的。这过年过节的，她免不了想起以前在宁州的风光日子，又日日心疼那些没了的银钱……这也不能怪她。唉……所以吃了好几服药也不见什么效果。这几天过年，少丞本想把大夫再请来瞧瞧的，可娘不应允，说什么大过年的吃药晦气不吉利，说再怎么着，也得先过了正月再说。”

唐宁慧道：“无论如何，还是大娘的身子要紧，可别因为这些有的没的把病情给耽搁了。银钱都是身外物，只要大哥上进，瑞麟争气，我们唐家总还是有前程的。”白如懿点头道：“四妹妹放心，我晓得的，等下让少丞去跟娘说说。婆婆她啊，如今也只有少丞的话能听得进去。”

两人很快便到了唐陆氏的房门口，白如懿敲了敲门：“娘，四妹妹和四妹夫来给您拜年了。”说罢，便携了唐宁慧进去。

只见唐陆氏坐在躺椅上，神色倦怠憔悴，连抬眼投过来的目光都空空洞洞的，丝毫没有往日的神采。

唐宁慧上前，按旧礼下跪磕头：“大娘，宁慧给您拜年了，祝您身体康健，事事吉祥。”本以为唐陆氏会与以往一般，不给她好脸色看，谁知，唐陆氏却缓缓道：“好。难得你有这份心，起来吧。”

唐宁慧道：“听大嫂说大娘身子欠佳，不知如今可好些了？”唐陆氏道：“哪里是什么病啊，不过是老了，不中用了。”

白如懿在一旁赔笑道：“瑞麟如今也渐渐大了，娘您好好保重身体，要看着瑞麟娶妻生子，四世同堂呢。”

唐陆氏笑了笑，怔忪的神色间似有些感伤：“一把老骨头了，哪里能等到那一日啊。”

正说话间，唐瑞麟端了一个小瓷碟，带着笑之进了屋：“祖母，祖母，这是厨房周妈刚做的糯米团子，爹让我们给您送来。您瞧，热气腾腾的，可好吃了。”

唐陆氏瞧着冰雪可爱的唐瑞麟与笑之，露出几丝慈爱笑意：“麟儿乖，笑之乖，你们都乖，难为你们有这份孝心给祖母送来。”

唐宁慧让曾笑之给唐陆氏磕头拜年，曾笑之道：“笑之给外祖母请安，祝外祖母新年快乐，长命百岁。”

唐陆氏慢慢地摸了摸笑之的头发：“乖孩子，快起来。”说罢，从口袋里摸出个红包，递给了笑之，“这是外祖母的一点儿心意，收着吧。”

曾笑之道谢：“谢谢外祖母。”唐瑞麟正是好玩耍的年纪，此时来了笑之这个年岁相仿的男孩子，正欢喜不已，便拉着笑之的衣袖道：“祖母，我带笑之弟弟去院子里玩。”

唐陆氏摆手道：“去吧，去吧，小心别磕碰着。”

两个孩子又给唐陆氏鞠了一躬，便亲亲热热地手拉着手，蹦蹦跳跳着出了门。

唐宁慧和白如懿又待了片刻，陪她说了几句话，唐陆氏便赶她们出去：“别在这里杵着了，你们都去厅里吃茶去吧。”白如懿应了一声，拉着唐宁慧退了出来：“那娘好好休息。”

每日的下午时分，曾万山都会耍一下拳脚，疏松疏松筋骨，几十年的规矩了，过年过节也不例外。

这日，曾万山才在园子里摆开架势，忽然听得菱花门处传来一阵骚动：“大帅！不好了！不好了……”

今天才年初二，新年的第二天，居然有人大叫不好了，真是晦气。曾万山一时间气不打一处来，正准备呵斥……忽然觉得不对劲儿，听那声音，分明是……曾万山倏然抬头，果然看见曾连同身边的康侍从步履匆匆地赶来：“大帅，不好了！七少爷中毒了……”

曾万山面色大变，失声道：“什么？！你再给我说一遍！”

康侍从道："今儿去七太太娘家拜年，本来好好的，谁知道车子才发动不久，七少爷就腹痛如绞……七太太和程副官此时正把七少爷送去医院里急救……"

曾万山心如火焚，一撩袍子，急道："快！快去医院！"

又是侍从又是护兵的一群人拥着曾万山来到了教会医院。一个以洋人为首的医生群正团团围着曾连同，做检查的做检查，打针的打针。

曾连同一脸苍白、毫无知觉地躺在病床上，任医生们摆弄。

曾万山匆匆推门而入，抓着洋人医生的肩膀问："医生，怎么样？我儿子现在情况怎么样？"

洋人医生回答："曾先生的情况是中了毒，但到底中了什么毒，目前还不清楚。不过，我们已经为曾先生打了解毒针，现在挂了解毒药水。我们会尽力救治，二十四小时都有医生在旁，随时观察曾先生的情况……但曾先生能不能醒过来，何时醒过来……我们实在无法保证。"

曾万山怒斥道："什么？！他奶奶的！你们是医生，怎么可以没有把握呢？我要你们把他救醒！"医院院长道："曾大帅，请您放心，我们医院一定尽力施救，但是……"

曾万山喝道："但是什么？啰啰唆唆的，比臭裹脚布还长！他奶奶的，给我痛快点儿！一口气说完！"

在曾万山咄咄逼人的强大气势下，医院院长有些瑟缩，吐出的每个字都带了颤音："但是……但是把握不大。"

急怒攻心之下，曾万山只觉得眼前蓦地一黑，他闭目缓了缓，又猛地睁眼，吼道："奶奶的！我要的是你们必须把他给我救醒了！救不活我儿子，我就把你们医院给拆了！你们一个个的也别想活了！"

院长被他看得头皮发麻，唯唯诺诺地连声应"是"。

曾万山平日里最是看不惯那院长医生这种孬种样，只觉气不打一处来，但曾连同命悬一线，他到底也不敢把他们怎么样，只好厉声质问唐宁慧："你说，这到底是怎么回事？"

唐宁慧哽咽落泪："连同说腹中绞痛……很快便吐了血，人事不省地昏了过去……我……"

此时，门被推开，原来，曾家其他人得了消息，都急匆匆地赶了过来。

曾方颐踩着皮鞋，"嗒嗒嗒"地冲进来，一进门便劈头盖脸地质问："到底是谁？到底是谁害我七弟？"

曾静颐则哭着道："爹，我们不能饶了他们。你要把凶手抓出来！把他给枪毙了！要给七弟报仇啊！"

曾夫人也是泪如雨下："这可怎生是好啊？这可怎生是好啊？"

曾万山箭一般锐利的目光射向了在场的每一个人，仿佛要把众人都生吞活剥了一般："人还没死呢，都哭什么哭！嫌连同死得慢不成？"

在他的怒喝下，众人忙敛声收气。

曾万山的目光最后落在了程副官身上。程副官双脚一并，禀报道："大帅，那唐家上下一干人等，都已经抓起来了，等候大帅发落。"

曾万山沉着嗓子，每个字都仿佛是从齿缝里蹦出来的："给我好好用刑！如果连同有什么闪失，我让他们全家陪葬！"

一旁的唐宁慧听了此话，猛地抬头，刚想要开口，曾万山已朝她极不耐烦地摆手，喝道："你不用给他们求情。你一个妇道人家，要知道分寸，不该插手的不要插手，给我好好照顾笑之便是。"

唐宁慧只好噤口不语，站在一旁簌簌落泪。

曾万山到底还是不放心，他向院方提出，要求带曾连同出院回家，并要求院方派一个医生团队住进曾家。

可是，再怎么精心照顾，曾连同却一直昏迷不醒。

至于唐家的人，哪怕是用了刑，还是口口声声说自己是冤枉的。

一来还没查明真相，二来看在笑之这个唯一的孙子分儿上，曾万山虽然没下杀手，但也没让唐家的人好过："连同活一日，你们便活一日；连同若是有个万一，我就让你们唐家上下陪葬。"

这日午后，曾夫人刚用完午膳，仆妇便来禀报所探得的消息。她倏然抬头："被禁足了？"

仆妇点头："是。七太太怂恿着小少爷帮那唐家的人前去向老爷求情，老爷一听便动了怒，骂七太太多事，说若不是她的话，七少爷便不会如此……还派人把她关在那院里，不准踏出院门半步，说让她从此以后一门心思好好照顾小少爷，别的事情一律不准插手。"

曾夫人嘴角微抿，摆手挥退仆妇："下去吧，有什么就速速报来！"

转眼间便过了大半个月，苍凉萧瑟的鹿州城渐渐地有了春意。

农历正月二十那日，是曾太夫人二十周年忌日。曾万山生前侍母极孝，每年的忌日都亲自带上全家老小去祭拜。这日，更是隆而重之。

周兆铭与曾方颐坐上了车子，在前后各一辆小汽车的护卫下来到了仙鹿山南麓的曾太夫人墓地。

周兆铭和曾方颐一下车，远远便瞧见曾万山和曾夫人已经在墓地了，两人遂朝太夫人的墓地走去。曾万山身边的孟副官对他们敬了一礼，伸手拦住了周兆铭："周军长，大帅吩咐了，太夫人墓前，任何人不得携带武器。"

周兆铭狐疑地抬眼看向孟副官："以前没这规矩。"孟副官瞅了瞅身后的一念大师，嘴一努，压低声音道："还不是那位一念大师？他说什么拜祭祖先，腰里别着一把枪，是对先人不敬，万一冲撞了坟里的先人，对小辈们也不好。大帅听了后，便吩咐了，靠近太夫人墓地的所有人等，一律不许配枪。"

说起这位一念大师，前些天因缘际会来到了鹿州，被曾万山得知，便把他请回了府邸，此事，周兆铭等人都知之甚详。

曾万山先头是不信这些的，但由于曾连同一直中毒不醒，他心里焦急如焚，便听了底下人的怂恿，索性来个死马当活马医，只要连同能醒转过来，什么都愿意一试。

曾万山把一念大师请去府邸，只说是帮忙瞧瞧府邸的风水。可那一念大师进府行走一圈，掐指一算，便直截了当地道："曾大帅，出家人不打诳语，贫僧有句话，不知道当讲不当讲？"

曾万山忙道："大师请讲。"一念大师双手合十，念了声佛："若是说错了，大帅就当耳旁风，听过便是了。"说罢，款款道，"贫僧方才算了算，察觉大帅祖上的风水有些问题，以至于最近贵府小辈人中有三灾五难。若不及时化解的话，怕是有更大的灾祸临门……"

曾万山忙道："大师真是高人。既然能算出来，想来必定有化解之法，请大师务必帮我们化解化解，把这一灾消弭于无形，大师功德无量啊！"那一念大师沉吟了片刻，喟叹道："既然大帅不嫌弃贫僧道行浅薄，贫僧愿意一试。只是因祖上风水问题引起的祸端，必须要在祖坟做一场法事。"

曾万山闻言，眉头打结，迟疑道："在这鹿州，只有先母一座坟墓，祖上其他的先人可都在老家……老家离这鹿州，那真是千里远啊。这……这可如何是好？"一念大师摆手道："不碍事，不碍事，在太夫人的坟前做一场法事便可。"

曾万山喜道："好，那实在太好了，我马上让人安排一切。"

那日晚上，曾方颐、曾静颐等人听闻后，不免撇嘴冷笑："爹如今真是病急乱投医。"

曾万山自然不知道，这从不轻易出关的一念大师亦是他们特地请来的。所有的一切，都不过是一个圈套。

此时的周兆铭一听是那一念大师的主意，便抬眼瞧了下不远处的曾万山，只见他腰间的枪壳空空如也，果然也已经拔了枪。

周兆铭微笑着暗中沉吟："我已经布置了天罗地网，为的就是拿住你曾万山。现在你自己都不带枪，等会儿更好行事，真是天助我也！曾万山啊曾万山，天堂有路你不走，地狱无门你偏闯进来。"遂大大方方地拔下配枪，递给了那孟副官。孟副官双手接过，与他意味深长地交流了一下眼神。

汪季新与曾静颐、孙国璋与曾和颐来后，孟副官拦住了几人，亦是同样的说辞。孙国璋一介书生，本就不配枪；汪季新听了后，"哦"了一声，却并不动作，而是与周兆铭对视了一眼。他见周兆铭不着痕迹地点了点头，便会了意，一把拔下腰间配枪，递给了孟副官。

不过片刻，一直静默不语的一念大师双手合十，念了一声"阿弥陀佛"："大帅，吉时到了，贫僧要开始作法了。"

曾万山点了点头。那一念大师便手持木鱼，沿着墓地绕圈，诵经念佛。

众人则凝神屏气，鸦雀无声。

此时虽已开春，但春风料峭，吹拂而来，依旧冷如刀削。曾方颐等人虽然貂皮裘皮在身，但亦觉得脸上肌肤犹如冰冻，僵得失去了知觉。她们虽然不能言语，但低垂着的脸上俱是不耐烦之色。

在这一片肃穆安静的梵音里，突然三声鞭炮般的声音炸响在耳边。曾万山脸色蓦地大变，转头对围上来保护他的侍从们喝道："是枪声！来人，快去四处瞧瞧……"

话语未落，只见一群蒙面人从四面八方涌了出来。侍从队一边将曾万山等人团团围在中间，一边则迎敌射击。

孟副官出声朝那群蒙面人喝道："你们是什么人？"

那群蒙面人远远地围住他们，扬声道："你们已经被我们包围了，还不快快投降？都给我听好了，缴枪不杀！”

孟副官等几个贴身侍从见情况不妙，赶忙拥着曾万山撤退：“大帅，快走！快走……”

匆忙间，曾万山跟着他们退了几步，忽觉有个硬硬的东西顶着自己的腰间。曾万山一生戎马，便察觉到了那是枪，他脸色一变，目光蓦地转厉，转头朝孟副官怒喝：“你！你小子竟然吃里爬外！”

孟副官直认不讳：“大帅，良禽择木而栖！”

曾万山脸色铁青：“你……你真是活得不耐烦了！居然敢设计害我！”孟副官似笑非笑：“实在是对不住了，大帅。”

对此事一无所知的孙国璋与曾和颐呆若木鸡地站在一旁。曾和颐有些瑟缩地拉了拉母亲曾夫人的衣袖：“娘。”曾夫人一言不发地拍了拍她的手，示意她别说话。

孟副官朝众侍从喊道：“弟兄们，大帅已经在我手里了。我与你们都是上过刀山、下过火海、一起吃过枪子儿的好兄弟，绝对不会加害你们的。弟兄们，你们把枪都扔了吧，都别给我犯傻。人生一世，命只有一条，没了命，再多的赏钱也没用！”

侍从们闻言，你看我，我看你，面面相觑，一时都没个决断。但很快，在第一个人扔了手枪后，接二连三便有人把枪扔了。半晌后，侍从们便被蒙面之人一一制伏了。

这时，周兆铭踌躇满志地慢步走向曾万山：“爹，我手底下的人马已经把这里全部给包围了，外头的三批护兵显然也已经被制伏，墓地周围现在都是我的人……爹，你已经叫天天不应，叫地地不灵了。”

曾万山一副恨不得吃其血肉的表情：“周兆铭，你想干什么？”周兆铭慢吞吞地道：“爹，我不想干什么，女婿是瞧您一把岁数了，身子骨也不大好，还一直这么操劳，女婿我这是心疼你，想给你分忧解劳而已……”

曾万山发出“哼哼”冷笑：“周兆铭，曾家军是我一手带出来的，你想号令他们，还嫩着呢！”

周兆铭得意扬扬：“爹，您真是老糊涂了。您不在了，您唯一的儿子曾连同又随时会一命呜呼，这曾家军的众将领不听我的号令，还能听谁的号令？

“再说了，爹，这也是你逼我的。你让蛟河的展正雄开拔回鹿州驻防，不也是想把我拿下吗？我也是走投无路之下，才出此下策的。”

曾万山咬牙切齿：“周兆铭，你是不是一直处心积虑地谋划着今天？当年连同几次遭暗杀，笑之无缘无故生病、被绑架，笑之他娘中枪，还有这一次连同中毒，是不是都是你布下的局？”

周兆铭直认不讳：“不错！是我干的。”他退后几步，站在曾方颐等人面前，双手一摊，“大家都是有谋出谋，有力出力了。”

曾万山气得身子发抖，手指颤抖着从曾夫人、曾方颐、曾静颐、汪季新、孙国璋等人一个一个指过：“你，你，你，你……你们真是一丘之貉！”

孙国璋却一脸鄙夷地往边上移了几步，抬头挺胸，跟曾夫人等人划清界限：“我孙国璋在此申明，这些都跟我孙国璋没有丝毫的关系。我虽然不才，却也不屑做这种不齿之事。”

闻言，负手而立的曾万山脸上缓缓露出了一丝笑意：“好，好！想不到我们家和颐眼光最好，挑了一个好女婿。”

曾夫人手执绢帕，上前一步，终于开了口：“老爷，我与你夫妻一场，我知道你最孝顺婆婆了，你放心！他日你不在了，我会吩咐下面的人将你埋在这里，让你以后可以长伴婆婆左右。”

曾万山脸一沉：“你这个毒妇！少在这里假惺惺了！事到如今，你就说实话吧，当年是不是你设计陷害的良歆？”

曾夫人发出“哧”一声笑：“不错，是我害的，那些女人都是我害的。可说到底，她们也是你害死的。这个傅良歆，谁让你宠她宠得跟眼珠子似的。曾万山，我也是人，我也是女人，你把我放哪里了？”

曾万山抡起手便甩了她一巴掌。“啪”的一声，曾夫人的脸被掌掴至一边。曾方颐和曾静颐等三人忙上前搀扶曾夫人：“娘，娘，你没事吧？”

曾万山磨牙道：“好一个毒妇！蛇蝎也逊你三分！好好好！既然你承认了一切，我定饶不了你！”

曾夫人挣开了女儿们的搀扶，哼哼冷笑：“老爷，事到如今，你还是先顾顾你自己吧。”她的神色渐冷，犹如罩了冰块雕琢的面罩，“你放心，你留下的那个孽种和那个孽种的孽种，我会让他们跟你一起上路的。黄泉路上，你有他们一路相伴，也不寂寞！”

曾万山闻言，顿时哈哈狂笑：“好！好！好！我倒要睁大眼睛瞧瞧，今天上黄泉路的是谁？”

此言一出，众人顿时面面相觑。

四周气氛渐渐诡异。

周兆铭对孟副官喝道：“快，快把他给我毙了！”却见那孟副官站在曾万山身后纹丝不动，仿佛根本未听见他的命令一般。曾万山笑声一落，便转头朝为首的蒙面人高喝道：“你还不快把布给我摘了，给他们瞧瞧你的真容？”

只见为首的那人一边走近他们，一边扯下脸上的黑色遮布，露出五官分明的一张脸，这，不是曾连同是谁？

周兆铭后退一步，余下众人也都吃了一惊，纷纷失声：“曾连同？！”

曾连同站在阳光下，嘴角微勾，露出一抹含义不明的笑容：“不错，正是在下。”

话说年初二那日，曾连同携了唐宁慧去唐家拜年，一家人围坐在厅里，其乐融融地开宴。唐少丞端了酒杯向曾连同敬酒："七爷，四妹妹，如今我们一家能在乱世团聚，又一起过新年，真的是天赐的福分，我敬你一杯，先干为敬……"

"慢！你们谁都不准喝这酒！"忽然，门口传来唐陆氏的一声急喝。

唐少丞捏着酒杯还未反应，坐在一旁的曾连同已经勃然变色，第一时间挥手拍掉了唐宁慧手里的瓷杯："酒里有问题！"

唐少丞和白如懿脸色苍白地唰唰起身："娘，这是怎么了？"

唐陆氏拄着拐杖往地上重重一掷，吩咐程副官："你把孩子们带出去，我们几个有要事商谈。"

曾连同见唐陆氏神色凝重，便朝程副官点了点头，示意他照做。

唐陆氏这才道："这酒没问题，有问题的东西在我这里。"说着，她把一个青花小瓷瓶搁在了桌上。

唐少丞问："娘，这是怎么回事？"话音还未落下，却见母亲唐陆氏"扑通"一声朝唐宁慧跪下："四小姐，你要救救我们一家老小啊……你要救救我们啊……"

唐宁慧丈二和尚摸不着头脑，急忙搀扶着她起来："大娘，你这样子不是要折杀我吗？你这般给我磕头行礼，我是要被天打雷劈的。你快起来，起来。我们都是一家人，有什么话不能好好说？"

白如懿也在一旁帮忙搀扶："是啊，娘，你这是怎么了？你行这样大的礼，四妹妹怎么受得起啊！"

唐陆氏这才把事情娓娓道来。原来在年前，有人趁唐少丞上班、白如懿出去采办年货，敲响了唐家小院的门："唐老夫人在不在？"

周妈见来人是个衣着富贵的妇人，年岁与老夫人相当，以为是唐家亲戚，自然迭声道："在，在，老夫人在里头。"便把人引到了唐陆氏的房里。

唐陆氏打量了来人，发觉此人素未谋面："你是何人？"那妇人的姿态极高傲，说话也极不客气："我是何人你不用管，我来，只是想让你办一件事情。办好了，有的是你的好处；可倘若办不好，你们一家老小便吃不了兜着走。"

唐陆氏本想直接叫婆子送客的，但听此人话语中的狂傲，显然是来者不善。唐陆氏也算是见过世面的，知道此人是给主子办事，不是个好打发的，便顺着她的话头道："哦？我倒想细细听一下，怎么个吃不完兜着走法。"

那人冷哼一声："在这鹿州，敢跟我们作对的人，我们想他三更死，就算阎王想留他到五更也不成。

"你们唐家本是宁州数得上的大户，可惜你家老爷死后，儿子不争气，吃喝嫖赌将家产败光，后因得罪了人，不得已才匆匆离开宁州。当然，这些都是前话！现今你儿子是税务缉私部门的办事员，这是份不错的差事。前些日子，又靠了曾连同的提携，刚刚升了科长，正是前程一片大好的时候。而你媳妇，一人照看着你和四个孩子，平日里家中不过有一个老妈子。就这么几个人，我们想弄死你们，比踩死几只蚂蚁还简单。"

眼前这人居然这般了解自家底细，唐陆氏一惊，不由得勃然变色："你到底是何人？"那人一贯的神色漠漠："这个你不用知道，很多东西知道得太多对你并无好处。"然后递给她一个青花缠枝小瓷瓶，"这是一瓶毒药，无色无味。等曾连同他们一家来的时候，你往饭菜里滴上几滴，神不知鬼不觉。"

唐陆氏冷哼一声："你当我是傻子啊！曾连同吃后中毒，那我们一家人怎么办？不是照样陪葬？"那人嘿嘿一笑："唐老夫人，你是个聪明人，何必在这里给我装笨呢？你怎么说也是曾连同的岳母大人，他来你们唐家，你亲手递一碗茶给他，他一时之间难道还怀疑你这个岳母大人不成？再来，我们也给你备了后路……"

她又从怀里摸出了一个白色小瓷瓶："这里头有七颗解药……你们

一家老小每人一颗，服下后便无碍。另外，事成后，我们会给你一笔钱，让你们离开。有道是由俭入奢易，从奢入简难，你们唐家是富贵乡里过惯的人，哪里能过这种普通老百姓的清贫日子，拿了那笔钱后，你们从此之后可以衣食无忧。”

临走时，那人还牢牢地叮嘱了一番：“我知道你行将就木，也不怕死。但是你给我听仔细了，这件事若是走漏了风声，第一个死的便是你的长孙。叫什么来着？哦，对了，叫唐瑞麟。”

这些人这般心狠手辣，那解药多半也是假的。事成后，为了防止泄密，估计第一步就是要把他们一家给灭口。但如果不照他们说的办……唐陆氏想想就打冷战。

唐陆氏左思右想，只觉得已无活路可走，只有使用拖字决，盼着曾连同、唐宁慧等人别来唐家。因日夜担忧，老迈的身体自然吃不消，很快就病了下来。

谁承想，昨天大年初一，那人趁唐少丞和白如懿带了几个孩子逛庙会，又上门来，冷冷警告：“唐夫人，这大过年的，曾连同等人必定会上门给你拜年，你可别忘了好好给我办事。”

唐陆氏只得瑟瑟点头：“你放心，我会好好办事的。”显然是一家老小已被人盯上，连逃也无路可逃了。

听得唐陆氏将事情原委一一道来，曾连同便知父亲曾万山暗中调动蛟河的展正雄部队赶回鹿州一事，已经令周兆铭等人察觉，所以他们要来个先下手为强。

曾连同思虑良久，最后决定，索性就照着他们的戏本演下去，来个将计就计。

而那时，曾夫人、周兆铭等人以为奸计已成，正开始布局下一步。

周兆铭道："即便你发现下毒一事，但怎么知道我们会在太夫人忌日动手？"说完，他霍然抬头，"有内奸！"

周兆铭锐利的目光停在孙国璋身上。孙国璋冷哼一声，不屑地道："周兆铭，你这叫多行不义必自毙。"

曾和颐见周兆铭眼里露出杀机，她一步上前，挡在孙国璋身前："大姐夫，不会的！你们的计划连我都不知情，国璋怎么会知道？他又不是千里眼，顺风耳！"

周兆铭的目光缓缓地移过在场的所有人，不远处，有个婀娜身影款款而来。

吕静如！周兆铭颓然闭眼。

曾方颐恨恨地道："周兆铭，我早就对你说过，这个女人不能信，叫你提防着她！可你呢？反倒来防着我。现在好了，一切功亏一篑。"周兆铭朝她怒喝："曾方颐，你给我闭嘴！"

周兆铭又转头看向吕静如，缓缓吐出两个字："是你？"站在他面前的吕静如坦言不讳："不错，是我。"

周兆铭的双目几欲喷火："你是曾连同安插在我身边的人？"吕静如静静地答："是，但又不是。你想知道为什么，可以问你的夫人，我与她渊源很深。"

周兆铭问："你有身孕也是唬我的？"吕静如瞧着她，又说了一个字："是。"

周兆铭目光凌厉地瞪着吕静如，咬牙切齿地挤出了"吕静如"三个字，话语未落，整个人仿若发了狂一般朝她扑过来。程副官等人赶忙拦住。周兆铭跟侍从厮打在一起。

吕静如却不再理他，甚至没多看他一眼，她面无表情地对着曾连同道："曾连同，如今事成，当日你答应我的事，可有反悔？"

曾连同把手里的枪递给了她："君子一诺千金。"

吕静如缓缓一笑，慢慢地走上前，用枪指着曾和颐的头，冷冷地道："曾和颐，你说，当年的事可是你所为？"

曾和颐冷笑着盯着她，并无一丝惧怕，反而上前一步，手一扬，给了吕静如一巴掌："你是个什么东西！凭什么跟我这么说话！"而一旁的孙国璋却嗅到了不对，他的面色渐渐发白："当年发生了什么事？"

吕静如被打之后反而哈哈大笑起来，数秒后，笑声渐止。只见她迅速抬手，狠狠地还了曾和颐一个耳光："六小姐，这个耳光还给你，让你知道什么是形势比人强。"

"啪"的一声，曾和颐脸上顿时出现了五个红红的手指印。曾夫人心疼地要扑上前，想抓吕静如的脸："你这个千人骑万人乘的烂货，竟敢打我们家和颐？！"

只是曾夫人、曾方颐、曾静颐三人才上前一步，便被侍从团团围住，她们只得破口大骂："你这个下三烂的贱货……""你这个死娼妓，不要脸……"

吕静如只是笑，反手又是一巴掌，狠狠地甩在曾和颐的脸上。曾和颐从小到大没受过如此侮辱，想还手，但被枪指着，不敢乱动半步。最后，她捂着脸"哇"的一声哭了出来，委委屈屈地朝曾万山道："爹……"曾万山却不发一言，由孟副官等人护卫着上车而去。曾和颐哭叫道："爹……爹……"

吕静如冰刀一样的目光冷冷地扫过曾方颐等人："曾大小姐，曾三小姐，我等今天已经等了很多年了。真是老天有眼，想不到我还有得偿所愿的日子。"

而后，她终于正眼望向了孙国璋，很轻很轻地说道："孙国璋，你当真不知道当年发生了什么事吗？"孙国璋摇头："静如，静如，当年……当年到底发生了什么事？”

吕静如没有说话，但一张俏脸在春光里白得犹如透明一般，清晰可见薄薄皮肤下那青青的血管。

瞧着这一切的曾和颐，此时忽地失声大笑：“好啊，原来你这个贱人也知道怕，你怕他知道。好，那我就告诉他。孙国璋……”吕静如涨红着脸，用枪指着她喝道：“你给我闭嘴！”

曾和颐素来就是天不怕地不怕的任性性子，见吕静如如此，只觉得说不出的畅快。哼！她不让她说，她偏要说：“你不让我说，是吧？你怕孙国璋知道，是吧？哈哈，可我偏要说。孙国璋，你知道当年为什么一直找不到她吗？那是因为她进了窑子，做了妓女……”

“砰砰”两声枪响，浓烈的火药味道在空气中弥漫开来。

曾和颐“啊”的一声尖叫：“吕静如，你开枪打我……你竟敢开枪打我……”曾夫人大叫：“和颐！和颐！你有没有事？”曾方颐和曾静颐试图推开包围她们的侍从：“小妹！”

孙国璋的脸色在这瞬间变了无数变，他转头恶狠狠地盯着曾和颐，吼道：“曾和颐，你当年对她做了什么？你对她做了什么？曾和颐，我要登报跟你脱离夫妻关系！”

“她进窑子做了妓女，孙国璋，你心疼了……”曾和颐这厢还在大声嚷嚷，孙国璋猛地扑上前，一把掐住她的喉咙：“曾和颐，你对静如做了什么？我要杀了你！我要杀了你……”

他们这厢还在纠缠不清，忽听“砰”的又一声枪响。孙国璋抬头，发出凄厉大叫：“不——静如……”只见吕静如捂着胸口，赤红的鲜血从嫩白的指缝涌了出来，而她整个人缓缓地往后倒去。

一旁的枪口正冒着黑烟。原来，周兆铭在打斗中趁机抢夺侍从手里的枪，混乱中射中了吕静如。而吕静如先头的那两枪只是射在曾和颐的脚边，并没有伤曾和颐分毫。

吕静如缓缓倒下，孙国璋扑上前拥住了她，手忙脚乱地捂着她鲜血喷涌的胸口："静如……静如……车子，快……"

曾连同见状已觉不妙，忙吩咐："快！安排车子，送吕小姐去医院，快……"中间夹杂着曾和颐的大喊大叫："孙国璋，你给我放开那个贱人！你竟敢当着我的面抱她……"作势就要扑上去。

曾连同朝程副官等人使了个眼色，程副官等左右侍从便拦住上前的曾和颐："六小姐。"

曾和颐扬手便朝侍从脸上甩了一巴掌，怒喝道："死奴才！凭你也敢来拦我？"但无论她怎么打骂，侍从护兵们就是不让半步。程副官道："六小姐，今时不同往日了，你就消停些吧，别让我们这些小的难做了。"曾和颐瞪着他："你！"

曾连同对孙国璋倒是客气的："六姐夫，你快抱吕小姐上车。"吕静如苍白地摇着头："不用了，曾连同，我不行了……"

吕静如缓缓地道："曾连同，你还记得答应过我什么吗？要好好待宁慧和笑之。曾连同，你真是好福气，能把他们找回来，有的人……"她凄惨一笑，"有的人……失去了，便再也找不回来了。"

曾连同眼圈发红："吕小姐，谢谢你这些年来帮我照看宁慧母子。我用我的命对你发誓，我一辈子都会对他们好的。"

吕静如缓缓微笑，说了一个"好"字。说完后，她的目光徐徐移动，最后定格在了孙国璋的脸上。

车子里，孙国璋一路喃喃："静如，你不要死，你不能死！我好不容易才找到你，你不能再不要我了……"

孙国璋说，他当年是迫于无奈才娶的曾和颐："静如，对不起，是我对不起你，是我违背了我们的誓言。静如，可是我是迫不得已的，当年曾家拿我们家的家业来威胁我爹……我……”

吕静如终于虚弱无力地对他开口：“所以你一直不知道我被人绑架强奸并卖入妓院一事？”

孙国璋拼命摇头：“我要杀了曾和颐！我要去杀了她！静如，你坚持住，马上到医院了。你要坚持住，马上就到医院了……”

吕静如含泪微笑，带血的手缓缓抚上孙国璋的脸：“国璋……”

吕静如努力地转过头，瞧着车窗外飞驰而过的蓝色天空，吃力地说：“你看，夏天过了就是秋天，秋天过了便是冬天。那年，你说过了冬天就带我回碧溪镇的……”

孙国璋拼命点头，落泪不止：“静如，等你伤好了，我跟你马上回碧溪，马上回去……”吕静如唇畔含笑，语气却越来越低微：“你记得把我的骨灰带回去……告诉……告诉我爹娘，我这几年过得很好……只是生了场重病，所以……”

孙国璋紧紧地握着她的手，与她十指相扣：“不，静如，你会好起来的，我会与你一起回去的，你好起来，我们一起回碧溪……”

吕静如在他怀里含笑闭眼。

车子停了下来，推开车门便是鹿州最好的教会医院，里头有整个鹿州城最好的医生。

孙国璋轻轻地抱起吕静如：“静如，静如，医院到了，医院到了。你会好起来的，你会好起来的。我们要手牵手一起回荷县，回碧溪镇去。”

只是，再没有人回答他了！

/ 番外一 /

曾家醋坛子

数年后，某日。

曾连同在书房内批阅文件。

有听差在门上轻叩了一声："七少爷。"曾连同头也未抬："何事？"

那听差上前，双手捧上一张名片："有位戴先生持了这张名片，说自己是七太太以前的同事，还说有事想求见七太太。"

白色的名片上印了"仁信子弟小学校长戴传贤"几个字。戴传贤？这名字左瞧右瞧都像个男子的名字。

曾连同把玩了数秒，似忆起某事，目光微闪："这人现在何处？"听差答："正在门房候着。"

曾连同微微沉吟了一下，道："你把他带去客厅。"听差应了声"是"，便领命而去。

曾连同起身，往后面的内书房走去，一推开内书房的门，便有一阵清幽的馨香扑鼻而来。

唐宁慧正侧身坐在窗口，凝神绘画。房间内，安宁静谧，时光仿佛也为她停留了下来。

曾连同静静地瞧了片刻，便蹑手蹑脚地退了出去。

曾连同一进大厅，在沙发上候着的戴传贤有些受宠若惊地站了起来，但很快，他便落落大方地微笑寒暄："曾先生，想不到能够见到你，这实在是在下的荣幸。”

曾连同不着痕迹地打量了他几眼，只见他一身六七成新的黑色中山装，鼻子上架了一副金丝眼镜，文质彬彬的，颇为斯文稳重。

曾连同淡淡微笑：“内子这几日身体有点儿不适，所以就由我出面来招呼戴先生，希望戴先生不要介意。”

戴传贤忙道：“岂敢！岂敢！是在下叨扰了。”曾连同在沙发上坐了下来：“戴先生，不必拘礼，快请坐。”

听差的端上了热茶，曾连同取过一盏：“戴先生，请用茶。”又问，“戴先生是内子在宁州明华学堂的同事？”

戴传贤点头：“是，在下与七太太在明华学堂一起教过三年书。”

曾连同掀开了茶盖，漫不经心地拨了拨浮末：“戴先生这次来是……”

戴传贤一笑，开门见山地道：“其实在下这次前来，是想向七太太打秋风的。说来惭愧，在下所在的仁信子弟小学其实是一所孤儿院，里头的孩子都是些父母双亡的孤儿，或者是社会上的流浪儿童。我们学校不只教孩子念书识字，还给孩子们提供简陋的衣食吃住，所需的经费，也都是靠社会上的爱心人士捐助。因如今孩子越来越多，经费方面靠捐助实在是捉襟见肘……

“在下不才，被推举为鄙校的校长，为了孩子，所以这次在下不耻前来，是想请七太太帮帮这些孩子，认捐一点儿款子。”

这样大大方方，不由得叫曾连同刮目相看。只是牵扯到他最重视的教育问题，曾连同搁下了茶盏，拧眉道：“学校的经费不是一向都由教育部拨款的吗？”

戴传贤道：“根据相关的规定，开办学校是要在教育部备案的，并要他们审查通过，方会拨经费。而我们的子弟小学，名义上是小学，实则如同民间孤儿院。在下也曾几次三番前去教育部陈情，把孩子们的情况反映给教育部的相关人士，可教育部一拖再拖，一直没给实质性答复。他们拖得，孩子们可拖不得，这一日三餐，再省再抠，我们也要给孩子们吃两顿稀的吧。在下实在不得已，才会这般冒昧前来求见七太太……”

曾连同一听，不由得大为动容，便道：“教育乃国之根本，孩子更是我们这个社会未来的希望。戴先生这是为国为民做好事，我定当全力支持。戴先生请放心，经费方面短多少，我就认捐多少。”

戴传贤这次来也只是抱着试试看的心态来找唐宁慧，只寄希望她念在同事一场的分儿上，能捐助一些款子，没想到能得到这样的好结果。

戴传贤呆了呆后，忙惊喜交加地起身，连连作揖感谢：“这实在是太谢谢曾先生了。我代表我们子弟小学所有的师生感谢您。”

曾连同又道：“另外请戴先生放心，关于教育部备案这件事，我今天就派人去问明情况，数日内必定给戴先生一个答复。”

有了曾连同这句话，还有什么事是办不成的呢？戴传贤自然更是又惊又喜，对着曾连同谢了又谢后便告辞了。

因曾连同瞒得紧，唐宁慧根本不知道有这么一件事。她觉得曾连同一连几日都十分不对劲儿，时常用一种很奇怪的眼神瞧着她，似暗暗揣摩一般，每每她抬眼望去，他便移开目光。

隔了大半个月，唐宁慧身子不适，请了大夫，才发现又怀了身孕。

曾连同大喜过后，拉着她的手，怔了数秒后，忽然问道：“你以前有个同事叫戴传贤？”

这么突兀，唐宁慧不由得一愣，凝神想了想，方含笑道：“是啊，你怎么知道？他这个人很不错，平日为人谦和，很得同事们的爱戴；对待工作更是认真负责，教学的水平也很高。”

谁知曾连同闻言后，神色更是古怪到了极点。唐宁慧根本不知发生了何事："怎么了？"

曾连同冷哼了一声，拂袖而去，可走到门口处，又硬生生地止了脚步，大踏步回来，磨着牙道："当年你说你心里有人，那人是不是戴传贤？"

唐宁慧这才忆起往事，想起再遇后不久用来堵他的那句话，瞧着曾连同风雨欲来的脸色，不由得轻轻抿嘴。

曾连同一动不动地瞧着她："到底是与不是？"

唐宁慧的手轻轻地抚着腹部，别过头，淡淡道："你慢慢猜吧，你这个醋坛子。"说罢，她的唇线轻轻上扬，笑靥如花。

/ 番外二 /

笑喜乐悦之

十几年后，某个春日。

唐宁慧轻言细语地哄着床榻上的悦之睡觉。可这小家伙精神足得很，一双乌溜溜的眼睛不停地转来转去，手脚乱动，嘴里“哦哦”，一个劲儿地想说话。

唐宁慧哄了半天，小家伙也无半点儿想睡的意思，她只好放弃，取了一旁的拨浪鼓，左右晃动，发动“扑通扑通”的声音，吸引悦之的注意。悦之咯咯直笑，伸着白嫩嫩的小手不停地想去抓。

门吱呀一声被推开，有个低沉温柔的声音随之而来：“小悦之醒了，是不是？”唐宁慧瞧了眼自鸣钟，不过是下午三点多，不免讶异：“今天怎么这么早就回了？”

曾连同摘下军帽，搁在一旁。这些年来，时光十分优待他，一身戎装，成熟稳重，越发吸引人目光。唐宁慧今日偶尔翻阅报纸，看到四四方方的一张小照片，他与外国大使数十人合影，她瞧见的只有他一人而已。

曾连同沉默不言。夫妻多年，唐宁慧自然察觉到了异样：“怎么了？发生了什么事？”曾连同这才道：“仙鹿山别院那边刚刚挂电话过来，说那人刚刚去了。”

曾连同口中的“那人”便是指曾夫人。当年周兆铭和汪季新等人事变未遂，被曾万山枪毙。随后，曾万山派人把三个女儿和外孙送出了国，命她们终生不得回国。至于曾夫人，则被曾万山幽禁在仙鹿山别院。

只有孙国璋，带了吕静如的骨灰失魂落魄地离开了鹿州，这些年来再无半点儿音讯。

唐宁慧上前，轻轻揽着曾连同的腰："逝者已矣，一切恩怨都过去了。"

两人回首前尘往事，一时间，俱默默无声。

最后，倒是被冷落在旁的曾悦之发出"哦哦哦"的不平之声吸引了曾连同的注意，他微笑着上前，一把抱起了她："乖囡囡。"

别家都是"重男轻女"，可到了曾连同这里，却是相反。自产下老二曾喜之、老三曾乐之后，曾连同心心念念地想要一个女孩。隔了许多年，唐宁慧竟又怀了孕，产下了悦之，总算是如了他的愿。

唐宁慧倒是大觉不好意思："儿子们都这么大了，笑之都快娶媳妇了。"曾连同道："这有什么不好意思的。我们夫妻恩爱，旁人羡慕都羡慕不来呢。再说了，谁敢笑话，我把那些人的嘴给贴上狗皮膏药。我啊，巴不得你再给我生两个女儿，就悦之一个女孩，还是太孤单了。"

唐宁慧无语了，但她已经下定决心，再不让曾连同得逞了。

如今笑之、喜之和乐之三人都在外留洋，曾连同得了女儿，简直如得了稀世珍宝一般，宠得唐宁慧都觉着太过了。

"人家说慈母多败儿，你这么宠悦之，到时候大了无法无天，毫无半点儿女儿家规矩，看谁敢娶她。"

曾连同每每便道："正合我意。我啊，巴不得悦之一辈子留在我们身边，承欢膝下。我瞧这天底下，怕是没有人能配得上我们曾家这个女儿的。"

真真是不害臊，居然说得出这样的大话。但幸亏只是夫妻间的私密话，若是传出去，真是让人笑掉大牙。

从卧室的窗户往外瞧，可见院子里那几株西府海棠，白的、粉的花朵，云雾般层层叠叠地压在枝头，再远处，碧空如洗，蓝得无一点儿杂质！

/ 番外三 /

恩爱记

又几年后。

德利洋行在鹿州城里是数一数二的老字号了，鹿州城内的太太小姐们平日里最喜欢的便是到这里挑一些舶来货。

这一日，顾含章跨进了德利洋行。

洋行经理见她的衣着打扮，一眼便知这位顾客是来自富贵显赫人家，忙含笑上前招呼："这位小姐，想要买些什么？"

顾含章道："有什么好的珍珠首饰，拿出来给我瞧瞧。"经理忙从玻璃柜台下取出一个精美的首饰盒子，把珍珠托在黑色丝绒布上，捧于她面前："这是来自深海的珠子，粒粒饱满圆润。你瞧瞧，光泽亦是极好的。在下在洋行也算工作多年，这样个头儿、这样成色的珠子却也是头一次瞧见。"

斜斜浅浅的阳光下，珠子泛着莹润如玉的淡淡光芒。顾含章一眼便喜欢上了，正要开口让经理包起来，忽听边上有个清俊声音响起："经理，你手上的这套首饰我要了。"

顾含章转头，便见一个身穿中山装的年轻男子竹子一般挺拔地站在一旁。而他的目光，也正落在她的身上，古古怪怪的，令人讨厌至极。

顾含章面无表情地白了他一眼，转头吩咐："经理，请帮我把这个包起来吧。"

洋行经理平素见惯了富太太们为了心头好，你争我抢的场面，也算经验丰富，此时见两人情形，知道这两人是杠上了，忙赔着笑脸道："两位客人，虽然这深海珍珠就这么一套，但是昨儿我们洋行进了几套金刚钻首饰，分量和成色那可是一等一的，要不，我取来给你们瞧瞧？"

顾含章摇头道："不用了，我就要这套珠子。"那男子丝毫不做半点儿退让："我也是，我也只要这一套！"

洋行经理看看这个，瞅瞅那个，露出极为难的表情："这？"

顾含章咬了咬唇，粉脸含怒："算了，经理，我不买了，他要就给他吧。"说完，转身便走。洋行经理正欲拦阻，却见那男子望着女顾客的背影，含笑追了出去："好了，好了，含章，我让你还不成吗？"

经理这才取出手帕抹了一把汗：原来这是对欢喜冤家！

顾含章亦不理睬他，径直往外走。那男子拖住了她的手，软言好语："含章，你又不是不知道，我跟你闹着玩的！我不过是想给你付账而已，你连这个机会也不给我。"

顾含章冷冷地喝道："曾喜之，你到底放不放手？！"

洋行经理那肥胖的身体猛地一震。曾喜之！此人居然是曾家二少爷曾喜之！

可那男子一脸的无赖相，与传说中高高在上、富贵荣华的曾家好像半点儿不搭界："不放不放，我就是不放！"

顾含章顿时气红了一张脸："你不是说我爱去哪儿就去哪儿吗？现在倒来管我。"

曾喜之嘿嘿一笑："好了，好了，昨儿我喝高了，是我不对，说了那些个混账话，你饶了我吧。娘的寿辰快到了，你知道娘喜欢珍珠，所以特地来洋行采买，我知道你最是体贴孝顺、知书达理了。"

顾含章虽然不言语，脸色却渐软了下来。

曾喜之见状，赶紧趁热打铁道："再过些日子悦之的生日也要到了，你这个做二嫂的，怎么也得给她挑一个好礼物。来，我们难得逛一趟洋行，好好瞧瞧有什么别致的首饰。"

洋行经理识趣得很，忙把二人迎到贵宾房，命人将各色首饰一一捧出来，让这一对欢喜冤家好好挑选。

可想而知，那一日，洋行的营业额自然是相当的高。

/ 作者的话 /

大家好！

不知不觉中，梅子又与大家见面了。《从此，我爱的人都像你》这本书，原先只是梅子一个未成形的短篇故事，写于几年前，跟两篇民国文《江南恨》和《青山湿遍》差不多时期。当时的结局设定为悲剧。在电脑里保存了很久后，梅子都把这篇文给忘记了。某天整理资料时却发现了，呀，还写了这个呀。算是一个不小的惊喜！

梅子想与大家分享，便发到了网上。最开始本是想把一万字的存稿发完就算了，可有好多书迷朋友在看后纷纷给梅子留言，希望梅子可以写成长篇。梅子抱着试试看的心态，便在晋江上写啊写的，越写越长，真成了长篇。

不得不承认，梅子很喜欢抗日战争以前的民国年代，觉得在那个年代，美人旖旎，英雄风流，说不完的风情，道不完的故事。但后来日本侵华的那一页历史太过沉重，梅子不敢碰触，所以，梅子的民国文一直是民国架空文。

梅子向来喜欢看那个时代的回忆录，比如季羡林先生的自传、蒋梦麟先生的《西潮》、齐邦媛老师的《巨流河》等，跟着其中的文字，仿佛是沿着青石板铺成的蜿蜒小巷进入了民国世界。清末民初，列强环伺，各种不平等条约，国不成国，民不聊生，整个中华民族跌至抛物线的谷底。许多有志青年目睹这些凄惨现状，为了国家富强、民族觉醒，留学国外，学习西方各种先进技能。那个年代，中华民族仿佛随时随地都会灭亡。那个年代的许多人选择不同的方向，做出了各种努力来救国，虽然后来许许多多的人分道扬镳，成了“敌人”，但他们希望中国崛起，再不受人欺凌的那种爱国精神永远值得我们学习。

梅子最早看的一本关于民国的书大概就是《宋氏三姐妹》了。“宋蔼龄爱钱，宋庆龄爱国，宋美龄爱权”这个观念从小在梅子的脑海中就根深蒂固。长大后的某天，无意中在某本书上看到宋美龄写给遗族学校学生的信，其中一段文字写道：那时候，我们便可以真正做一番事业来救百姓，使我们的国家强盛起来。这也是你们当学生的时时刻刻要记着的，因为你们受教育的宗旨是要帮助你们的国家及你们的同胞呀！又有一段说：倘若中国能学外国科学的好榜样，将来中国一定能富强，而且无人再敢欺侮与侵占她的土地了。梅子亦感动得眼眶湿润。

梅子也爱看民国才子佳人的故事，陆小曼、林徽因这些耳熟能详的就不用说了，民国的名媛随便一抓就是一大把，且个个出色得叫现在的“名媛们”自惭形秽。此文中曾家姐妹的名字，灵感便是来自上海滩盛宣怀家族的盛爱颐。这位上海滩鼎鼎大名的盛七小姐与宋子文亦有过一段恋情，喜欢的朋友们可以去百度一下“一把金叶子”的故事。其中盛七小姐为了救侄子出狱打电话给宋子文一事，简直比言情故事还言情。梅子曾经有过冲动想写他们的故事，但一直没有动笔。

这是梅子的第十一本书，很有纪念意义。梅子在写此文的过程中，一直想摆脱以往民国文的影子，希望能尽可能地写得不同一点儿，给大家一点儿耳目一新的感觉。努力是努力了，但是到底有没有成功呢？还是要大家来评断的。

此文的主角是唐宁慧和曾连同，但梅子觉得，周璐（吕静如）的爱恨故事，一样精彩。

千言万语也不知道说什么，只是希望大家喜欢梅子讲述的这个故事！

此时正值2014年的春天，风轻木扬，草木芬芳。

亲爱的朋友们，我们来日方长！

梅子黄时雨于浙江嘉兴

2014年4月8日